10
18

12, AVENUE D'ITALIE. PARIS XIIIe

Sur l'auteur

Shannon Burke est né dans l'Illinois. Il a été ambulancier à New York. Il est scénariste (*Syriana*) et écrivain. Après *Manhattan Grand-Angle* (Gallimard, 2007), son deuxième roman, *911*, a été finaliste du prix Polar SNCF, et est en cours d'adaptation par les studios de la Paramount, avec Darren Aronofsky (*Requiem for a Dream*, *Black Swan*) à la réalisation. *Dernière saison dans les Rocheuses* est son troisième roman à être publié en France.

SHANNON BURKE

DERNIÈRE SAISON DANS LES ROCHEUSES

Traduit de l'anglais (États-Unis)
par Anne-Marie Carrière

10
18

Du même auteur
aux Éditions 10/18

911, n° 5021
▶ DERNIÈRE SAISON DANS LES ROCHEUSES, n° 5288

Titre original :
Into the Savage Country

ISBN 978-2-264-07102-6
Dépôt légal : janvier 2018

À Charlie et Nicholas

La nature est aimée par ce qu'il y a de meilleur en nous.

Ralph Waldo Emerson
(1803-1882)

LIVRE UN

LE GRAND DÉPART

Henry Layton arpentait le quai, menaçant de son pistolet de duel un batelier génois effondré à terre. Il pointa l'arme en direction des quelques arrimeurs qui voulaient l'aider à se relever.

— Laissez ce chien galeux là où il est ! brailla-t-il.

Nous étions une demi-douzaine de dépeceurs et d'écharneurs à traîner devant l'entrepôt de la Compagnie des fourrures de Saint Louis. Nous connaissions tous Henry Layton, un gredin plein aux as et arrogant, dont le père possédait la moitié des propriétés immobilières de Market Street.

J'entendis au loin les sifflets des gendarmes. Layton dut les entendre aussi, car il abandonna le batelier resté au sol et grimpa dans sa calèche.

— D'ici une heure, ce salopard grignotera des petits gâteaux chez Jane Meecham, remarqua Blanchard, l'un des dépeceurs. Et le Génois sera aux fers, emprisonné pour avoir été battu comme plâtre par un beau monsieur.

Les sifflets des gendarmes se rapprochaient. Je me frayai un chemin parmi les débardeurs et m'agenouillai auprès de l'homme étendu. Hormis une grosse coupure au-dessus de l'œil, il n'était pas blessé, seulement sonné par la grêle de coups.

— Relève-toi, mon gars, sinon tu vas passer la nuit au cachot.

— M'en fous, du moment que ce dandy est enchaîné avec moi !

Il avait parlé à voix basse, mais Layton qui avait l'oreille fine sauta prestement de sa calèche. Il était très grand, au moins six pieds trois pouces[1], et portait une longue redingote. Le pistolet pendait à sa hanche.

— Je t'ai à l'œil, Wyeth. Si tu aides ce geignard, il va t'en cuire.

— On parie ?

Layton ne chercha pas à prendre son arme. Il fonça droit sur moi, poings levés, et nous restâmes là, torse contre torse, menton contre menton. Je me demande maintenant ce qui se serait passé et quelles en auraient été les conséquences si nous nous étions battus. Dieu merci, des compères de Layton se précipitèrent vers lui pour l'éloigner, non pas de moi, mais des gendarmes, avec lesquels il avait souvent maille à partir. L'attroupement s'éparpilla, et je retournai à l'entrepôt, l'estomac noué par ce désagréable incident.

J'avais vingt-deux ans, et je travaillais au traitement des peaux depuis l'année précédente. Je projetais de rejoindre une brigade de trappeurs dès que mes économies me permettraient d'acheter mon fourniment. J'avais débarqué à Saint Louis, brûlant de participer à une expédition vers l'Ouest. Commerce des fourrures rimait avec aventure, et tous les jeunes gens un tant soit peu intrépides de Saint Louis en rêvaient. Mais ces équipées étaient réputées périlleuses et peu rentables. Voilà pourquoi douze mois s'étaient écoulés sans que je sois parvenu à me décider.

1. Note sur les unités de mesure utilisées : un pouce représente environ 2,5 cm ; un pied, 30 cm ; un yard, 0,9 m ; un mille, 1,6 km. (*Toutes les notes sont de la traductrice.*)

Toutefois, cet après-midi-là, je repensai à l'altercation avec ce dandy belliqueux, pendant laquelle j'avais dû m'éclipser afin d'éviter une arrestation pour voie de fait ; Saint Louis me parut soudain un endroit vieillot et étouffant, une ville de nantis en toque d'astrakan et canne à pommeau d'argent. Se lancer dans la traite des fourrures était une entreprise généralement vouée à l'échec, tout le monde le savait. Mais c'était aussi l'excitation de l'aventure, l'attrait de l'inconnu et, peut-être, la possibilité de faire fortune. Cela me suffisait.

Des chimères nourries de l'insatisfaction de la jeunesse peuvent modifier le cours d'une vie. Je n'imaginais pas avec quelle rapidité elles allaient transformer la mienne.

Saint Louis comptait cinq mille habitants, que je me plaisais à surnommer « les détenus ». Les Français vivaient sur les hauteurs des quartiers nord, moi j'habitais au sud, dans une pension de famille tenue par une veuve flétrie et acariâtre. Le lendemain de mon accrochage sur les quais, Blanchard apparut sous ma fenêtre et beugla qu'il fonçait au débarcadère pour assister à l'arrivée du général Ashley[1]. Je dégringolai l'escalier et, une heure plus tard, nous nous trouvions au milieu de la cohue à dévorer des yeux Ashley, debout sur le pont de son quillard. Derrière lui, un ours allait et venait en grognant, retenu au mât par une chaîne.

1. William Henry Ashley (1778-1838), commerçant en fourrures, entrepreneur et homme politique, fondateur en 1822 de la Compagnie des fourrures des Rocheuses.

À quarante ans passés, Ashley était un personnage imposant, un héros fringant et romantique comme il n'en existait plus. Sous sa crinière poivre et sel, une vilaine cicatrice lui barrait le front. Il portait avec aisance l'épée au côté. À l'époque dont je vous parle, le printemps 1826, il avait déjà vendu ses parts de la Compagnie des fourrures des Rocheuses à ses associés, Jedediah Smith, les frères Sublette et David Jackson, mais s'occupait encore du recrutement des trappeurs et de l'achat des peaux. Comme beaucoup de négociants, Ashley maudissait les fourrures : elles ruinaient son existence et ses finances, disait-il, et salissaient sa renommée. Il jurait d'arrêter les frais et même de renoncer aux bonnets de castor. Promesses en l'air, car en dépit des épreuves et des revers de fortune, il régnait parmi les trappeurs un esprit de camaraderie et de conquête qui n'existait nulle part ailleurs. Dès lors que la fièvre de l'aventure brûle dans vos veines, le reste ne semble qu'une pâle imitation de la vie, terne et frileuse.

Bien qu'il eût promis pour la centième fois d'abandonner les affaires, Ashley était de retour à Saint Louis. Il se tenait à l'avant de l'embarcation, un pied sur la proue, cheveux au vent. Jedediah Smith et ses associés avaient eu l'idée judicieuse de le garder comme agent recruteur : la vue de ce fier général, juste après l'algarade avec Layton, fit voler en éclats mes dernières hésitations.

Je fonçai au bureau de recrutement, dans Market Street, et annonçai que j'étais leur homme, s'ils voulaient de moi. Pas question d'hypothéquer mon avenir en acceptant de me faire embaucher comme simple tâcheron. Je fis ce que je pus afin d'éviter cette servitude. Je mentis donc sur mes emplois précédents et persuadai Blanchard, qui m'avait rejoint, de corroborer mes mensonges. Nous fûmes embauchés comme trappeurs, un bon boulot si l'on pouvait s'offrir l'équipement, ce qui était mon cas.

J'achetai son long fusil à Blanchard, lequel s'était payé le mousquet d'un dénommé Goddard. Je passai la semaine suivante à vérifier mes trappes et à constituer mon nécessaire de survie : une petite louche, un moule pour fondre le plomb, un couteau de chasse, sans oublier un miroir et un coupe-chou, car, disait-on, les squaws traitaient les Blancs barbus de « faces de chien ». J'achetai aussi plusieurs carnets de papier parcheminé reliés de cuir afin d'y noter mes observations. Comme nombre de mes compagnons, j'avais l'intention, si je survivais, de rédiger mes Mémoires et de couler une retraite glorieuse à dépenser la fortune accumulée durant ma folle jeunesse. Une brigade de trappeurs représentait pour nous le commerce, le patriotisme, la grande aventure vers l'Ouest, vers l'inconnu, et autres niaiseries du même genre.

En vérité, rares étaient ceux qui savaient ce qui les attendait une fois franchies les limites de Saint Louis.

La veille de mon départ, j'entrepris d'écrire à mon père une lettre d'excuses, cherchant à justifier mes erreurs passées. J'avais quitté la ferme familiale deux ans plus tôt, à la suite d'une violente dispute à propos d'un bout de terrain. Je ne pouvais lui en vouloir de me refuser cette parcelle, car je n'avais pas fait grand-chose pour la mériter, mais il avait donné leur part d'héritage à mes frères le jour de leur dix-huitième anniversaire. Je lui avais reproché sa pingrerie et nous nous étions quittés en nous maudissant mutuellement. Depuis lors, je ne l'avais pas revu.

Je tenais donc à me rabibocher avec lui avant de partir. Le destin en décida autrement. Alors que je tentais, à contrecœur, de faire amende honorable, je reçus une lettre de ma sœur, expédiée des mois auparavant, m'informant de son décès. Je le savais en mauvaise santé, se soignant à grand renfort de whisky, sans imaginer que sa maladie le tuerait. Je le croyais immortel et j'étais persuadé qu'il serait présent à mon enterrement, toujours à me dénigrer. Eh bien, non. C'était écrit noir sur blanc : mort et inhumé dans ses terres. J'ai senti mes tripes se serrer. Nous avions eu de sérieuses empoignades, personne ne pouvait le nier, mais j'étais convaincu que nos différends finiraient par s'aplanir. J'avoue avoir pleuré comme un gosse en lisant la lettre.

L'orage d'un chagrin dévastateur passé, la triste nouvelle de sa disparition ne me donna pas l'envie de crier victoire ni de danser sur sa tombe, plutôt le sentiment d'être enfin libéré d'un passé qui souillait mon esprit et ma conscience. Pour le meilleur ou pour le pire, j'étais seul, libre de mes mouvements, prêt à mettre mon courage à l'épreuve.

J'écrivis à Mère que j'étais désolé de ne pas avoir été auprès d'elle dans cette épreuve, et que je lui donnerais des nouvelles lorsque j'aurais fait fortune (je l'imaginais disant à mes frères : « Mes enfants, c'est la dernière fois que nous entendons parler de lui ! »). Voilà. Le dernier lien qui me rattachait à mon enfance était rompu. Encore une semaine et je serais en route pour le pays sauvage.

Parmi les chevaux proposés par la compagnie, j'en choisis un que je comptais rembourser grâce à la vente de mes premières fourrures, puis passai une dernière soirée à la taverne avec mes anciens compagnons de travail. La veille de mon départ, je vidai ma chambre, en abandonnant, posé sur une peau de daim, un beau tas d'entrailles de rats musqués. Ma logeuse m'avait houspillé plus souvent qu'à mon tour, sans que je puisse me défendre, puisque j'étais son locataire. Une vengeance vicieuse et grossière. Rétrospectivement, je me souviens avec honte de ce paquet de tripes au beau milieu du plancher. Cette vieille bique sinistre crachait sa bile sur des jeunes casse-cou qui devaient lui rappeler son époux défunt. Je n'aurais pas dû lui laisser ce cadeau d'adieu. Je m'en rends compte aujourd'hui. Ce geste odieux entacha longtemps les souvenirs plutôt heureux que je garde de cette période.

Je stockai mes effets personnels dans l'entrepôt de la compagnie, et m'en allai dire au revoir à une tanneuse canadienne nommée Alene Chevalier. Nous étions bons amis et à maintes reprises je lui avais porté des peaux à traiter, juste pour le plaisir de la voir. Paré de jambières neuves et d'une tunique de daim, j'espérais lui voler un baiser avant de partir, mais en approchant de sa maisonnette, qui vis-je de l'autre côté de la barrière ? Cette canaille d'Henry Layton, la figure encore contusionnée, les phalanges de la main droite éraflées et boursouflées, en compagnie d'Horace Bailey, un gros type suffisant, riche comme Crésus. Tous deux en redingote noire et jabot blanc. Si j'avais pu, j'aurais fait demi-tour, car l'étalage de l'opulence m'a toujours indigné. Il m'a fallu la moitié de mon existence pour maîtriser cette révolte et je ne suis pas sûr qu'elle soit complètement éteinte à ce jour. Je regrettai aussitôt mes peaux de daim et mes mocassins.

— Tiens, tiens, William Wyeth en jambières, comme un vrai *bushway*[1], m'apostropha Alene.

Elle avait un léger accent français, assez pour que l'on devine qu'elle était étrangère, mais pas au point de gêner la compréhension. Bien qu'elle possédât, d'après la rumeur, un quart de sang indien, elle paraissait néanmoins très française, voire très parisienne dans sa jupe longue, un châle croisé sur sa poitrine et les cheveux relevés, maintenus par une barrette en bois.

— Viens par ici, le sauvage. Tu connais Henry et Horace ?

Je me ressaisis et m'avançai, la main tendue.

— Bonjour, messieurs.

Layton, qui avait l'esprit vif, joua le jeu.

— Cette fripouille de Wyeth m'a vu me battre la semaine dernière et il n'a pas daigné me venir en aide.

— Vous n'aviez pas besoin d'aide pour piétiner un homme à terre.

— Essayer de piétiner, sans succès, corrigea-t-il en riant.

Il se tourna vers Alene.

— Je l'avais cravaché pour lui éviter de passer sous les sabots de mon cheval, et cet abruti m'a agoni d'injures alors que je lui avais sauvé la vie, expliqua-t-il. Ça m'a mis très en colère et j'avoue avoir tapé un peu fort. Rassure-toi, il n'avait rien de cassé ! Une heure plus tard, il dansait la gigue

1. *Bushway*, déformation du mot français *bourgeois*, nom donné aux responsables des comptoirs commerciaux installés le long du Missouri, où les trappeurs venaient négocier leurs fourrures. Le terme est souvent utilisé avec ironie.

sur le pont d'un quillard, en agitant la bouteille que je lui avais fait porter. Il m'a même remercié de l'avoir diverti !

— Je confirme, renchérit Bailey.

— Wyeth, qu'est-ce qui t'amène ici dans cet accoutrement ? s'enquit Layton en désignant mes jambières. La chasse à l'écureuil et au rat musqué ?

— Je pars à l'aube pour l'Ouest. Je venais dire au revoir.

— Combien de temps comptez-vous y rester ? me lança le gros Bailey d'un ton bourru.

— Une saison ou deux. Trois peut-être. Je verrai bien.

— Avec quelle compagnie ?

— Les Fourrures des Rocheuses.

— Bravo, Wyeth. Va au bout de ton rêve.

Tout le monde savait que la Compagnie des Rocheuses se lançait dans les expéditions les plus risquées.

— J'ai entendu dire que ce sont des contrées magnifiques, intervint Layton. Le monde entier rêve de leurs richesses. Je t'envie. Sincèrement.

Il avait dit cela du ton moqueur qui lui était coutumier. J'ignorais s'il se foutait de moi.

— Je finirai sans doute en pelote à épingles, criblé de flèches ! répliquai-je.

— Oui, mais tu y seras allé. C'est ce que je devrais faire, moi aussi…

Il tira sur les passants de sa ceinture.

— Hélas ! je suis entravé par ces maudites sangles.

— Vous n'avez qu'à vous en débarrasser.

Je m'attendais à une réplique cinglante. Il se contenta d'acquiescer.

— C'est vrai. On n'est esclave que de soi-même.

En disant cela, il jeta un coup d'œil en direction d'Alene, et je notai avec une pointe de satisfaction qu'elle détournait les yeux.

— Moi, je suis esclave de mon ambition, enchaînai-je. Ma famille pense que je suis un froussard incapable de prendre une décision. Je veux leur prouver ce que je vaux et revenir la tête haute, gentleman et fortuné.

— La fortune ne suffit pas à faire le gentleman, s'esclaffa Alene, et je vis Layton m'observer, se demandant comment je prendrais la pique.

— Il me suffira de fourrer mon argent sous le nez de mes frères pour leur montrer qu'ils se trompaient à mon sujet.

— Ou qu'ils avaient raison, ce qui expliquera pourquoi tu as finalement réussi, murmura Layton.

N'ayant aucun motif de m'attarder auprès de ces dandys qui spéculaient sur mon avenir, je m'avançai vers Alene afin de prendre congé.

— Je serai de retour d'ici un an ou deux et, si je survis, je te rapporterai une coiffe de squaw et une gourde pleine de l'eau des fleuves qui coulent vers le Pacifique.

— Quand tu reviendras après tout ce temps, dit Alene en souriant, tu me trouveras bien trop timorée.

— Et moi, je serai juste assez téméraire pour revenir sans raison particulière, marmonnai-je.

Elle éclata d'un rire joyeux. C'était la seule phrase que j'avais sortie sans l'avoir préparée et elle l'avait touchée.

Elle prit furtivement dans sa poche un objet enveloppé d'un bout de papier rose. À l'intérieur, je vis une médaille de saint Christophe[1] accrochée à une chaînette en argent.

— Prends-la, dit-elle. Beaucoup ne reviennent jamais.

Elle s'approcha et m'attacha la chaînette autour du cou. Par endroits, ses paumes étaient à vif, à force de gratter les peaux. Je dus me baisser, car je suis grand et elle, haute comme trois pommes. Je sentis une odeur de romarin, la caresse de ses boucles brunes sur ma joue et la pression ferme de ses doigts sur mon épaule. Les deux autres me regardaient avec envie, ce qui ne fut pas pour me déplaire. Ma récompense d'avoir rejoint la brigade.

— Ne m'oublie pas, lui chuchotai-je à l'oreille.

— C'est toi qui vas m'oublier, avec les squaws, répondit-elle en riant, un rire léger dont je me souviendrais.

Je me tournai vers ses visiteurs. Bailey agita sa main grassouillette. Layton se redressa, claqua des talons et me salua.

— Cap sur l'Ouest, Wyeth ! Sans rancune ? À ton retour, je viendrai écouter le récit de tes exploits.

J'admis qu'il était beau joueur. Préférant minimiser ma bravoure, j'ébauchai un geste désinvolte, pris congé et partis en direction de l'aire de chargement, au bord du Missouri. Je m'attardai sur la berge, à observer un vol d'oies sauvages. Un quillard déployait sa voile. Au loin, je perçus la plainte d'un accordéon. Je réfléchis à ma situation. J'allais quitter la civilisation, je n'appartiendrais à personne. J'étais à l'aube d'une vie nouvelle, et le cœur du monde battait dans ma poitrine.

1. Patron des voyageurs.

Aujourd'hui, je frissonne en repensant à cette déraison juvénile, néanmoins elle me réconforte.

Après ces quelques instants de rêverie, je me rendis à l'entrepôt de la compagnie, où dormaient les recrues sur le départ. Je m'y étais installé depuis que j'avais quitté la pension de famille. Des peaux de bison recouvraient le sol de terre battue ; des lanternes assaillies par les papillons de nuit pendaient à des pitons de bois fixés aux poutres. Juste devant la porte bouillonnait le contenu d'un énorme chaudron posé sur un trépied. Des hommes affalés jouaient aux cartes. Je m'allongeai sur une toison et me perdis dans la contemplation du plafond. Un vieux trappeur à la barbe emmêlée vint s'installer près de moi. Il alluma une longue pipe noircie qu'il s'était certainement procurée chez les Indiens et fuma en silence. Je finis par lui demander dans quelle brigade il travaillait.

— Celle d'Andrew Henry.

— Belles prises ?

— Environ deux grosses balles. Cent cinquante peaux par homme.

Je fis le calcul. Une jolie somme.

— Combien étiez-vous ?

— Quatre-vingt-quatre.

— Beaucoup de pertes ?

— Sept. Quatre tués par les sauvages. Deux par des ours. Un mort de faim ou de froid.

Il ne mentionna pas de noms, juste les circonstances de leur mort. Sept sur quatre-vingt-quatre, en une saison. Un peu moins que la moyenne. Il resta là, étendu, à tirer sur son calumet. Son attitude dénotait l'homme des grands espaces, toujours vigilant, jamais dérangé par le silence.

— Vous allez repartir ? repris-je au bout d'un moment.

— Non. J'ai fait cent cinquante-deux peaux. Pour moi, c'est bon. Terminé. Et toi, t'as signé avec Jed Smith ?

— Oui.

— Déjà allé là-haut ?

— Non.

Il me tendit la main.

— Alors bonne chance, gamin.

— Bonne chance à vous, ici, à Saint Louis.

Ses paumes étaient calleuses comme de la boue durcie. Il aurait pu me broyer la main.

— Bonne nuit, me dit-il.

Des mois durant, les cinquante-six hommes de notre brigade remontèrent le lit boueux du Missouri sur près de quinze cents milles, halant un quillard à la cordelle. Cette besogne harassante et démoralisante entraîna, au fil des jours, la défection de seize d'entre nous. Seul le souvenir des mots méprisants lancés par mon père m'empêcha de rejoindre les déserteurs. Quatorze heures par jour, nous faisions avancer l'embarcation en tirant ces maudits cordages ou en plantant des perches dans la vase, les muscles bandés sous l'effort, le dos cuit par le soleil. Nos corps finirent par ressembler à des pantins au cuir tanné et noueux. La tête de la perche laissait sous la clavicule un creux permanent et décoloré. Au crépuscule, nous faisions halte sur une berge fangeuse et dormions à l'endroit même où nous nous étions effondrés.

Moi qui rêvais de chevauchées romantiques sur des chevaux sauvages galopant à travers des étendues verdoyantes, je me retrouvais galérien. À l'aube de la huitième semaine, j'eus enfin un aperçu de la Prairie.

Août arriva et, pour la première fois, le vent et les courants nous furent favorables. Les voiles furent hissées et les *voyageurs*[1], comme nous nous surnommions par plaisanterie, reçurent leur fusil avec ordre de chasser. Les montures qui cheminaient sur la berge, menées par la bride à côté du quillard, furent promptement sellées. Bientôt, je trottai au milieu d'un lit de rivière asséché. J'atteignis le sommet d'une colline à l'herbe rare et contemplai les ondulations de la plaine brûlée par le soleil, s'étendant à perte de vue. Des myriades de sauterelles stridulaient sans fin. Un oiseau planait dans le ciel blanc, qui me parut soudain très haut, comme si le monde, grandiose et solennel, s'était dilaté autour de moi. La Prairie me donnait la sensation d'être à l'orée d'un mystère infini, déconcertant, et, par-dessus tout, m'écrasant d'une solitude absolue.

Les vents favorables persistèrent trois jours ; au matin du troisième jour, nous vîmes de la fumée, à l'ouest. En compagnie de Blanchard et d'un jeune gars de l'Ohio nommé Ferris, je partis en reconnaissance. Après avoir gravi un lit de rivière bordé de buissons d'épineux et d'amas rocheux, nous parvînmes à un village mandan en proie aux flammes. Partout gisaient des cadavres au visage ensanglanté et noirci, aux yeux exorbités. L'odeur était épouvantable. Des charognards avaient commencé de déchiqueter les corps lacérés. Près de la margelle d'un puits, nous découvrîmes le corps d'un garçon, nu, une figue de Barbarie fichée

1. Les *voyageurs*, hommes chargés de haler les quillards, étaient souvent la risée des trappeurs.

entre les dents, le poignet gauche tranché. Plus tard, j'aperçus la main, petite fleur noire racornie, coincée entre deux basses branches d'un peuplier[1].

Blanchard se comportait comme si les Indiens n'étaient pour lui que des bêtes mortes.

— On dirait qu'on lui a fourré ses bijoux de famille dans la bouche, à celui-là ! hurla-t-il, comme s'il s'agissait d'un spectacle de carnaval.

Ses commentaires déplaisants le firent sérieusement baisser dans mon estime. Ferris s'opposa à l'indifférence, réelle ou simulée, de Blanchard, en recouvrant la dépouille d'une peau de daim trouvée à l'intérieur d'un tipi. Ferris avait dix-neuf ans, une silhouette d'adolescent, gracile, féminine, presque une poupée. Il entreprit d'empiler des pierres plates sur les bords de la peau. Comme si les loups n'allaient pas les retourner dès que nous aurions déguerpi ! Je faillis aller l'aider, mais sa façon presque dévote de replier les coins du linceul me fit penser qu'en son for intérieur il se plaçait au-dessus de nous. Son père était médecin et, contrairement à nous, Ferris avait dû payer une somme forfaitaire pour être embauché, Ashley considérant sans doute que ce blanc-bec, incapable de tenir la cadence, renoncerait très vite à l'expédition. Non, pas question de m'acoquiner avec un gosse de riche gâté et toujours content de lui.

Nous inspectâmes le village pillé puis retournâmes faire notre rapport au campement. Smith, prudent, doubla la garde de nuit. Le lendemain matin, le vent était tombé et nous recommençâmes à haler le quillard. Peu à peu, les terribles images du massacre

1. Il s'agit du peuplier noir d'Amérique, à port étalé, très différent des peupliers européens.

s'effacèrent, mais la solitude de la Prairie s'installa en moi et se mêla à une sorte d'incertitude oppressante qui me donnait la sensation de me dissoudre dans le silence implacable de cette plaine immense et monochrome. Je compris alors que j'avais peur. Peur d'être tué dans un endroit coupé du monde où personne ne me pleurerait, comme me l'avait prédit mon père. Les autres trappeurs, Ferris excepté, étaient tous des montagnards endurcis, bourrus et débrouillards. Bientôt, ma poltronnerie se révélerait au grand jour.

Au début de novembre, nous atteignîmes le confluent du Missouri et d'une large rivière qui coulait vers le sud, appelée la Yellowstone. C'est là que le halage prit fin. Nous déchargeâmes le quillard et nous préparâmes à camper jusqu'au printemps.

Fort Ashley, situé en aval du confluent, était composé de trois cabanons à moitié enfoncés dans la boue, entourés par endroits d'une palissade faite de pieux en peuplier. Un matin, une semaine après notre arrivée, nous fûmes réveillés par des cris.

— Absaroka ! Absaroka[1] !

Ashley sortit en trébuchant de l'intendance, tête nue, et regarda vers le sud. Au loin chevauchaient une quarantaine de Crow, mouchetant un flanc de colline enneigé.

— Baissez vos armes ! hurla-t-il. Ils viennent troquer des provisions contre de la poudre à fusil. Ce soir, nous ferons bombance, du moment que vous ne tirez pas sur eux, bande de bouffeurs de maïs[2] !

1. Nom indien des tribus crow.

2. *Corncrackers*, terme méprisant qualifiant les habitants du Kentucky et plus généralement du nord-est des États-Unis.

Les cavaliers dévalèrent le coteau et s'arrêtèrent à environ quatre cents yards du fortin pour nous saluer. Nous leur rendîmes leur salut sans grand enthousiasme, car nous cherchions à économiser la poudre. Lorsqu'ils franchirent les portes, nous vîmes que leurs bêtes de somme acheminaient de la viande de cerf et de bison boucanée.

Les Crow, très curieux, déambulèrent parmi nous, tripotant nos effets personnels, sans doute prêts à chaparder. C'était la première fois que je voyais des Indiens de près. Ils n'auraient pas paru plus étranges s'ils avaient débarqué de la Lune. Ils portaient des jambières en peau de mouton, des mocassins à franges, des bonnets de fourrure, des manteaux de bison maintenus au cou par un fermoir en griffe d'ours. Devant leur allure sauvage et fière, la plupart des jeunes trappeurs, inquiets, se tenaient à distance, à l'exception de Ferris qui se mêla à nos visiteurs, affichant une attitude amicale qui m'exaspéra. Il griffonnait dans un carnet identique aux miens. Il avait donc l'intention d'écrire ses Mémoires, lui aussi ? L'idée m'agaça. En m'approchant, je m'aperçus qu'en fait il croquait les Indiens d'un trait rapide et précis. Il avait déjà réalisé une demi-douzaine d'esquisses. Sur l'une d'elles, je me reconnus, à mon grand déplaisir.

Ferris s'assit ensuite en tailleur face à un vieux guerrier qui avait perdu un œil et entreprit de lui parler dans sa langue.

— *Sho da chi*, articula-t-il – trois mots qui signifient « bonjour » en dialecte crow. *Sho. Da. Chi.*

Blanchard jugea ces manières terriblement affectées et l'imita d'un ton efféminé, en minaudant : « *Shoo daaa chiii* », déclenchant l'hilarité générale.

Ferris ignora nos railleries et, tout en conversant à voix basse avec le vieillard, sortit de sa poche une paire de lunettes auxquelles il manquait un verre. Il les posa avec cérémonie sur le nez du guerrier, sans doute par plaisanterie. Les autres Indiens, le voyant chaussé de bésicles de borgne, éclatèrent de rire. Ferris se releva, le sourire aux lèvres, et resta là à se balancer d'un pied sur l'autre, content de sa blague, d'après moi. Il leur expliqua ensuite qu'en orientant le verre face au soleil on parvenait à allumer un feu. En guise de remerciement, le vieil homme lui offrit un solide bouclier en cuir de bison, aux contours ornés de motifs finement ouvragés, incrustés d'éclats de miroir destinés à éblouir l'ennemi. Une pièce magnifique, que nous nous passâmes de main en main, sidérés. Même Blanchard en resta sans voix.

Ce soir-là, on chanta, on festoya, et un jeune nommé Bridger, qui effectuait sa deuxième saison de trappe, sortit une bouteille de bourbon qu'il avait planquée à l'intérieur d'une grosse calebasse. Smith et Ashley l'escamotèrent aussitôt, car ils ne voulaient pas d'Indiens ivres au fort.

Je m'endormis au milieu des murmures de conversations qui distillaient dans mon cerveau une langue aux sonorités étranges. Le lendemain matin, quand j'émergeai de ma tente, mal réveillé, les Crow étaient partis. Les derniers chevaux étaient encore visibles à flanc de coteau. Lorsqu'ils atteignirent la crête, les cavaliers se retournèrent pour nous saluer en tirant des coups de fusil qui déchirèrent le silence des plaines enneigées puis disparurent de notre vue. Un profond sentiment de vide m'envahit. Ferris, qui assistait à la scène, observait toujours l'horizon lorsque je revins à ma tente. Il ne parut pas remarquer ma présence, mais je savais que si j'étais resté plus longtemps dehors, il aurait mis un point d'honneur à s'attarder davantage.

Au cours des jours suivants, je notai que Ferris interrogeait les vétérans sur les us et coutumes des Indiens et sur l'emplacement de leurs villages. Très vite, ceux-ci se moquèrent de lui en l'appelant « l'Indien blanc ». Quant à moi, ils me surnommaient « le Professeur », parce que j'avais toujours de l'encre, une plume et un carnet à portée de main. Je détestais être associé à ce poseur de Ferris et, désireux de combattre mon apparence de collégien pusillanime et les doutes qui m'assaillaient, je m'arrangeai pour être en toute occasion le premier volontaire à partir en expédition autour du fort, le premier à placer des pièges dans les rivières avoisinantes. Au début de décembre, je décidai d'aller installer mes trappes vers les collines, au nord du fort. Smith avait formellement défendu aux plus jeunes d'entre nous de s'aventurer là-haut. Les bois, disait-il, grouillaient de Blackfoot, ce qui ne faisait qu'attiser notre curiosité.

Durant une courte période de beau temps – on se serait cru en automne –, Bridger et moi nous éclipsâmes à l'aube en direction de la zone interdite.

Bridger était un gaillard robuste, au teint rougeaud et aux cheveux en brosse, qui possédait les trois qualités indispensables à la survie de ce côté-ci du Mississippi : tireur émérite, fin limier, excellent chasseur. Et il dormait sur une plaque rocheuse aussi profondément que s'il était allongé sur un lit moelleux. J'appréciais sa connaissance de la nature sauvage et lui admirait mon instruction.

Après avoir traversé d'innombrables cours d'eau et gravi des heures durant des pentes empierrées, nous dressâmes notre bivouac dans une forêt d'épicéas majestueux et filâmes poser nos pièges, sans nous soucier du raffut provoqué par l'entrechoquement de nos trappes, comme si nous étions les seules créatures vivantes à des milles à la ronde. Nous avions chevauché environ un quart d'heure quand une ombre mouvante se détacha d'un grand pin et s'enfonça dans l'obscurité des bois. Nous entendîmes un martèlement de sabots qui s'éloignaient. Tout était arrivé si vite que je crus avoir rêvé, mais déjà Bridger, brandissant son fusil, talonnait sa monture à la poursuite de l'Indien. J'aurais dû l'imiter, mais la surprise m'avait fait lâcher mon arme. Le temps que je la ramasse, Bridger s'était volatilisé. Je suivis ses traces, que je ne tardai pas à perdre.

Je fis halte dans une clairière, à l'affût du moindre bruit de galopade. Soudain, un loup surgit en trottinant. Il portait un harnais de cuir peint de motifs d'aigles et d'ours, décoré de plumes. J'étais donc proche d'un campement indien ! Pris de panique, je dégringolai de mon cheval et le fis reculer à couvert. Une petite voix pourtant me soufflait : « Au moins, tu auras une histoire à raconter à ton retour à Saint Louis. » Même à ce moment, ma vanité juvénile me faisait rêver de gloire.

Quelques minutes s'écoulèrent. Rien ne se passa. Au bout d'un quart d'heure, je remontai en selle et retournai le plus discrètement possible vers notre bivouac. J'imaginais Bridger prisonnier, attendant d'être brûlé vif au poteau de torture, et je ne voyais pas comment le secourir.

J'attachai mon cheval au piquet à deux cents yards du bivouac et rampai entre les broussailles jusqu'à ce que j'aperçoive le quartier de viande que nous avions suspendu à une branche. Tout à coup, un cavalier indien apparut dans la clairière, à quelques toises de là. Il était vêtu comme les vieux trappeurs de notre brigade : veste et jambières en daim, manteau de bison, bonnet de castor, bottes doublées de fourrure. Il portait un mousquet en bandoulière, un pistolet et un coutelas glissés à la ceinture. La robe de son poney était ornée des mêmes dessins que le harnais du loup. Il mit pied à terre, s'approcha des braises encore fumantes, examina la tente puis, s'emparant de notre écharnoir fiché dans un rondin, passa la lame sur son pouce, trancha un morceau de notre viande et le mangea. Il se lécha les doigts, empocha le couteau, sauta sur sa monture et disparut, absorbé par la pénombre. Je restai longtemps recroquevillé, tremblant, trop effrayé pour bouger. Me doutant qu'il ne tarderait pas à revenir, je me dépêchai d'aller récupérer notre équipement. J'empaquetai le tout du mieux que je pus et m'enfuis, le cœur battant.

Une heure plus tard, je parvins à un promontoire qui surplombait le confluent des deux rivières. De là, je voyais les sommets enneigés et, au loin, la fumée de Fort Ashley s'élevant dans la lumière de cette fin de journée. Un cavalier s'avançait vers la fourche. Je plissai les yeux et reconnus la silhouette trapue de Bridger. Il était vivant ! Je souris. Délivré de l'étreinte qui l'enserrait, mon cœur se remit à battre librement.

Le crépuscule tombait. Je galopai à travers la plaine en direction du fort. J'avais recouvré mon assurance, prêt à raconter ma mésaventure en l'enjolivant. Tous les hommes sortirent pour m'accueillir, y compris Bridger. J'expliquai d'un ton insouciant que, comme nous étions lancés à la poursuite d'une bande d'Indiens, nos pistes s'étaient séparées et que j'avais failli me retrouver au beau milieu de leur campement.

— Tu aurais dû les zigouiller ! s'exclama Blanchard.

Un vétéran nommé Pegleg[1] lui lança un regard sévère.

— Ouais, et les autres lui auraient caressé les côtes avec leurs couteaux. Il a bien fait de se tenir tranquille.

On me pressa de questions. « C'étaient des Blackfoot ? – Tu as vu des Anglais avec eux ? – Ils avaient des carabines ou des fusils de chasse ? »

Et ce m'as-tu-vu de Ferris de demander à brûle-pourpoint :

— Au fait, tu as observé leurs mocassins ?

— Leurs mocassins ? ironisai-je.

— On aurait su si c'étaient des Blood ou des Blackfoot, répondit-il calmement. À mon avis, ce devait être des Blackfoot.

— Ils avaient des bottes fourrées brodées, comme on en vend dans Market Street.

Et tous de s'ébaudir.

— Ils étaient combien ? s'enquit Jed Smith.

— J'ai entendu leurs chevaux. Une quinzaine, peut-être plus.

— Bon, je double la garde ce soir, décréta-t-il. Si vous les repérez, envoyez Pegleg en émissaire. Et surtout, ne tirez pas, sauf s'ils font feu les premiers.

Avant de regagner ses quartiers, il posa la main sur mon épaule.

— Si tu avais perdu ton scalp, là, tu aurais eu quelque chose à raconter dans tes Mémoires, blagua-

1. « Jambe de bois ».

t-il. Alors à partir de maintenant, finies les balades de l'autre côté des collines. Compris ?

Jed Smith était un bon chef et une âme généreuse. Et il avait remarqué que j'avais eu le cran de lui désobéir.

Le lendemain, je vis Ferris s'éloigner à cheval vers les limites du campement. Il scrutait les coteaux environnants à l'aide de sa lunette d'approche. Mais les Indiens demeuraient invisibles. Et il n'en avait pas aperçu un seul. Moi, si.

Deux jours plus tard, la neige se mit à tomber dru et nous dûmes nous entasser dans l'intendance pendant plusieurs semaines. Nos provisions s'amenuisaient. Le 31 décembre de cette année 1826, un wapiti fut localisé dans les basses-terres, au sud du fort. Smith promit une pièce d'un dollar en argent à qui l'abattrait. En fin d'après-midi, j'enfourchai mon cheval, talonné par ce crâneur de Ferris, alors que j'avais tout fait pour l'éviter. Cherchait-il sans cesse à entrer en compétition avec moi ?

Tandis que nous parcourions la plaine, je lui désignai un oiseau aquatique flottant sur un trou d'eau qui n'avait pas encore gelé.

— Regarde, un canard.

— Un garrot à œil d'or.

À cette distance, comment pouvait-il prétendre le reconnaître ? Peu de temps après, je remarquai des traces de sabots fendus.

— Un cerf mulet, précisa Ferris.

Nous scrutâmes les alentours, pendant plus d'une demi-heure, en vain. Le ciel s'assombrissait et la rivière, éclairée par les derniers rayons du soleil, scintillait d'un éclat bleuté sur le fond noir des forêts.

Nous atteignîmes la berge. Ferris sauta de sa monture et, sans lâcher la longe, s'accroupit pour boire au creux de sa paume. Alors qu'il remontait le talus, la jument pie, effrayée, détala vers les bois, et la longe lui échappa des mains.

— Pauline ! Reviens, sale bête ! hurla-t-il.

Elle stoppa une trentaine de yards plus loin. Mauvais cavalier, ce Ferris.

— Maintenant que toutes les créatures des environs ont flairé notre présence, autant tenir un pow-wow et allumer un feu, bougonnai-je.

— Depuis notre départ, nous n'avons pas été très discrets ! riposta-t-il en riant. Arrête de bouder, Wyeth, et aide-moi à récupérer cette satanée bestiole.

Il ramassa son mousquet tombé au sol et souffla sur la neige accumulée dans le bassinet situé sous le silex. Il le rechargea de poudre avec soin, mais une bourrasque renvoya des flocons à l'intérieur de la cavité. Il ne prit pas la peine de réitérer l'opération, car il ne voulait pas me faire attendre. Nous partîmes à la recherche de la jument. Au bout d'un moment, il s'arrêta, réfléchit et fouilla les bois du regard, se demandant ce qui avait pu à ce point effrayer sa Pauline. Il ne vit rien. Moi non plus. Nous avancions à pas de loup, quand soudain nous découvrîmes, à une dizaine de yards, immobile au milieu des taillis couverts de neige, un énorme élan mâle, un vieil orignal, plus haut qu'un cheval. Je distinguais les nouvelles pousses veloutées à l'emplacement des anciens andouillers. Deux fines volutes de vapeur s'échappaient de ses naseaux. Pas un seul de ses muscles ne frémissait. Il devait être là depuis longtemps et nous, les grands chasseurs, ne l'avions même pas repéré.

Mon fusil était resté accroché à ma corne de selle, erreur que je ne commettrais plus jamais de ma vie. Ferris ajusta son tir et appuya sur la détente. Le coup ne partit pas. La poudre humide avait fait long feu. Une fraction de seconde plus tard, la bête jaillit des fourrés en poussant un formidable grognement et nous chargea. Je voulus attraper mon fusil, mais mon cheval, affolé, fit un écart ; le temps que je saisisse l'arme, l'orignal était sur nous. Ferris balança son mousquet comme un gourdin. L'acier heurta le front de l'animal, sans aucun effet, et la force du rebond précipita mon compagnon par-dessus le talus.

— Pauline, espèce de saleté ! hurla-t-il en déboulant sur la berge.

Je visai la bête qui s'éloignait entre les fourrés. Elle en ressortit une centaine de yards en aval, coupa à travers la berge vers la rivière gelée. Je me lançai à sa poursuite, hélas ! elle disparut rapidement de ma vue. Le mousquet de Ferris avait glissé sur la fine couche de glace, à quelques pas de lui. Il voulut le récupérer, mais son poids fit craquer la surface et il se retrouva dans l'eau jusqu'aux genoux. Entre-temps, l'orignal avait atteint la rive. Il effectua une brusque volte-face, sur ses pattes maigrichonnes qui barattaient furieusement des copeaux de glace. Puis, soufflant comme un taureau furieux, il fonça sur Ferris qui hurla : « Nom de Dieu ! » et qui, affolé, chercha à attraper une branche pour se défendre.

La créature enragée n'était plus qu'à six ou sept toises quand je fis feu. Un bon tir. Pas trop difficile, mais je l'avais eue. Elle bascula en avant, faisant craquer la glace à quelques pieds de Ferris.

— Quel bouffeur de maïs a dit que c'était un wapiti ?

Ce fut la première chose qu'il trouva à dire.

— Pegleg, je crois.

— Il doit aussi lui manquer un œil !

Mon fusil fumait encore qu'il riait déjà !

Il parvint à s'extraire de la gangue gelée et récupéra son mousquet.

— Il faut être un sacré imbécile pour perdre sa jument, laisser son bassinet se remplir de neige et, par-dessus le marché, se casser la figure dans l'eau glacée ! Je devais avoir l'air complètement ridicule, non ?

— Disons que tu ne ressemblais pas à David Crockett.

— Walter Ferris, l'homme de l'Ouest, le grand trappeur, manquant d'être piétiné par un orignal à deux milles du fort. Faut le faire, hein ?

— On a manqué le panneau : « Attention, orignal ! »

— Wyeth et Ferris, de vrais *bushways*, dit-il d'un ton moqueur.

— Les dignes héritiers de Lewis et Clark[1] et du général Ashley, renchéris-je.

Je crus qu'il s'excuserait de son imprudence, il se contenta d'en rire et de railler sa négligence.

« Bon, tu l'as mal jugé, pensai-je. Autant l'admettre, Ferris est un bon gars. »

Après avoir saigné et dépecé l'élan, nous chargeâmes autant de quartiers de viande que nous pûmes sur nos montures et accrochâmes le reste à de hautes branches. Une heure après, nous caracolions en direction de Fort Ashley. Une lueur bleutée éclairait l'horizon enneigé. Nous, qui nous prenions pour des

1. L'expédition menée par les officiers Meriwether Lewis et William Clark, entre 1804 et 1806, fut la première à traverser les États-Unis jusqu'à l'océan Pacifique.

chasseurs – pas vraiment expérimentés, mais pas tout à fait incompétents –, avions failli nous faire avoir par un orignal à deux milles de notre campement.

— Merci d'avoir tiré, Wyeth.

— De rien.

Il n'en reparla pas, et moi non plus. Il me savait gré de lui avoir sauvé la vie. Cela suffisait.

Nous chevauchâmes dans la lumière pourpre, avec, à l'ouest, la beauté stérile des pics glacés, l'immensité silencieuse de la plaine résonnant à l'intérieur de nous.

Nous passâmes la soirée à narrer notre mésaventure. Ferris en souligna les aspects ridicules, faisant rire aux éclats tous les vieux briscards, qui tapaient des pieds et nous flanquaient de grandes claques dans le dos. Il avait trouvé la méthode idéale pour nous faire accepter de la brigade. Aux yeux des vétérans, rien n'était mieux considéré que de risquer inutilement sa vie et de se gargariser de sa propre ignorance.

Ferris se révéla, outre un compagnon facile à vivre, un montagnard-né, curieux de tout. Les fleurs et les animaux sauvages le passionnaient autant que les Indiens et leurs coutumes. Durant nos longues nuits d'hiver, je lui racontai les circonstances de mon départ précipité de la ferme familiale. Il m'expliqua que lui aussi avait déçu les espoirs de son père en abandonnant ses études de médecine, et que ce dernier, bien à contrecœur, avait fini par accepter son choix, contrairement au mien. Je dois reconnaître que Ferris était plus diplomate que moi. Nous évoquions notre émerveillement devant les paysages de l'Ouest, l'existence fastueuse que nous mènerions à notre retour avec le pactole que nous aurions amassé. Bref, des âneries. Des années plus tard, je garderais une vision amère de nos espérances déçues ; toutefois, en prenant de l'âge, je me moque de moins en moins des illusions romantiques de mes vingt ans. Les aspirations ardentes de la jeunesse sont le piment de l'existence, laquelle peut rapidement se réduire à la seule poursuite des besoins essentiels. Je ne parlerai pas ici de ce déclin. Je préfère conter la glorieuse odyssée des trappeurs, qui, un temps, enflamma les paysages sublimes de l'Ouest, et décrire comment, par chance, nous avons joué un petit rôle dans le grand tourbillon de l'histoire américaine.

L'hiver passa très vite. À la mi-mars de cette année 1827, juste avant la fonte des glaces, la Compagnie des fourrures des Rocheuses fut divisée en cinq brigades. Nous rêvions tous d'être envoyés au cœur des Big Horns car, l'année précédente, une équipe y avait récolté quatre-vingt-dix fourrures par tête en une demi-saison, une quantité bien supérieure à la moyenne. Deux brigades furent dépêchées là-bas, mais pas la nôtre. Une troisième partit à Peter's Hole[1], une autre sur les pentes est du Grand Teton. Smith, Pegleg, Blanchard, Bridger, Ferris et moi-même, accompagnés d'un trappeur aguerri nommé Glass, fîmes route vers le sud, car, disait-on, les castors abondaient au nord de la chaîne de Wind River. Pendant trois semaines, nous parcourûmes des contrées jusque-là inexplorées et débouchâmes au pied des montagnes où nous allions, Ferris et moi, exercer pour de bon le métier qui serait le nôtre quelques années durant.

Je n'insisterai pas ici sur les détails techniques, comme la pose des trappes et l'écharnage des peaux.

1. Le « Trou de Pierre » : l'un des lieux de rendez-vous annuels des trappeurs et des négociants en fourrures.

La lecture en serait ennuyeuse et sans lien direct avec mon récit. Il suffit de savoir que nous apprîmes à dormir à la belle étoile sur des peaux de bison, à manger uniquement le fruit de notre chasse et de nos cueillettes, à monter la garde en scrutant les ténèbres, chien du fusil armé, et, l'oreille tendue, à écouter toutes les nuances du silence, surtout celles qui signifiaient danger. Les vétérans nous enseignèrent les différentes manières de piéger les animaux à fourrure et d'appâter les lynx et les loups grâce à l'odeur forte du castoréum[1]. Ils nous montrèrent comment préparer les peaux de façon qu'elles ne s'abîment pas et aussi à construire une cache à fourrures. Bref, tout ce qu'un bon trappeur doit savoir. Même si nous étions moins habiles que nos compagnons, nous y mettions tout notre cœur et toute notre énergie.

À la mi-juin, après trois mois de labeur, nous étions tous les sept rassemblés sur le versant est d'un pic enneigé, à observer un groupe d'une trentaine d'Indiens qui traversaient la plaine. Au cours de la saison, nous avions souvent été surveillés par leurs sentinelles, nous avions aperçu leurs villages de loin et repéré leurs lieux de trappe, mais nous n'en avions pas rencontré depuis la venue des Crow, l'hiver précédent, à Fort Ashley. Ces Indiens que nous épiions à la lunette transportaient des tipis et se déplaçaient avec de nombreux chevaux, soulevant des nuages de poussière. Ils convergeaient certainement vers un point de rencontre, situé derrière un tertre qui les masqua bientôt à notre vue. Des enfants et

1. Sécrétion huileuse et odorante, produite par des glandes spécifiques du castor, utilisée en parfumerie et dans la pharmacopée traditionnelle.

des chiens cabriolaient derrière les derniers poneys du convoi.

— Ils ont pas l'air d'être sur le sentier de la guerre, remarqua Pegleg.

Bridger le désigna du menton et poussa Smith du coude.

— Je sais à quoi il pense…

Pegleg coinça ses pouces dans son ceinturon.

— Et si on descendait les voir ? Des squaws auraient p't-être envie d'un brin de causette avec un vieux trappeur crasseux ?

— Et toi, tu as envie de te faire scalper ? blagua Smith.

— Je prends le risque ! rétorqua joyeusement Pegleg. S'ils ont des tentes, des gosses et des chiots, c'est pas pour faire la guerre. Faut pas vous biler, capitaine. Et si on en profitait pour dessiner la carte des cours d'eau coulant vers le sud ? Qu'est-ce que vous en dites ?

Bien qu'il eût toujours une bible sur lui – ce qui aurait été considéré comme un signe de faiblesse chez tout autre que lui –, Jed Smith était le plus brave et le plus digne de confiance de tous les chefs de brigade. Nous attendîmes son verdict.

Il abaissa la longue-vue, remonta en selle et déclara :

— Gardez vos fusils en travers du pommeau. Si quelque chose nous déplaît, on remonte au galop.

Il ajouta, à l'adresse de Pegleg :

— Et si tu te trouves des squaws, ne les ramène pas au campement.

— Pas de souci, capitaine, répliqua Pegleg. J'en aurai pas pour longtemps.

Dans cette région, les formations rocheuses les plus hautes étaient couvertes d'arbres, mais sur les basses-terres desséchées ne poussaient que de maigres broussailles. En descendant de la montagne, nous quittâmes les sous-bois et débouchâmes sur une butte aride. À notre vue, les Indiens ne modifièrent ni leur attitude ni leur allure. Nous poursuivîmes notre route, rejoints par un groupe de trappeurs français qui bifurqua vers nous à mi-coteau. Je fis le compte : nous étions désormais quinze hommes et dix-huit chevaux. Nous traversâmes un lac asséché puis des terres alcalines parsemées de flaques d'eau claire bordées de sel où frétillaient des têtards et des insectes aquatiques translucides. Nous atteignîmes le tertre qui nous cachait le rassemblement et, parvenus à sa crête, nous découvrîmes à nos pieds pas moins de deux cents tipis disséminés dans la plaine. Devant chacun d'entre eux, des claies de fumage étaient suspendues au-dessus de petits feux. Ferris, qui reconnaissait les différentes tribus à leurs costumes, déclara au bout d'un moment :

— Des Crow, des Mandan, des Hidatsa. Et même quelques Gros-Ventre, je crois.

À l'extrémité nord du camp, quelques trappeurs blancs étaient tranquillement réunis autour de deux grands feux, sans être inquiétés par les Indiens.

— Ils sont pas sur le sentier de la guerre, répéta Pegleg. On a toute la nation indienne réunie, là.

Nous attachâmes nos chevaux au piquet et, pendant trois heures, Ferris et moi déambulâmes dans le campement. Ferris s'arrêtait pour dessiner des pointes de flèches, des mocassins, des boucliers et des parures. Plusieurs chefs importants se trouvaient réunis, parmi lesquels Raven's Beak[1], porté comme un pharaon sur un trône d'osier, et Long Hair, des

1. « Bec de Corbeau ».

Crow de la Montagne, un vieillard dont la chevelure blanche, longue de dix pieds, évoquait une traîne de mariée. Nous vîmes pour la première fois Red Elk[1], un chef blackfoot qui voyageait avec les Gros-Ventre. Puisqu'il était là, entouré de ses ennemis, Ferris en déduisit qu'une trêve avait été conclue entre Crow et Blackfoot. J'observai attentivement ce personnage car, aux dires de mes compagnons, il était le plus rusé et le plus impitoyable des chefs de tribu.

De taille moyenne, plutôt trapu, il n'arborait ni peintures ni parures traditionnelles. Armé d'une massue et d'un long fusil, il était escorté d'une dizaine de guerriers arrogants qui se pavanaient au milieu de la foule. Il semblait sur ses gardes et ne parlait que lorsqu'on lui adressait la parole. Un homme de toute évidence méfiant, austère, peu enclin à plaisanter.

En début d'après-midi, nous tous, Indiens et trappeurs réunis, quittâmes le campement et nous déployâmes en un immense cercle autour de collines d'argile blanche. Ferris, Pegleg, Bridger et moi-même attendions en compagnie d'un mulâtre immense, sec et musclé, nommé Moses Branch, qui avait passé l'hiver chez les Crow et avait accepté de nous servir d'éclaireur et d'interprète.

Vêtu à l'indienne, les cheveux tressés de perles et de plumes, Branch parlait un anglais assez châtié avec un accent de Saint Louis et, disait-on, savait lire et écrire mieux que la plupart d'entre nous.

L'attente s'éternisait. Branch, qui jouait avec son couteau de chasse, menaça de rôtir une belette que Bridger essayait de déloger de son terrier. Appuyé

1. « Élan Rouge ».

sur un coude, je notais mes observations, tandis que Ferris continuait de dessiner.

Au bout d'une heure nous parvint, en provenance du campement, un long glapissement suraigu, pareil au hurlement d'un coyote. Le signal. Nous rassemblâmes nos affaires en vitesse et sautâmes en selle. Quelques instants plus tard, un autre glapissement s'éleva et, soudain, un millier d'hommes à cheval s'élancèrent à l'assaut des pentes argileuses.

Arrivés sur la crête, nous découvrîmes, au nord, une immense prairie, aussi différente des terres que nous venions de traverser que la verte Irlande peut l'être du Sahara. Couchés dans les hautes herbes grasses, plus de cinq cents bisons ruminaient paisiblement. Ils ne prirent conscience de notre présence que lorsque les hordes de cavaliers se précipitèrent sur eux du haut de tous les sommets environnants.

À la vue du troupeau, les Indiens s'étaient mis à pousser des ululements stridents. Des coups de feu claquèrent. Aussitôt les bisons se relevèrent et s'enfuirent dans un tonnerre assourdissant qui fit trembler le sol.

Au fond de la vallée paissait une seconde harde, aussi importante que celle que nous chassions, piégée elle aussi à l'intérieur des collines. Nous l'apercevions de loin qui cheminait dans notre direction, taches mouvantes piquetant la verdure.

Les deux troupeaux se dirigeaient l'un vers l'autre. Ils n'étaient maintenant séparés que d'une centaine de yards, puis cinquante, puis trente… Ils se percutèrent dans un fracas de sabots, de sourds mugissements, de beuglements aigus, s'éparpillant tous azimuts, tournoyant sur eux-mêmes, soulevant des trombes de poussière. Pegleg, Bridger, Branch, Ferris et moi piquâmes nos montures et chargeâmes vers le point d'impact. Un petit groupe fonça sur nous, trente géants à la barbe hirsute, aux yeux noirs, aux cornes recourbées. Ils tentèrent de dévier leur trajectoire mais en furent empêchés par ceux qui les talonnaient. Pegleg, lancé au galop, épaula son mousquet et fit feu. L'une des énormes bêtes s'effondra, les autres firent demi-tour et repartirent en sens inverse.

Une pluie de flèches s'abattit sur le troupeau, accompagnée de violentes détonations. Je levai mon fusil et entrai à mon tour dans ce chaos poussiéreux. J'entendais les chasseurs s'interpeller, hurler, jurer en diverses langues. Les bêtes tourbillonnaient autour des cavaliers qui s'acharnaient sur elles à coups de fusils, de lances, de haches, de couteaux. Je remarquai un Indien désarçonné, le bras cassé, qui tentait de se relever, et me penchai pour l'aider, mais il fut emporté sous une mer de sabots.

Je me retrouvai bientôt au sommet d'un mamelon. Je me rendis compte alors que je n'avais pas tiré une seule fois. En contrebas, les bisons reculaient en mugissant, poursuivis par les Indiens et les trappeurs. Chaque homme signait à la lame les toisons des bêtes qu'il avait tuées, tout en abattant de l'autre main des loups accourus en horde sur le charnier. Les femmes, elles, éviscéraient et dépeçaient les cadavres. J'assistai à une dispute entre Red Elk et un Gros-Ventre qui soutenait avoir tué la bête que le chef crow était en train de marquer. Red Elk termina sa besogne, se retourna et, très calmement, abattit sa massue sur le crâne du Gros-Ventre, qui s'effondra, inanimé.

Plus loin, près d'un cours d'eau bordé de buissons, un homme râblé à la moustache en croc tournait autour d'une bête couchée, criblée de tant de flèches qu'on eût dit un porc-épic géant. C'était un trappeur indépendant nommé Max Grignon qui travaillait en duo avec un certain Bouchet. Ils provoquaient l'animal blessé comme des toreros dans l'arène. Bouchet le tenait par la queue tandis que Grignon s'acharnait sur lui avec la pointe d'une lance cassée. Chaque fois que le fer transperçait son flanc, la pauvre bête se tordait de douleur. Elle parvint à se relever, vacillante, et s'avança pesamment vers Grignon. Les flèches fichées dans son ventre vibraient, des jets de sang jaillissaient, coulant à flots sur son épaisse toison. Elle traînait Bouchet, lequel, toujours accroché à sa queue, riait à gorge déployée. Le bison fit encore quelques pas puis s'immobilisa, cherchant désespérément à se débarrasser de ce fardeau gênant, avant de s'effondrer au milieu d'une mare de sang. Grignon dégaina son pistolet, l'appuya sur le front de l'animal et fit feu.

Ferris me rejoignit. J'avais remarqué qu'il n'avait pas pris part au massacre.

— Quel gâchis de viande ! hurla-t-il par-dessus le bruit des déflagrations.

— Oui, mais une charge glorieuse ! répliquai-je.

À son silence éloquent, je voyais bien qu'il jugeait cette boucherie inutile. Je comprenais son point de vue, et pourtant cette chasse ne me laissait pas indifférent. Comment me sentir proche de ces hommes engagés dans l'action, sans y participer ? Chacun d'eux avait au moins un trophée à son actif. Moi, pour l'instant, rien. Je me jugeai soudain ridicule et misérable.

Tout à coup, un jeune bison jaillit d'un fourré feuillu et je me lançai à sa poursuite le long d'un versant abrupt. Arrivé au sommet, je lâchai les rênes et épaulai mon fusil, prêt à tirer. Au même moment, l'animal fit volte-face et me chargea. Tout d'abord, je ne compris pas sa réaction, lui qui tentait de fuir, avant de m'apercevoir qu'il était talonné par un cavalier déboulant en sens opposé. Je faillis baisser mon arme, puis je me dis : « Non, celui-là est pour moi. À l'autre de renoncer. »

Je gardai le fusil levé et, juste à l'instant de presser sur la détente, je reconnus Bridger, lancé au galop. J'ignore si ce fut à cause du sursaut de mon cheval ou de ma maladresse, toujours est-il que je visai trop bas. Nous fîmes feu. Le bison se trouvait pile dans sa ligne de mire. S'il l'avait touché, tout aurait été pour le mieux. Mais il le manqua. À peine eus-je le temps de voir la bourre sortir de la gueule de son fusil que je fus brusquement projeté en arrière. Le monde ralentit et s'arrêta. La fumée de ma décharge flottait au-dessus de moi. Un calme résigné m'envahit.

« Je suis mort », pensai-je.

Je sentis mon corps heurter le sol argileux, rouler sur lui-même et se tordre.

La seule image qui me reste, c'est celle de Pegleg me traînant sur l'herbe. Il avait accroché un morceau de viande sanguinolent à la ceinture de ses jambières, comme s'il se le réservait pour plus tard.

— Serre-moi la main, Wyeth. T'es plus puceau. Tu t'es pris une balle. Aidez-moi, les gars.

Glass me saisit par un bras. Bridger, légèrement blessé à la tête, attrapa mes jambes. Il n'arrêtait pas de brailler des excuses.

— Ouais, bon, tu lui as tiré dans le bide, ça arrive, le rassura Pegleg. Si tu l'avais touché un peu plus bas, là, il aurait eu de quoi râler.

Ils me déposèrent sur une peau de bison. Mon ventre saignait, du sang coulait dans mes jambières.

Je tentai de me redresser. Impossible. J'eus soudain très froid, mais curieusement je n'avais pas mal. Bridger s'agenouilla à mes côtés et m'adressa un regard bovin, doux et attristé.

— Ça va, Wyeth ?

Je n'eus pas le temps de répondre. Ferris déboula, furieux, et le repoussa violemment, l'envoyant valdinguer sur le sol. Moses Branch dut s'interposer, sinon il lui aurait réglé son compte à coups de pied.

— Fous le camp, Bridger, maugréa-t-il.

Ferris s'agenouilla à son tour pour m'examiner.

— Comment tu te sens ?

— Au mieux de ma forme, chuchotai-je faiblement.

Une giclée d'eau éclaboussa mon torse et je sentis des bestioles gigoter sur mes côtes. Des têtards. Pegleg avait balancé sur moi un chapeau rempli d'eau.

— Lave la plaie, sans les têtards, plaisanta Ferris d'un ton moqueur qui ne lui était pas habituel.

Ses doigts palpèrent mon abdomen avec douceur puis accentuèrent leur pression, avant d'en extraire quelque chose. Je crus que j'allais m'évanouir. Et je m'évanouis.

Quand j'ouvris les yeux, je distinguai la silhouette d'un Indien qui me dominait de toute sa hauteur, tenant une massue à l'extrémité de laquelle subsistaient quelques cheveux. Des plumes dansaient au bout de ses longues tresses et la sueur coulait sur ses joues. C'était le chef Red Elk. Je pensai qu'il était venu voir mourir un homme blanc, ou bien m'assommer. Mais il ne bougeait pas. Il m'observa intensément puis tourna les talons et s'en alla sans un mot.

Ferris revint, accompagné de Pegleg, qui se dandinait derrière lui, armé d'une tige métallique chauffée au rouge.

— Regarde ailleurs, Wyeth, dit Ferris en serrant ma main très fort.

— Pardon ?

— Regarde ailleurs.

J'obtempérai. De ma position, je voyais la prairie où gisaient les cadavres de centaines de bisons, certains déjà dépecés. Des vautours déchiquetaient les entrailles, disputant leur festin aux pies qui laissaient en s'envolant des traînées cramoisies sur l'herbe verte. Les toisons sanguinolentes des bêtes non dépouillées attiraient des meutes de loups excités. Ils rôdaient autour des feux de camp et des claies de fumage.

Ferris glissa un morceau de licol plié en deux entre mes dents et, sans prévenir, Pegleg plongea la tige brûlante dans mon ventre.

Des craquements de branches de saules que l'on écartait me réveillèrent. On m'avait transporté sur la rive.

— Encore vivant après avoir été soigné par Pegleg ? blagua le capitaine Smith. Ça, c'est une première.

— C'est le jeune Ferris qui l'a sauvé, fit une autre voix.

Je reconnus le timbre grave de Moses Branch.

— Il a retiré un morceau de peau de daim d'au moins deux pouces qui lui était rentré dans le bide. Et il l'a recousu comme un mocassin.

Ferris baigna la plaie à l'eau salée et la badigeonna d'huile de castor. À la façon dont il s'y prenait, je compris qu'il avait de l'expérience. Puis je me souvins qu'il avait assisté son père lors d'interventions médicales.

On pressa une gourde contre mes lèvres et je bus avec avidité. Bridger se tenait à l'écart, l'air désespéré. C'était un type au grand cœur et je songeai que je devais lui pardonner avant de mourir. Mais je dormais déjà. Des souvenirs de ma petite enfance me revenaient : l'ombre du paternel penché au-dessus de mon lit, des prismes de lumière tremblotante sur le mur de ma chambre. Je dus dormir vingt-quatre heures, voire davantage, car à mon réveil, il faisait jour. Le soleil avait migré de l'autre côté du ciel et j'étais étendu sur le plat d'une embarcation. En tournant la tête, je vis un paquet de fourrures enveloppées d'une peau de daim et y déchiffrai, tracé au charbon de bois, un nom en lettres capitales : GENTRY. Ces fourrures appartenaient certainement à Sam Gentry, un trappeur qui faisait partie des fameux « Cent d'Ashley[1] ». On disait qu'il avait une cache à proximité de notre zone de trappe. Mes compagnons avaient dû déterrer ses ballots pendant mon sommeil, et comptaient les lui rapporter.

Je somnolais à nouveau. Lorsque j'ouvris les yeux, je me trouvai sur la rive d'une étendue d'eau peu profonde, striée de chenaux dessinant un réseau complexe, entrecoupé d'îlots de sable. Une gourde au goulot entouré d'une ficelle était posée à côté de mon épaule. Je la secouai : elle était pleine. Je restai là, attentif au clapotis de l'eau. J'étais incapable de me redresser pour boire, ni même d'ôter le bouchon, un effort qui me fit presque pleurer. Je m'assoupis,

1. En 1822, Ashley inséra une annonce dans les quotidiens de Saint Louis, recherchant « des jeunes gens entreprenants pour remonter la rivière Missouri jusqu'à sa source, et y travailler pendant un, deux ou trois ans ». Les hommes qui répondirent à cette annonce, et parmi eux les plus fameux trappeurs de l'Ouest américain – Jedediah Smith, les frères Sublette, Jim Bridger – furent connus sous le nom des « Cent d'Ashley ».

jusqu'à ce que le roulement des galets ronds de la rivière sous mon dos me sorte de la torpeur. Je mâchai le pemmican que quelqu'un avait placé dans ma bouche. On porta une gourde à mes lèvres et je bus à longs traits. La rivière s'était élargie et coulait plus vite, éclaboussant la coque. Je rassemblai mes forces et tentai de m'asseoir. Ferris m'apparut, campé au-dessus de moi, tenant une pagaie mouillée.

— Ah ! enfin, t'as envie de bosser, pour une fois !

— Tu peux parler, feignant, articulai-je péniblement.

Les autres rigolèrent.

— Bridger est là ? demandai-je.

— Oui.

J'essayai de crier à Bridger que je ne lui en voulais pas de m'avoir tiré dessus, mais je n'en eus pas la force.

— T'inquiète, il va venir s'occuper de toi, ricana Pegleg, et tous les hommes de s'esclaffer, heureux comme des gosses de me voir vivant.

Entendant des milliers d'hirondelles trisser, je suivis du regard leur nuage noir tourbillonnant qui obscurcissait un carré de ciel. Des cris d'encouragement me parvenaient en amont et en aval de la rivière. Des voix me souhaitaient bonne chance, m'incitaient à prendre une pagaie, et je compris que Jed Smith avait décidé d'écourter la saison afin de me ramener en lieu sûr. Un sacré manque à gagner pour la brigade, mais cela faisait partie des aléas de la vie de trappeur.

Mon père m'avait prédit une mort certaine, loin des miens, au fin fond d'une contrée sauvage parmi des hommes de peu de foi. Le sort avait failli lui donner raison, mais ces hommes de peu de foi, comme il disait, s'apprêtaient à dévier leur route de sept cents milles pour me sauver la vie. Allongé dans ce canot qui glissait sur les galets ronds et lisses, à l'écoute des hirondelles et des cris joyeux de mes compagnons s'interpellant d'une embarcation à l'autre, je sus que je me trouvais dans le plus beau pays du monde, confié aux soins de gaillards truculents et débonnaires. J'avais accompli une part de mon rêve et, en dépit des prédictions paternelles, j'étais toujours en vie.

LIVRE DEUX

LA COLONIE

Situé au confluent du Missouri et de la White River, Fort Burnham était un avant-poste de l'armée américaine, ceint d'une palissade haute de dix pieds et défendu par quatre pièces d'artillerie. Il pouvait héberger deux garnisons. À l'intérieur, on trouvait l'intendance, une forge, une poudrière, un hôpital de campagne, un entrepôt où étaient conservés des sacs de blé et les denrées nécessaires à l'alimentation pendant un an. En 1827, quatre-vingts militaires y stationnaient pour une période de dix-huit mois. Ils s'estimaient punis d'être envoyés dans cette immensité désolée, où rien ne se passait et où les possibilités de promotion étaient réduites, loin de la civilisation et des zones de trappe. Ils cultivaient la terre, débroussaillaient les environs, entretenaient les bâtiments. Plus tard, quand il fut déplacé de cinq milles en aval du confluent, afin d'échapper à l'extension de la colonie qui l'encerclait, le fort fut renommé Smitts Bend, qui est toujours son nom actuel.

Érigé au faîte d'une longue arête surplombant un immense méandre du Missouri, le fort était placé à l'époque sous le commandement du général Burnham. À un demi-mille de là, un dispensaire accueillait les Indiens atteints de la variole, fléau qui, après avoir décimé les tribus de l'Est, s'étendait à tout le continent amérindien. Entre le dispensaire et le fort, sur plusieurs arpents de prairie faisant office de cordon sanitaire, étaient bâties quelques huttes en rondins colmatés de boue durcie ainsi que deux structures en bois au toit de bardeaux abritant un magasin général et une épicerie. Une colonie bien dérisoire, mais la seule « civilisation » à cinq cents milles à la ronde.

Le médecin du fort, Isaac Meeks, était un grand escogriffe voûté, au nez chaussé de lunettes, à la pomme d'Adam proéminente, à la voix éraillée. Il était handicapé de la main gauche, à cause d'un pouce cassé mal consolidé. Très mal à l'aise auprès des femmes, aux dires de Burnham, Meeks s'intéressait à tout, en particulier aux coutumes des tribus de la région et, bien sûr, aux diverses maladies dont elles étaient affligées. Deux à trois fois par semaine, il se rendait au dispensaire où des sœurs de différentes congrégations s'occupaient d'Indiens moribonds, affligés de maux qui affectaient à peine les Blancs. L'humanité avec laquelle Meeks veillait sur eux le différenciait des autres habitants de la colonie. Il tentait tous les traitements possibles – cataplasmes, saignées, écorce de quinquina – et avait aussi recours aux remèdes traditionnels des hommes-médecine et aux séances de sudation. Rien n'y faisait. À son grand désespoir, le bon docteur voyait ses patients agoniser, tandis que certains, au fort, considéraient la disparition des Indiens comme une providence, voire un jugement de Dieu.

J'arrivai à la colonie au début de l'été 1827, dans un état critique. Mes camarades me louèrent une chambre chez Smitts, l'aubergiste, et me confièrent aux bons soins du Dr Meeks, en me faisant promettre de les rejoindre au printemps suivant, sans ajouter « si tu survis », bien que je fusse certain qu'ils le pensaient. Ils repartirent aussitôt, prêts à reprendre en sens inverse les sept cents milles séparant Fort Burnham des zones de trappe, me laissant seul sur mon lit de douleur.

Je garde peu de souvenirs des premières semaines, car je demeurai longtemps terrassé par la fièvre. Toutefois je survécus et, un mois après, j'étais hors de danger.

Je passai ma convalescence dans un logement à proximité de l'épicerie, bénéficiant d'un crédit quasi illimité, traité comme un prince, mes compagnons ayant grandement exagéré l'abondance de notre moisson de fourrures pour s'assurer que je ne manque de rien.

Lorsque je fus capable de marcher, Smitts m'incita vivement à rester. Il ne tenait pas à voir un trappeur supposé riche rentrer à Saint Louis ! J'appréciais le bonheur de pouvoir dormir tout mon saoul et d'aller à cheval poser mes trappes au fil des eaux de la White River et d'autres petits affluents du Missouri. Je traquais le gros gibier le long du vaste méandre qui formait une boucle presque fermée délimitant mon territoire de chasse. Le soir, avec Plochman, le propriétaire du magasin général, je jouais à un jeu apparenté au billard, sur une planche de pin grossièrement rabotée. Les conversations tournaient en général autour des accrochages entre Américains et Anglais, de la dévastation que ces derniers semaient derrière eux. Les hommes se désespéraient que le seul rempart entre Saint Louis et l'empire britannique fût cette petite ville de garnison.

Je tenais souvent compagnie au général Burnham, qui essayait de m'extorquer toutes sortes d'informations sur les Indiens de l'Ouest. Il me bombardait de questions. Avais-je vu telle ou telle tribu ? Comment les reconnaître de loin ? Combien de perches étaient-elles nécessaires au montage d'un tipi ? Quelles essences de bois, quelles fibres végétales utilisaient-ils ? Combien de plumes accrochaient-ils à leurs flèches ? Lesquels étaient les meilleurs cavaliers ? Possédaient-ils des armes à feu et si oui, de quel type ? Avais-je déjà porté des mocassins, ou en avais-je déjà examiné de près ? En quoi différaient-ils selon les tribus ? Autant de questions auxquelles j'étais souvent incapable de répondre. Il me paraît curieux aujourd'hui qu'un homme qui s'intéressait autant aux Indiens et à leurs traditions fût justement celui chargé de les combattre.

J'avais été blessé en juin. À la fin d'août, j'étais suffisamment rétabli pour rejoindre ma brigade, mais une sorte de lassitude m'envahissait. Chaque matin, après avoir posé quelques pièges, j'allais faire mes ablutions à la rivière. Je sortais de la vase en sautillant, je me séchais au soleil puis grimpais le long de parois escarpées, foulant les hautes herbes et les oignons sauvages. De là-haut, je contemplais les plaines fauves ondulant à mes pieds jusqu'à l'horizon.

« Je suis encore convalescent, me disais-je. Voilà pourquoi je n'ai pas la force d'aller retrouver mes compagnons. » Peu à peu, je compris que ma langueur n'était pas physique. En fait, je me remettais, à ma grande honte, d'une blessure de l'âme. Au cours de ces longues et chaudes journées d'été, je me repassais mentalement les circonstances de l'accident : lancé à la poursuite d'un jeune bison, je m'apprêtais à tirer quand j'avais vu la bourre jaillir du fusil de Bridger. La décharge m'avait catapulté sur le sol argileux. Ces images me revenaient sans cesse à l'esprit, comme si je cherchais dans ma mémoire la faille qui expliquerait la raison de mon état, jusqu'à ce que l'évidence s'impose avec force : j'avais failli mourir. Et je mourrais un jour. Voilà. Je n'étais pas immortel. Mon jeune cerveau refusait de l'accepter.

Il me fallut environ six semaines pour accepter cette idée et surmonter cette sournoise lassitude. Hélas ! je n'avais plus le temps de rallier la brigade avant la saison d'automne. Par chance, je venais de découvrir un dérivatif à mon ennui ; le meilleur des remèdes à mes lugubres interrogations sur le sens de la vie.

Deux mois s'étaient écoulés quand je fis ma première visite au dispensaire. Si, par crainte de la contagion, Smitts et Plochman refusaient aux Indiens l'entrée de leur établissement, les soldats, eux, faisant fi de la variole, se rendaient au dispensaire, seule attraction à des milles à la ronde. Là-bas, il y avait des femmes. Les sœurs, leurs aides françaises et italiennes et une jeune personne surnommée la veuve Bailey, qui excitait beaucoup l'imagination des jeunes recrues.

Le bâtiment, adossé à la colline, était une structure allongée et basse, dotée d'une cheminée de pierre à chaque extrémité du toit. L'été, ses volets restaient ouverts. Ses deux ailes étaient reliées par deux murs percés d'une petite ouverture permettant aux enfants d'accéder à la cour intérieure et d'en sortir sans risquer d'être contaminés.

En ce jour d'août 1827, je longeai la crête jusqu'au point où le chemin se rétrécissait en un sentier étroit et descendis vers le dispensaire.

De l'intérieur me parvinrent des gémissements, des murmures en différents dialectes et le tintement des verres à ventouse. Je franchis le seuil d'une pièce tout en longueur où, en guise de berceaux, s'alignaient des corbeilles d'osier. À droite, des hommes et des femmes d'une maigreur effrayante gisaient sur des grabats, les plus fiévreux immergés dans des baquets d'eau sale. Des scalpels trempaient au fond de cuvettes en porcelaine. Il flottait une odeur de mort et de désinfectant. Je levai mon bonnet devant le Dr Meeks, qui me dit :

— Vous ne devriez pas être là, Wyeth.

J'acquiesçai tout en épiant furtivement les présences féminines et ressortis par une porte basse donnant sur la cour. Là, des enfants assis en rang par terre écoutaient une femme vêtue à l'européenne, qui traçait sur le sol, à l'aide d'un bâton, des lettres que les bambins recopiaient du bout des doigts ou avec des brindilles.

— Le C est la troisième lettre de l'alphabet…

Elle avait un accent français, des cheveux noirs, coupés court, retenus sur le côté par une barrette en bois. Pris de vertige, je me rendis compte que l'institutrice n'était autre qu'Alene Chevalier, la tanneuse canadienne à laquelle j'étais allé faire mes adieux avant de quitter Saint Louis. Elle était habillée de noir et chaussée de brodequins bien trop grands. Sa peau était si hâlée que je l'avais prise pour une Indienne.

En me voyant sur le seuil, elle laissa échapper un léger cri puis se ressaisit aussitôt.

— Tiens, tiens… William Wyeth en pleine forme et qui se permet d'interrompre ma classe !

— Désolé, bafouillai-je, et je restai là à sourire stupidement, incapable de masquer ma joie de la revoir.

Par signes, elle me fit comprendre qu'elle me rejoindrait un peu plus tard et continua de gratter la poussière de son bâton en répétant :

— Le C est la troisième lettre de l'alphabet...

Je quittai le dispensaire et allai l'attendre au début du sentier. Sans cesser de sourire, je faisais les cent pas, nourrissant toutes sortes d'espoirs idiots. Nous étions à des centaines de milles de Saint Louis et, depuis mon arrivée à Fort Burnham, je n'avais pas entendu parler d'Alene. Je finis par comprendre que c'était elle que les soldats surnommaient la veuve Bailey, et qu'elle s'habillait de noir en signe de deuil.

Je repensai à notre dernière rencontre, sur le seuil de sa maisonnette, en compagnie d'Henry Layton et d'Horace Bailey.

Maudits soient ces dandys. Elle avait dû épouser ce mangeur de lard de Bailey.

J'étais là, à reconstituer la chronologie des événements, quand quelques Indiens vinrent s'accroupir à l'ombre. Ils m'observèrent pendant cinq bonnes minutes. Bientôt les enfants sortirent de la cour et s'égaillèrent vers leur campement, suivis d'Alene qui s'époussetait les mains.

— C'est donc toi, la veuve Bailey, fis-je d'un ton jovial.

— Oui. Je savais que tu étais là. Tu ne t'en souviens pas, mais je suis venue à ton chevet. Tu avais de la fièvre. Ils n'étaient pas sûrs que tu survivrais.

— Tu es déçue de me voir en vie ?

— J'ai été contente d'apprendre que tu étais guéri, dit-elle d'un ton mesuré.

— Tu espérais me piquer mon manteau de bison et mes mocassins ?

— Oh ! là, là, tu parles d'une qualité !

— Pourquoi ? ripostai-je, piqué au vif.

— L'écorchage laissait à désirer. C'est toi qui les as préparés ?

— Je les ai troqués chez les Crow.

— Alors tu es tombé sur les mauvais Crow. Les peaux sont mal écharnées.

En dépit de son accueil plutôt distant, sans doute lié à son deuil, je ne pouvais cacher mon bonheur de l'avoir devant moi.

— Quel hasard incroyable ! m'exclamai-je. Même en ces tristes circonstances, je suis heureux de voir enfin un visage connu ! Et toi... tu es en deuil d'Horace Bailey. Je me trompe ?

— Nous nous sommes mariés deux mois après ton départ.

— Félicitations.

Elle baissa la tête.

— Et il est mort quatre mois plus tard.

— Désolé.

— Merci.

Il y eut un long silence. J'attendais des explications. Elles ne vinrent pas.

— Comment t'es-tu retrouvée ici ?

— Horace s'était engagé dans l'armée.

Je n'imaginais pas le gros Bailey en uniforme. Plusieurs questions me brûlaient les lèvres, mais je ne pus que murmurer :

— Toutes mes condoléances.

— Il a dû quitter précipitamment Saint Louis, sur ordre de son père. Il avait financé une opération douteuse combinée par Henry Layton et était harcelé par ses créanciers. Tu te souviens de Layton ?

— Il était avec Bailey, la dernière fois que je t'ai vue.

— À cause de cet escroc, Horace a perdu sa fortune, du moins celle à laquelle il avait accès. Malgré tout, nous nous sommes mariés. Son père s'est débrouillé pour qu'il intègre un régiment en tant qu'officier. Horace a voulu s'éloigner de ses mauvaises fréquentations en gardant l'espoir de redorer son blason. Il en est mort, conclut-elle d'un ton amer.

— Tué par les Indiens ?

— Non. Une chute de cheval, au cours d'une partie de chasse.

Je pris l'air le plus grave et le plus attristé possible. Maudit soit cet imbécile. Miser sur les affaires louches de Layton, se faire pistonner par son père et trouver le moyen de mourir d'une chute de cheval en laissant sa jeune femme dans le dénuement.

— Et tu as choisi de rester ici ?

— Je n'ai pas les moyens de partir, répondit-elle sobrement. Horace ne m'a légué que des dettes. Le Dr Meeks m'a proposé ce travail. Les enfants ont besoin de moi.

— La famille Bailey est riche.

— Ils ont coupé les ponts avec nous avant son décès.

— À cause de son endettement ?

— Non. À cause de moi. J'ai un quart de sang indien.

— Je connaissais vaguement le père d'Horace. Un type arrogant, sans cœur. Maintenant j'ai une raison supplémentaire de le détester. Je suis désolé pour toi, Alene. Si je peux me rendre utile…

— Je n'ai pas besoin d'aide. Mais j'accepte volontiers ton amitié.

J'étais à court d'arguments et elle ne fit aucun effort pour me mettre à l'aise. Cette femme avait accepté de prendre en charge des dettes que la famille de son mari, pourtant richissime, refusait d'éponger. Le bas de ses jupons s'effilochait, elle portait une veste d'hiver rapiécée, bien que ce fût l'été.

— Je dois retourner auprès des enfants, dit-elle au bout d'un moment, alors que j'avais vu les gamins courir vers leur campement. Ne reviens pas ici. À cause de la variole. C'est trop risqué.

Puis elle ajouta :

— Je suis contente que tu sois rétabli.

— Je me croyais guéri, jusqu'à maintenant, déclarai-je en portant la main à mon cœur.

Le geste la fit sourire.

— Je te verrai au village, William Wyeth. Mais ne t'avise pas de revenir au dispensaire.

J'attendis qu'elle regagne la cour, puis retournai à mon logement.

En résumé, Alene Chevalier avait épousé un beau monsieur de Saint Louis, mort en l'abandonnant dans ce trou sans un sou vaillant. Une catastrophe pour elle, mais une lueur d'espoir en ce qui me concernait. Un autre que moi, plus entreprenant, aurait profité de l'ouverture qu'offrait la situation, d'autant que j'étais en fonds, grâce à ma demi-saison de trappe.

Au fort, j'appris le fin mot de l'histoire par Higgenbottem, le forgeron, un mulâtre musculeux qui travaillait toujours torse nu. Il fabriquait de magnifiques pièges à castor, à un prix nettement inférieur à ceux que l'on trouvait à Saint Louis.

— D'après ce que j'ai entendu dire, son copain Layton aurait abattu le capitaine d'un bateau au cours d'un duel. Bailey lui servait de témoin. En contrepartie, Layton lui aurait proposé une juteuse transaction immobilière. Bailey a signé les papiers et fourni le capital ; quand l'affaire s'est révélée frauduleuse, Layton a été assigné en justice, et Bailey a courageusement pris ses jambes à son cou. Figure-toi que, le jour de son arrivée ici, il vient à la forge et, sans même descendre de cheval, lance deux pièces d'or dans la poussière en braillant : « Fabriquez-moi douze trappes. » Douze trappes ! Comme s'il était capable d'en relever la moitié. La semaine suivante, il surprend un garnement en train de lui piquer son nécessaire de rasage en argent et exige réparation sur-le-champ. Le gamin avait guère plus de seize ans et je me demande s'il avait compris que Bailey le provoquait en duel. Ils se retrouvent le lendemain matin en bas, vers les vasières. Le gosse, un p'tit gars du Kentucky, savait manier un pistolet. Il atteint Bailey au cou. Juste une égratignure. Bailey, lui, tire en l'air. Un geste plutôt correct, vu qu'il était touché, et v'là t'y pas qu'il lui serre la main et qu'il lui offre son nécessaire de rasage. Franchement, tu penses quoi d'un gars qui un jour te jette l'argent par terre comme un malappris et, le lendemain, épargne son adversaire, en vrai gentleman. Et en plus, il donne ce qui lui appartient ! Il aurait peut-être pu devenir quelqu'un de bien, ma foi. En trois mois, il avait perdu sa bedaine. Il commençait même à savoir se servir d'un fusil ! Il disait qu'il se plaisait ici. Un jour, il part à la chasse, accompagné d'un soldat et d'un éclaireur indien. Ils ont un accrochage avec des Sioux. Ensuite ils repèrent un élan, Bailey pousse son canasson, qui bronche sur un terrier de blaireau. Bailey est désarçonné, le cheval tombe sur lui et l'écrase. Terminé. On dit que sa veuve a du sang indien, mais pour moi, elle est tout ce qu'il y a de plus française. Elle sait lire et écrire. Elle m'a dit qu'elle m'apprendrait.

— Voyez-vous ça !

— Entre nous, ça me dit rien.

Il plongea un fer à cheval chauffé à blanc dans un baquet d'eau.

— Plusieurs soldats lui ont déjà proposé le mariage. Comme elle leur a rabattu le caquet ! « Respectez mon deuil, monsieur », qu'elle leur répète. À mon avis, elle veut pas du menu fretin, elle cherche à ferrer un gros poisson. Toi, t'en as dans le ciboulot, tu devrais p't-être tenter ta chance.

— Pourquoi pas ? fis-je en riant.

Le lendemain matin, ignorant les recommandations d'Alene, je faisais à nouveau les cent pas devant le dispensaire. Au bout de quelques minutes, elle apparut à l'entrée. Sans même me saluer, elle me fit signe de m'éloigner et entreprit de balayer la cour. Quelques instants plus tard, une bonne sœur, qui avait l'habitude de poser des pièges autour des arbres fruitiers pour décourager les petits voleurs de pommes, fonça droit sur moi. Une méchante femme à la langue de vipère, aux lèvres pincées ombrées d'une moustache.

— Le général interdit aux soldats de s'approcher du bâtiment.

— Je ne suis pas soldat.

— Un cochon de trappeur, voilà ce que vous êtes. Je vous rappelle qu'elle est en deuil de Sir Bailey.

— C'est une amie. Nous nous sommes connus à Saint Louis.

— Je me moque de savoir si vous l'avez connue au berceau. Ici nous soignons des malades. Vous croyez être le premier à venir la voir ? Détrompez-vous. Et vous n'êtes pas le meilleur parti. D'ailleurs, un de ses prétendants est déjà mort de la variole. Je vais me plaindre au général ! Allez-vous-en ! Ouste, du vent !

Derrière elle, Alene protesta timidement. Je comprenais qu'elle veuille me tenir à l'écart.

— Je te verrai au village ! lui criai-je.

— Au revoir, Mr Wyeth, dit-elle à voix basse.

Quelques Indiens décharnés, accroupis au soleil le long du mur, la regardaient esquiver mes avances en caquetant de manière agaçante. Que faire, sinon battre en retraite ? Je retournai à mon logis et fis le point sur la situation. Alene était là, sans le sou, aux abois, et moi, pour la première fois de ma vie, j'avais un peu d'argent. Pourtant, elle semblait me fuir. Même si la rumeur exagérait le montant de ma fortune, d'autres femmes auraient sauté sur l'occasion. Pas Alene. Elle ne voulait pas avoir l'air de mendier, ce qui ne fit qu'accroître mon désir de l'aider.

Mon père me répétait sans cesse : « Tu ne vois pas plus loin que le bout de ton nez, William, tu prends des décisions sans réfléchir. Ton enthousiasme te jouera des tours. » S'il m'avait vu à ce moment-là, mon comportement lui aurait donné raison. Je passais du découragement à l'exaltation, dans une sorte de stupeur béate, enivré de rêves, imaginant mon avenir aux côtés de la veuve Bailey. Des projets vaporeux emplissaient mon esprit vagabond.

À la fin de l'été, trois semaines après mes retrouvailles avec Alene au dispensaire, je gravissais le sentier vers le promontoire rocheux éclatant de blancheur qui surplombait le Missouri, quand je l'aperçus. Elle fut de toute évidence agacée d'être surprise là, seule, et commença à s'éloigner avant mon arrivée.

— Je te laisse admirer la vue, dit-elle.

— Je préférerais l'admirer à tes côtés, répondis-je gauchement, cherchant à me montrer galant.

— Je dois retourner travailler. Les enfants m'attendent.

— Tu n'es pas venue à Fort Burnham par vocation, tu le sais aussi bien que moi. Je vois que tu as des soucis, Alene. Il y a des gens prêts à te venir en aide, si seulement tu acceptais.

— À quel prix ?

— Aucun.

— Je sais d'expérience que l'aide d'un homme a toujours un prix.

— L'expérience t'a rendue amère.

— Disons, réaliste. Mais j'apprécie ta commisération.

Elle avait prononcé ces cinq syllabes avec hargne en s'écartant de moi. Je voulus lui prendre la main pour la retenir. Elle me gifla, de toutes ses forces. Un éclair blanc me fit chanceler et, à l'horizon, un arbre se dédoubla devant mes yeux. Alene s'enfuit en courant à travers les hautes herbes où bourdonnaient des myriades d'insectes.

— Bon, eh bien, c'est fichu, dis-je à voix haute. Tout ça à cause du gros Bailey.

Je partis d'un rire faussement joyeux.

— Une femme de principes, hein, Alene Chevalier !

Je rentrai au fort, triste et résigné, la joue en feu. Jusque-là, je la trouvais très attirante et l'avais toujours considérée comme une dame distinguée, aux bonnes manières et au langage châtié. Cette gifle me fit réviser mon jugement. La mort de son époux l'avait réellement bouleversée. Elle était en deuil et s'efforçait d'affronter cette épreuve avec dignité. Mes attentions ne faisaient qu'exacerber sa souffrance.

Trois jours plus tard, je la vis sortir de l'épicerie, serrant contre sa poitrine un petit paquet de farine. Elle porta la main à sa joue avec un geste mutin qui me rappela la jeune femme d'antan.

— Vous êtes remis, Mr Wyeth ?

Je n'en crus pas mes oreilles. Elle me vouvoyait !

— À peine, murmurai-je.

— Je suis heureuse de constater que vous n'en êtes pas mort.

— Mais je le suis, chuchotai-je, sans être sûr qu'elle m'ait entendu.

Elle s'attarda un instant, attendant sans doute des explications, mais je m'éloignai, le cœur battant, les mains tremblantes. Nos rares rencontres ultérieures se déroulèrent sur ce mode distant. Je pris l'habitude de l'appeler miss Bailey et de la vouvoyer à mon tour. Je ne cherchais pas à l'arrêter quand nous nous croisions, je ne retournais plus traîner autour du dispensaire, même si parfois j'avais l'impression que cela lui aurait fait plaisir.

« Elle est en deuil. Donne-lui du temps », me répétais-je.

Durant mes loisirs, je me penchais sur des cartes de l'Ouest et étudiais attentivement les zones de trappe, laissant mon esprit vagabonder. Je commençais à me préparer pour rejoindre une brigade au printemps.

Au milieu de l'automne, les nuits rafraîchirent et, le matin, un voile de brume flottait sur la rivière. Des quillards pleins à craquer de balles de fourrures remontaient le Missouri, en route vers Saint Louis. Chaque après-midi, les hommes, réunis sur le seuil de Plochman, discutaient des accrochages de plus en plus fréquents avec les Britanniques et déploraient la diminution progressive des colonies de castors, conséquence néfaste du nombre croissant de nouvelles compagnies de trappeurs, qui poussaient comme des champignons, à Saint Louis. Souvent je voyais passer Alene, toujours pressée. Elle agitait la main dans ma direction ou m'adressait un léger signe de tête, sans jamais s'arrêter. D'après Plochman, la famille Bailey lui contestait son héritage et s'arrangerait pour qu'elle n'obtienne rien. Il disait aussi qu'elle achetait tout à crédit. Malgré son impécuniosité, elle refusait qu'on lui fasse la charité. L'épouse de Plochman et celle de Smitts se demandaient comment la secourir, sans trouver de solution. Un jour, j'eus une idée.

Fort Burnham n'avait jamais conclu d'accord commercial avec les Indiens, comme l'avait fait la Compagnie de la baie d'Hudson[1] à Fort Vancouver et Flathead Post. Contrairement aux Britanniques, le gouvernement américain, soucieux d'éviter tout conflit, décourageait le négoce officiel avec les

1. Hudson Bay Fur Company (HBC).

autochtones. Cette restriction ridicule, qui manquait de perspective sur le long terme, permettait à n'importe quel individu d'acheter et de revendre des fourrures et des colifichets pour son propre compte. De nombreux soldats de la garnison s'y essayaient, mais ils étaient incapables d'apprécier la qualité d'une peau et fréquentaient trop peu les Indiens pour comprendre leurs coutumes. Avec eux, si l'on voulait parvenir à ses fins, il fallait se montrer patient, fumer le calumet, passer une journée entière à marchander. À cause de ces heures interminables de négociations, le général Burnham dissuadait ses hommes de se procurer ces revenus d'appoint. De mon côté, j'avais l'œil pour différencier les fourrures, je connaissais les bases du tannage et j'avais beaucoup appris sur les Indiens au cours de ma demi-saison de chasse. Aussi, cet automne-là, entrepris-je de faire du troc, et bientôt j'empochai des sommes presque équivalentes à ce que j'aurais gagné en posant des trappes dans les montagnes, en prenant dix fois moins de risques et en fournissant vingt fois moins d'efforts.

Des Mandan et des Sioux venaient me rendre visite, torse nu, par groupes de deux ou trois, jetaient les peaux par terre et exigeaient en contrepartie de la poudre à fusil, des balles, du vermillon. Peu habitués à notre système d'échange, ils paraissaient ignorer ce que l'on attendait d'eux. Le plus souvent, leurs fourrures étaient de mauvaise qualité, presque inutilisables, même si, à les en croire, ils déposaient un trésor à mes pieds. Ils chipotaient sur le prix et m'accusaient à tort de favoriser les trappeurs blancs. De mon côté, je leur reprochais de piéger les animaux sans distinction, à n'importe quelle période de l'année : ils attrapaient des castors trop jeunes, ou les capturaient l'été quand leur pelage était clairsemé. Et, s'ils les chassaient à la bonne période, ils ne les stockaient pas à l'abri des intempéries, les grattaient trop vigoureusement, ou rapiéçaient mal les trous. Je les conseillais de mon mieux afin qu'ils améliorent leurs rendements et, puisqu'elle passait à leurs yeux pour une femme-médecine, je parvins à convaincre Alene de venir partager son savoir-faire, espérant que sa présence aurait un impact sur eux. En pure perte. Ils l'écoutaient, silencieux, avec une moue dédaigneuse, et continuaient de négliger le traitement de leurs peaux. Nos difficultés de communication reflétaient bien les relations compliquées entre Américains et Indiens en général. Ces derniers acceptaient certains des « bienfaits » de notre civilisation, ils convoitaient nos couteaux, nos fusils, nos chevaux, mais ne prenaient pas suffisamment à cœur notre système de troc pour en tirer profit. Ils y participaient sans réfléchir et se faisaient régulièrement rouler.

À la fin de l'automne, une bonne soixantaine de peaux s'empilaient dans mon logement. À l'époque, je pensais que j'aurais pu en collecter davantage en chassant moi-même. Aujourd'hui, je n'en suis pas si sûr.

Six semaines s'étaient écoulées depuis qu'Alene m'avait giflé, là-haut, sur la falaise. Les premières neiges avaient fondu. Quelques jours plus tard, toute la plaine était gelée. À l'aube, il faisait un froid de loup. Les brins d'herbe couleur de paille étincelaient de givre. Je chargeai mon cheval de peaux soigneusement ficelées et partis chez Alene. Elle habitait, derrière le dispensaire, une hutte en torchis à moitié enterrée. Le vent passait à travers des trous visibles dans le chaume du toit. Une fenêtre voilée par une peau de daim non traitée laissait filtrer une faible lumière. Pas un logis digne d'une dame.

Elle avait dû m'entendre arriver, car elle apparut dans l'encadrement de la porte, un manteau de bison jeté sur ses épaules. Je détachai la courroie maintenant mon ballot, qui tomba à terre.

— Je les ai achetées aux Indiens, lui annonçai-je. Pouvez-vous les tanner ? Je vous paierai. Et si vous confectionniez des chemises ou des jambières, vous pourriez les vendre aux soldats, et nous partagerions les bénéfices.

— Je n'ai pas de pâte à tanner, soupira-t-elle.

— Je me suis arrangé avec les éclaireurs sioux. Ils m'apporteront des cervelles de bison. Aucun tanneur de la région n'assouplit le cuir aussi bien que vous.

Je n'exagérais pas, et elle le savait. Je la voyais se livrer à un rapide calcul mental.

— Et les branches de saules pour mes cadres ?

Je n'y avais pas pensé.

— Je peux aller en couper dans les marais. Je serai revenu avant la nuit.

— Combien ça me coûtera ?

Je faillis lui dire que je lui en faisais cadeau, mais elle avait sa fierté, malgré ses haillons.

— Je vous fais un rabais de cinq pour cent.

Elle hocha la tête.

— Bon. Je vais essayer. Si je peux me procurer la pâte.

Au bout d'un moment, elle ajouta :

— Merci.

— Moi, je vous remercierai si la qualité du tannage est toujours aussi parfaite.

Je soulevai le ballot et me baissai pour entrer dans la cabane. Sur la terre battue, quelques poulets picoraient de la paille échappée d'un matelas posé à même le sol. Je lâchai mon fardeau à côté d'une roue de charrette appuyée contre un mur et allai la retrouver dehors.

— Un soldat nommé Gadaira vous apportera la pâte.

— Je commencerai sur-le-champ, précisa-t-elle.

J'allai directement couper des branches de saule, en bordure de rivière. Je bricolai un travois à la mode indienne, une peau de bison attachée à deux perches grossières, sur lequel je fixai les fagots. Puis je remontai déposer le tout devant sa porte, sans oser entrer. J'y retournai avec Gadaira le jour où il lui livra un baril de pâte de cervelle fourni par l'une des épouses d'un éclaireur sioux. Alene me demanda de l'accompagner au dispensaire, car elle préférait travailler là-bas. Je fis rouler le tonneau jusqu'à la cour ensoleillée et constatai que des peaux de daim étaient déjà tendues sur des cadres. Les enfants, désireux d'aider, mettaient à sécher celles qui trempaient dans un baquet.

Je revins voir Alene deux semaines plus tard. Les peaux sèches et raides étaient devenues fines et veloutées. Elle les avait fumées afin qu'elles gardent leur souplesse tout en restant étanches. Je lui payai la somme exacte qu'elle me réclamait, davantage par diplomatie, je le reconnais, que par manque de générosité. Elle prit les pièces et les rangea dans une pochette en daim accrochée à son cou.

— Merci.

— Merci à vous d'avoir doublé la valeur de mes peaux.

La semaine suivante, je lui en confiai d'autres à traiter et notre conversation tourna essentiellement autour de leur qualité, du paiement et du matériel dont elle avait besoin.

Quelques jours après, j'osai lui offrir un livre, *Les Chefs écossais*, mais elle ne paraissait guère apprécier les écrits de Jane Porter.

— Auriez-vous des romans de Samuel Richardson ? Ou d'Ann Radcliffe ?

— L'épouse du général possède un exemplaire de *Clarisse Harlowe*, de Richardson, et une bonne partie de l'œuvre de Radcliffe. Je les lui emprunterai, si vous le désirez.

Alene chercha à cacher son enthousiasme et dit simplement :

— Ce serait très aimable à vous, William.

Le surlendemain, je lui apportai *Les Châteaux d'Athlin et de Dunbayne* et *L'Italien*, de Radcliffe. Alene était une grande lectrice et, en dépit de ses longues heures de travail, elle terminait chaque volume en moins d'une semaine.

Cet échange de livres et de peaux dura jusqu'à la fin de l'automne. Un jour du début de novembre, elle me demanda de m'arrêter au dispensaire. J'attendis plusieurs heures avant de m'y rendre, mais une fois sur place, je constatai que l'école n'était pas encore finie. Alene sortit en courant, si vite que j'eus à peine le temps de descendre de cheval.

— Penchez-vous, me dit-elle.

— Quoi ?

— Espèce de sauvage malpoli ! Penchez-vous !

Je m'exécutai, intrigué, et sentis qu'elle posait quelque chose de doux sur mon crâne. Une superbe toque de castor, bien chaude, qui couvrait les oreilles. Gadaira avait dû lui fournir la fourrure.

— Elle devrait tenir ta grosse tête au chaud cet hiver, plaisanta-t-elle.

Elle m'avait tutoyé ! Je fis de mon mieux pour ne pas sourire niaisement, du moins pas avant de m'être éloigné du dispensaire.

Au fort, personne n'était dupe : ce commerce n'était pour William Wyeth qu'un prétexte pour rechercher les faveurs d'Alene Chevalier. Et elle ne l'ignorait pas. Cependant, je persistais à penser que j'avais peu de chances de gagner son cœur. Je me répétais que, veuve d'un fils de bonne famille, elle hériterait un jour d'une belle fortune. Malgré sa situation difficile, elle n'avait aucune raison de s'intéresser à moi. Ma compagnie, bien inoffensive, devait la divertir, et pourtant, chaque fois que je la voyais, mes sentiments à son égard grandissaient à l'aune de la honte causée par ma lâcheté. À l'époque, il me semblait qu'un garçon plus courageux aurait tenté de briser ses défenses, que seule ma nature timorée me faisait retarder ce moment. À présent, je suis certain d'avoir eu tort. Certains hommes se montrent très entreprenants avec la gent féminine, mais ils choisissent sans doute inconsciemment des femmes disposées à se laisser séduire. Alene n'était pas prête à être courtisée, aussi ma timidité était-elle opportune, voire convaincante, d'une certaine façon. M'abstenir de lui faire la cour ne signifiait pas que je n'en mourais pas d'envie. Je flottais dans une brume d'illusions et de désir, terrifié à l'idée de lui ouvrir mon cœur, mais tout aussi effrayé par l'éventualité qu'un autre que moi, moins poltron, pût la conquérir pendant que je me tenais à l'écart, me contentant de lui offrir mon amitié. Et mon inquiétude n'était pas complètement infondée, comme je ne tardai pas à m'en apercevoir.

Quelques jours avant Thanksgiving, je remarquai, près de l'écurie de Smitts, un superbe pur-sang noir. J'attachai mon cheval, montai les marches de bois et entrai dans la taverne, une simple pièce meublée de quelques tables de bois brut, de hauts tabourets placés contre un comptoir en planches au-dessus duquel des bouteilles s'alignaient sur une étagère. Un homme en bottes de cheval crottées était attablé, jambes écartées, devant un grand verre et une bouteille de bourbon. Son pistolet était posé sur la table et son fusil sur une chaise, à portée de main. Le voyageur avait de longs cheveux bruns et une élégante redingote noire. À voir les débris de boue séchée autour de ses bottes, je constatai qu'il n'avait pas pris soin de frotter ses semelles sur le décrottoir. Au bruit de mes pas, il se retourna, leva le bras et s'exclama :

— William Wyeth, l'aventurier de l'Ouest ! J'ai entendu dire que tu honorais Fort Burnham de ta présence. Comme c'est aimable à toi de venir me voir.

Je reconnus, non à son apparence, mais à sa voix, Henry Layton, le dandy de Saint Louis. Que diable faisait-il à Fort Burnham ?

Amaigri, les joues autrefois rasées de près désormais assombries d'une barbe noire, Layton, en dix-huit mois, avait beaucoup changé. En revanche, il n'avait pas perdu une once de sa désinvolture arrogante.

— Mon petit doigt m'a dit que tu tenais compagnie à la veuve Bailey. Très louable à toi de respecter son deuil, Wyeth.

— Je le respecte bien davantage que je ne le souhaiterais, marmonnai-je, ce qui le fit éclater de rire.

— Alene fera de nous des gentlemen, en dépit de notre mauvaise volonté. Dommage qu'elle ait commencé par ce pauvre gros Bailey.

— L'annonce de sa mort m'a attristé. C'était votre ami.

— Pas vraiment. Nous buvions parfois un verre ensemble, c'est tout. Nous étions associés dans une affaire qui a hélas ! mal tourné et Bailey m'en a injustement fait endosser la responsabilité. Il avait l'argent, mais pas l'audace. Enfin, il ne faut pas médire des morts. Alene m'en a voulu d'avoir jugé son mari avec impartialité. Je pense que tu es au courant.

— Non. Nous ne sommes pas intimes. Et elle est en deuil.

— Rien à voir avec le deuil. C'est au contraire la période où les riches veuves évaluent les options qui s'offrent à elles.

— Alene ? Une riche veuve ? Vous plaisantez ?

— Elle le sera un jour, si elle se bat. Je suis venu lui apporter un courrier de la famille Bailey. Figure-toi qu'ils la surnomment « la Squaw ».

— Quoi ? Vous avez ouvert son courrier ?

— J'ai eu la bonté de le lui apporter jusqu'ici, mon vieux. Cinq cents milles, c'est une trotte ! Alors garde tes beaux principes. À propos, comment va-t-elle ?

— Elle survit.

— Survivre est le mot, Wyeth. Elle soigne des Indiens malades, s'expose à toutes les infections et s'use les mains à tanner des peaux pendant que les sœurs Bailey dînent dans de la vaisselle en porcelaine japonaise et se chamaillent sur le choix de leur prochaine calèche. Alene est l'héritière légale de la considérable fortune d'Horace. Il y aura un beau scandale quand elle aura ma lettre entre les mains.

— Elle est au courant ?

— Bien sûr. Tu la connais, elle préférerait s'enterrer six pieds sous terre plutôt que se battre pour un héritage auquel elle a droit. Personnellement, je n'aurais pas autant de scrupules. Allez, viens t'asseoir.

Il fit signe à Smitts.

— Servez un verre à mon ami Wyeth ! Je n'ai pas eu une seule conversation intéressante depuis mon départ de Saint Louis. Je ne sais pas ce qu'il vaut au niveau causette, mais il fera l'affaire.

Me voyant hésiter, il ajouta d'un ton impatient :

— J'étais odieux à Saint Louis, je l'avoue. J'ai dû changer d'attitude, contraint et forcé. Ma présence ici en est la preuve. Allons, raconte-moi tes aventures. Je meurs d'envie de les entendre.

Bon gré mal gré, j'acceptai de m'asseoir.

— On m'a dit que tu avais été grièvement blessé. J'imagine un acte de bravoure palpitant : « Il traversait un désert au grand galop quand il reçut une volée de flèches tirées par des guerriers hostiles… »

— En chassant le bison, un trappeur m'a involontairement pris pour cible. Et moi, j'ai raté la mienne.

— Bravo, Wyeth. Une belle histoire. Il faudra l'arranger un peu.

Smitts revint avec un verre et Layton l'emplit à ras bord.

— Où était ta brigade ? Vers les Tetons ?

— Non. Plus au sud.

— Tu as une carte ?

— Non.

— Pourrais-tu en dessiner une de mémoire ?

Si je n'avais pas déjà compris la raison de sa présence à Fort Burnham, à cet instant elle m'apparut clairement : Layton s'était lancé dans le commerce des fourrures.

— Je serais incapable de dessiner une carte avec suffisamment de précision pour qu'elle soit d'une quelconque utilité, rétorquai-je.

— Peux-tu au moins me décrire les paysages ?

— Un moutonnement de collines. Arides dans les basses-terres, verdoyantes en altitude. Des crêtes enneigées, même en plein été. Trois jours de chevauchée à partir du côté sud des monts Crow.

— Du gibier abondant ?

— En montagne, oui. Mais en plaine nous ne trouvions pas toujours de quoi manger.

— Des castors ?

— Dans les cours d'eau supérieurs, oui. Plus bas, non, très peu. Et depuis notre passage, il ne doit pas en rester beaucoup…

— De hautes montagnes ?

— Les plus hautes que nous n'ayons jamais vues. Des cols encore fermés au mois de juin.

— À l'ouest du Great Lake ?

— Pas aussi loin.

Il ouvrit un calepin et griffonna fébrilement des notes.

— Vous êtes en route pour l'Ouest ? lui demandai-je lorsqu'il eut terminé.

— En effet.

— La saison d'automne sera achevée avant votre arrivée, objectai-je.

— Je prépare une expédition pour le printemps. Mon père l'a financée et il tient à récupérer son argent. Je rembourse ou je ne reviens pas. C'est ma devise. Dis-moi, là-bas, vous viviez chez les Indiens ?

— Non. Nous traitions avec eux, mais nous avions notre propre campement.

— Sont-ils ouvertement hostiles ?

— Pas les Crow. Ni les Sioux. Attention, il faut toujours avoir l'œil, et un fusil chargé. Les Blackfoot, alliés aux Anglais, sont prêts à fondre sur toute brigade un tant soit peu vulnérable. Les autres tribus sont plus opportunistes. Cela dit, nous avons voyagé en terre crow durant neuf mois sans la moindre anicroche. Avec de bons guetteurs, nous nous sentions en relative sécurité.

— Quelles précautions preniez-vous ?

— Être toujours armé. Deux sentinelles la nuit. Chevaux au piquet, fourrures enterrées dans des caches, au besoin. Travailler par groupes de quatre et montrer que l'on est paré à l'attaque. Toujours partir du principe que l'on est épié.

Layton prit encore quelques notes tout en tripotant de la main gauche le pistolet posé sur la table. Une arme trapue, avec un barillet au-dessus de la détente. Je n'en avais jamais vu de semblable. Je cherchai des yeux le bassinet à poudre. Il n'y en avait pas. Layton sourit, ravi de me voir perplexe.

— Un Collier, expliqua-t-il. Très rare.

Il souleva le percuteur. Le barillet avait un mécanisme à ressort et s'ouvrait sur le côté, révélant les chambres, chacune contenant une balle.

— Amorçage automatique. La poudre se libère quand le chien est armé. On tire huit coups sans avoir à recharger.

— Et ça marche ?

— C'était justement la question que j'allais poser, intervint Smitts.

Il remplit nos verres et inspecta le pistolet.

— Vous pensez que je l'aurais acheté s'il ne marchait pas ? ricana Layton.

Il repoussa sa chaise et glissa le verre plein vers moi.

— Prends ton verre et suis-moi. Vous aussi, Smitts.

Derrière la taverne ondulaient des collines enneigées d'où pointaient par endroits de hautes tiges d'herbes roussies. À une trentaine de yards se dressait un peuplier solitaire. Layton leva son Collier et tira, très vite, trois coups sur l'arbre puis le tendit à Smitts, qui se brûla les doigts en effleurant le barillet. Il cibla le peuplier, fit feu deux fois et me passa le pistolet. À mon tour, je visai l'arbre, en appuyant légèrement sur la détente. Le barillet tourna. Je relâchai la pression de mon majeur, le barillet s'immobilisa. Je pressai à nouveau la détente, un peu plus fort, à plusieurs reprises. Le barillet se remit à tourner. Une dernière pression, plus accentuée, et le coup partit. Je réitérai l'opération. Sept coups d'affilée à nous trois ! Je rendis le Collier à Layton.

— Il m'a coûté la bagatelle de trois cents dollars, déclara-t-il avec fierté.

— Tant que ça ? railla Smitts en m'adressant un clin d'œil.

Layton comprit que le tavernier se moquait de lui et prit la mouche. L'autre recula, prudent, comprenant qu'il pouvait être dangereux de s'attarder.

— Je vais m'occuper du repas. Venez manger lorsque vous serez prêts, dit-il en s'éloignant.

— Des ortolans, j'espère, grommela Layton.

Puis il ajouta à mon intention :

— J'avais oublié la charmante compagnie des employés de l'armée.

Il rechargea son arme et, le temps que dura l'opération, sa hargne était retombée. Je retournais à la taverne quand il me fit un signe de la main.

— Une petite promenade à cheval, ça te tente, Wyeth ? Tu pourrais me faire visiter ton territoire.

— Il y a des tas d'endroits magnifiques.

— Eh bien, allons-y tout de suite !

Comment refuser ? Je ne trouvai aucune excuse valable. Aussi, un quart d'heure plus tard, descendions-nous à flanc de colline vers la plaine qui s'étendait dans le grand méandre du Missouri. Puis nous remontâmes sur une hauteur surplombant ses eaux grises. Au bout de vingt minutes, Layton éperonna son pur-sang et caracola joyeusement devant moi, comme s'il connaissait la région. C'était un excellent cavalier, mais il ne cessait de faire des allers-retours, car bien entendu il ignorait où nous allions. Toutefois, malgré ce comportement agaçant, je me rendis compte qu'ici, au milieu des vastes espaces, il n'était plus le gandin pétri d'orgueil que j'avais connu à Saint Louis. Certaines de ses qualités émergeaient, une énergie, une force insoupçonnées. Il paraissait sensible à la nature, à la douce beauté de la Prairie en cette fin d'automne. À ma grande surprise, il n'ouvrit pas la bouche pendant toute la chevauchée. Ses récents démêlés avec la justice l'avaient-ils transformé ? Peut-être. En tout cas, il s'obstina à cavaler en tête, même en terrain inconnu. Bref, un individu capable du meilleur comme du pire.

Nous rentrâmes à Fort Burnham au crépuscule.

— Je compte rester une semaine ici, m'annonça-t-il. Ensuite, cap vers l'Ouest, où les affaires m'attendent.

— Que comptez-vous entreprendre, en plein hiver ?

Il éluda ma question.

— Tu le sauras bien assez tôt. On se revoit demain pour une autre balade ?

Nous nous séparâmes et je décidai d'aller avertir Alene qu'Henry Layton était venu à Fort Burnham afin de régler de mystérieuses « affaires ». J'avais prévu de mettre dans ces deux mots tout le dédain et la raillerie possibles, mais à mi-chemin, je me ravisai. Alene devait déjà être au courant de sa présence, voire de ses « affaires », et Layton avait certainement escompté lui rendre visite. Ce n'était pas à moi d'encourager leur rencontre. Je me souvenais de Layton, à Saint Louis, prétendant n'être esclave que de lui-même.

Je regagnai mes pénates et, passant devant chez Smitts, j'aperçus Layton sur le pas de la porte. Il faisait rire aux éclats les boutiquiers du coin en imitant un vieillard courbé en deux. Je me surpris à rire aussi. Tout compte fait, l'arrivée de Layton avait au moins l'attrait de la nouveauté.

Le lendemain après-midi, alors que je dépassais au trot la hutte d'Alene, je la vis occupée à casser, à l'aide d'un bâton, des stalactites qui pendaient de son toit. Il était tombé un demi-pied de neige durant la nuit. La nature était d'une blancheur aveuglante si bien que l'on distinguait à peine les contours des arbres et des cabanes. Je rebroussai chemin.

— Tu as vu un vieil ami, hier soir, me dit-elle.

— Oui. Et les traces de pas jusqu'à ta hutte m'indiquent que tu l'as vu aussi.

— Oh oui ! Il m'a fait l'honneur de sa visite, se targuant de voler au secours d'une veuve éplorée. Ce qui ne l'a pas empêché de tenter sa chance.

— Et tu lui as donné ta réponse habituelle ? plaisantai-je en portant la main à ma joue.

— J'aurais volontiers fait pis que cela si j'en avais eu la possibilité, mais il est plus rapide que certains... Cela dit, sa tentative manquait de conviction. Il sait ce que je pense de lui. C'est un homme vil. Il a sciemment ruiné Horace pour le punir de m'avoir épousée.

Je lui lançai un regard sceptique, car je jugeais sa théorie un peu tirée par les cheveux.

— Il voulait peut-être aider Bailey dans un moment difficile, avançai-je.

— C'est ainsi qu'il me l'a présenté. Moi, je sais qu'il a conçu ce plan machiavélique afin de ruiner mon mari. J'en suis sûre, même si Horace n'y croyait pas. Il avait pitié de cet individu méprisable.

— Layton méritait-il tant de miséricorde ?

— Horace l'avait connu enfant. D'après lui, Layton avait grandi entre un père dur en affaires et une mère frivole, qui le chouchoutait. Le petit prince gâté et irascible, comprenant qu'il ne satisferait jamais les ambitions de son père, a décidé que, ne pouvant le contenter, il s'appliquerait à le contrarier. Et il y est parvenu au-delà de ses espérances.

— Je déborde de compassion pour ce pauvre dandy, murmurai-je, et je vis avec joie Alene étouffer un gloussement.

— Layton a eu des soucis, comme tout le monde, poursuivit-elle. Mais en général, les gens subissent les épreuves avec stoïcisme. Lui a passé sa vie à vomir sa bile sur le monde entier, tu as dû t'en rendre compte. J'ai cru comprendre que tu l'avais emmené en balade ?

— En effet, et je n'ai pas eu à me plaindre de lui. Il possède un magnifique pur-sang et c'est un bon cavalier. Même s'il cherchait toujours à me devancer, sans savoir où il allait.

— Il déteste recevoir des ordres et, surtout, il ne tient aucun compte des sentiments d'autrui.

Me doutant qu'elle évoquait un problème bien précis, je me permis de lui demander s'il lui avait apporté des nouvelles de Saint Louis.

— Oh oui ! de magnifiques lettres de la famille Bailey. Layton m'a fait part de leurs allégations mesquines, car il s'imagine que la colère me poussera à écourter ma période de deuil.

— Était-ce le but de son voyage ?

— Non, il a l'intention de se lancer dans le négoce des fourrures. Je ne vois pas d'autre explication à sa présence. Et toi ?

— J'en suis sûr.

Je lui devais l'argent des dernières peaux traitées et lui tendis une poignée de pièces. Le geste m'obligea à m'approcher d'elle et, juste à ce moment, j'entendis un craquement éloigné. La vieille harpie qui habitait l'aile sud du dispensaire, visible de la hutte d'Alene, cassait hargneusement la glace devant sa porte, tout en nous jetant des coups d'œil outrés.

— Tu te fais des amis partout où tu vas, on dirait, ironisa Alene.

— Bon sang, où est le mal ? Je ne suis pas agenouillé à tes pieds avec un bouquet de roses ! Tu n'auras qu'à dire à cette mégère que nous sommes associés dans un commerce fructueux.

— Si tu veux mon avis, elle pense que la fréquentation d'un trappeur ne peut en aucun cas être rentable.

— Pure calomnie.

— Chacun ses opinions.

— Puis-je connaître la tienne ?

— Les trappeurs sont des hommes admirables, répondit-elle sans hésiter. Des hommes admirables qui placent leur métier par-dessus tout. Une aventure passionnante pour ceux qui la vivent, mais peu satisfaisante pour ceux qu'ils laissent derrière eux.

— En général, ils reviennent toujours, lui fis-je remarquer.

— Une absence temporaire qui peut durer des mois, voire des années. Enfant, j'ai vécu dans l'attente. Je guettais sans cesse le retour de mon père. Sauf à y être obligée, je ne veux pas de cette vie-là.

— Je n'ai pas l'intention de couler mes vieux jours au fond des bois, couché sur une peau de bison. D'ailleurs, la manne ne durera pas éternellement. D'ici un à deux ans, il n'y aura plus de castors à piéger.

— On disait déjà la même chose du temps de mon père.

— Possible, mais aujourd'hui, c'est la vérité.

La vieille sorcière pilait la glace dans un baquet.

— Je pars chasser en plaine. Si j'ai de la chance, je te rapporterai une oie.

— Ne prends pas cette peine.

— Je ne saurais quoi en faire ! Ce qui m'attristerait, c'est que tu refuses. Je reviendrai bientôt.

Tout l'après-midi, je réfléchis aux implications de cette conversation. Certes, Alene critiquait Layton mais, ce faisant, son attitude était plus animée, ses gestes plus vifs que d'habitude. Je retrouvais l'énergique jeune femme de Saint Louis. Elle m'avait parlé longuement, avec davantage de naturel que les semaines précédentes. Ce matin-là, on aurait dit qu'elle avait oublié son deuil.

Si jamais le moindre doute subsistait, la réalité m'apparut clairement : Layton était venu à Fort Burnham pour Alene, et il était désormais mon rival.

Durant toute la durée de son séjour, Layton apporta animation et gaieté à notre communauté, comme s'il nous imprégnait un peu de l'insouciance de Saint Louis. Les hommes s'attroupaient autour de lui pour l'écouter pérorer. Ses affaires, ses farces, ses querelles, ses nombreuses conquêtes, il était intarissable. Ceux qui d'ordinaire n'auraient pas dépensé un cent au comptoir se mirent à offrir des tournées de whisky et d'eau-de-vie. Les rares femmes de la colonie revêtaient leurs robes en soie, à l'occasion de la venue d'un gentleman de Saint Louis.

Layton semblait négocier en cachette avec Smitts un arrangement qui paraissait beaucoup intéresser ce dernier. J'en conclus qu'une grosse somme d'argent était en jeu. Je ne me trompais pas. En effet, une importante escouade de muletiers et d'éclaireurs embauchés par Layton arriva trois jours plus tard. Leurs frais d'hébergement devraient permettre à Smitts de vivre toute une année. Ces hommes ne quittaient pas Layton d'une semelle, riant haut et fort à ses plaisanteries. Leur présence agressive sous-tendait les menaces voilées qui émaillaient parfois ses propos.

L'un des muletiers n'était autre que Max Grignon, le trappeur que j'avais vu tourmenter le bison criblé de flèches, le jour de mon accident. J'aurai, hélas ! l'occasion de reparler de ce Grignon. Il suffit pour l'instant de dire que ce sinistre individu était le pire fauteur de troubles de l'équipe.

Finalement, Layton prolongea son séjour d'une semaine, pendant laquelle il s'immisça dans le quotidien de tous les habitants de Fort Burnham. J'admirais sa vitalité et prenais plaisir à chevaucher à ses côtés. Son bavardage était toujours plaisant, quoique sa compagnie me mît souvent mal à l'aise, au point qu'au terme de chaque promenade j'avais la vague impression de m'être fait rouler, sans savoir de quelle manière. Peu à peu, en mon for intérieur, je commençai à lui tenir tête, une résistance renforcée par mes discussions avec Alene, qui clamait détester ce type, malgré son évidente fascination pour le personnage.

La veille de son départ, je buvais un verre avec Layton à l'auberge, lorsqu'il me demanda à brûle-pourpoint :

— Tu as l'intention de rejoindre une brigade au printemps, hein ?

— Oui, si on me le propose.

— Alors laisse ton carnet de bal ouvert. Je serai de retour à la fin de l'hiver et ferai de toi un homme riche et célèbre. D'ici là, occupe-toi de la veuve. Elle a des idées préconçues sur moi et refusera toute aide de ma part. C'est une fille bien. Beaucoup trop bien pour Bailey, paix à son âme. Un type velléitaire.

— Parviendra-t-elle à récupérer son argent ?

— Si elle avait deux doigts de jugeote, elle serait déjà à Saint Louis en train de réclamer son dû ! Mais madame craint de passer pour une profiteuse et refuse d'entamer toute procédure avant la levée de son deuil. Les Bailey ne font pas preuve d'autant de délicatesse. Je ferai ce que je pourrai de mon côté, et toi, Wyeth, veille sur elle.

Le ton sincère de sa voix m'incita à le lui promettre, si tant est que la dame m'y autorisât.

— Tente ta chance, bon sang ! Ne reste pas planté devant elle comme un épouvantail !

Exactement l'expression qu'employait mon père.

— Je prendrai exemple sur vous, ironisai-je.

Piqué au vif, il faillit se mettre en colère puis se maîtrisa.

— Oh, la barbe ! Je ne vais pas me disputer avec toi.

De la crosse de son pistolet, il tapa sur la table.

— Smitts, vieille canaille, notre bouteille est vide ! Tu es tavernier, oui ou non ? Smitts !

Nous bûmes encore deux verres en discutant à bâtons rompus, puis j'allai payer l'addition. Smitts m'apprit qu'elle était déjà réglée. Il avait de bons côtés, ce Layton.

Quand je revins du comptoir, il tendait à Grignon une enveloppe bleue contenant des billets de banque.

— Écoute, tu lui diras : « L'argent vient des Bailey, l'enveloppe est tombée à l'eau, il ne reste que les billets. » Va-t'en avant qu'elle l'ouvre. Et surtout pas un mot sur moi.

Il avait parlé haut et fort et je compris qu'il tenait à montrer qu'il aidait financièrement la jeune veuve. Du Layton tout craché. Il ne pouvait vous offrir un verre ou faire une bonne action sans que tout le monde fût au courant.

Après son départ, je m'interrogeai : que penser de lui ? Certains hommes vertueux peuvent se révéler des esprits chagrins ou de vrais rabat-joie. Layton était tout le contraire. Une crapule finie, mais une forte personnalité qui créait autour de lui une atmosphère joyeuse et festive. Il rayonnait indéniablement d'intelligence et de vivacité, à défaut de bonté.

En vieillissant, malgré les ravages que peuvent causer des personnages de ce genre, j'apprécie leur joie de vivre à sa juste valeur.

Grésillements du lard s'égouttant sur le feu, pommes cuites à la cannelle, tarte à la citrouille et aux patates douces, châtaignes grillées et bon pain croustillant. Grâce à l'argent des fourrures, Alene avait pu acheter des provisions, colmater les fuites de sa cabane et installer une cuisinière à bois dont le gros tuyau coudé sortait par le toit. Elle avait étalé des peaux de bison au sol et dissimulé son matelas derrière une toile à voile astucieusement drapée. Elle décida de fêter ces aménagements en nous invitant, le Dr Meeks et moi, à venir dîner.

Meeks, volubile et, comme je l'ai déjà dit, empoté avec les femmes, parlait de tout et de rien. À l'époque, je le croyais vieux, mais il n'avait que quarante ans, et je me demande aujourd'hui s'il n'avait pas le béguin pour Alene, et s'il ne masquait pas ses sentiments derrière une indifférence feinte et un bavardage à la limite de la banalité.

— Avez-vous vu les troupeaux de bisons ? Magnifiques ! Et les vols de pluviers siffleurs ? Un jour, je suis allé les observer, pendant qu'ils survolaient le grand méandre. Ils obscurcissaient le ciel. Un spectacle sublime ! Tenez, d'ailleurs, ça me rappelle...

Ce jour-là, en coupant par le campement indien, j'ai aperçu notre visiteur, Henry Layton, en train de papoter avec des squaws.

— De papoter, vous êtes sûr ? ironisa Alene.

— J'imaginais qu'il faisait le coq parmi ces femmes malades, affaiblies par les grossesses. Je l'avais mal jugé. Il leur donnait de l'argent.

Alene lui jeta un regard surpris et inquiet.

— Il avait accompagné leurs maris à la chasse et leur faisait cadeau de quelques piécettes et de quartiers de viande, en remerciement des menus services qu'elles lui avaient rendus. Je sais reconnaître un geste généreux, même s'il est accompli par un homme censé être une canaille. Quel curieux personnage, ce Layton.

— Vous l'avez dit, répondit Alene d'un ton brusque.

Je me crispai sur ma chaise. Meeks ne pouvait soulever sujet de conversation plus irritant que la supposée philanthropie d'Henry Layton.

À la fin du repas, il sortit fumer et Alene s'assit à mon côté.

— William, réponds-moi sans détour. Cet argent prétendument envoyé par les Bailey, il vient de toi ?

— Non.

Elle alla chercher l'enveloppe bleue rangée dans une boîte, près de son lit. Celle que Layton avait remise à Grignon.

— Jure que ce n'est pas toi.

— Je peux le jurer. J'ai vu Layton la donner à Grignon.

Elle demeura immobile, tête baissée.

— Ça t'étonne ? murmurai-je.

— Rien de ce qui vient de lui, en bien ou en mal, ne me surprend. À Saint Louis, il a dérobé cent dollars à son père pour les donner à une fille qui faisait le trottoir. Deux semaines plus tard, il a tué un acolyte qu'il soupçonnait d'avoir cassé sa montre de gousset en argent. Ensuite, il a expliqué en riant que le type serait toujours de ce monde s'il avait pensé à la remonter après l'avoir volée. Il prend plaisir à brouiller les cartes. Il imagine que je suis comme cette pauvre fille, que j'ai besoin d'être sauvée à tout prix. Il pourrait ainsi m'ajouter à sa collection d'anecdotes originales. D'autres gens sont au courant, au sujet de l'enveloppe ?

— Beaucoup, hélas !

Je lui expliquai que la scène s'était déroulée en présence de tous les clients de la taverne.

— Quel horrible bonhomme ! Et puisqu'il n'est plus là, je ne peux lui rendre son sale argent. Qu'il aille au diable !

Elle plia l'enveloppe et la glissa dans son corsage. Layton avait réussi là où tout le monde avait échoué : lui faire la charité.

— Il était sûrement animé de bonnes intentions, suggérai-je malgré moi.

— Layton, de bonnes intentions ? Il est égoïste et intéressé. Et c'est une vraie girouette. Quand il est d'une humeur de chien, il démolit tout ce qu'il a construit. Je l'ai vu à l'œuvre des dizaines de fois. Il détruit ceux qui l'entourent. Il te détruira aussi, William, si tu n'y prends pas garde.

J'éclatai de rire devant cette tirade un peu trop mélodramatique à mon goût.

— S'il est aussi diabolique que tu le dis, tenter de déstabiliser un type comme moi ne constitue pas un grand défi.

— Ce n'est pas pour le défi qu'il ferait ça.

— Et pour quelle raison, alors ? Il est riche. Je ne suis qu'un pauvre trappeur. Je ne possède rien qui l'intéresse.

— Si, justement.

— Quoi donc ?

Hélas ! Meeks revint à cet instant précis et Alene changea de sujet. J'aurais volontiers assommé le pauvre médecin, qui sentit ma frustration sans en deviner le motif.

Une heure plus tard, tandis que nous marchions dans la neige sèche sous un firmament scintillant d'étoiles froides, Meeks discourait encore sur la migration des grues blanches, les manœuvres des Indiens derrière Fort Burnham, l'aridité grandissante des terres de trappe et l'espoir d'une belle récolte d'été. Si j'avais pu l'étrangler pour le faire taire !

De retour dans ma chambre, je me jetai sur le lit et examinai la situation. Henry Layton possédait fortune, charisme et énergie. La façon dont Alene s'emportait à la simple mention de son nom me laissait supposer qu'elle devait, à son corps défendant, en être amoureuse. Mais n'avait-elle pas dit que je possédais quelque chose que Layton désirait ? Reconnaissait-elle qu'elle avait quelque penchant pour moi ? Je ne trouvai d'autre explication à ce mystérieux « si, justement ».

Une chaleur langoureuse m'envahit tout entier. Alene venait de m'avouer ses sentiments, j'en étais sûr. Malheureusement, elle était aussi sous le charme de Layton.

Des flocons de neige s'écrasaient avec mollesse sur mes carreaux.

Max Grignon allant jouer un rôle crucial dans ce récit, je m'attarderai à le décrire.

C'était un jean-foutre à la démarche chaloupée, aux dents de lapin, qui portait tous les jours le même gilet taché. Il tenait des discours alambiqués, se montrait courtois en apparence, mais sous cette politesse feinte se cachait un être roublard, perfide et mesquin. Un soir, je le vis s'emparer d'une bouteille derrière le comptoir de Smitts, la déboucher, boire au goulot et la remettre furtivement à sa place. Ensuite il me sourit, l'index sur les lèvres. Jamais je n'aurais dit à Smitts ce que j'avais vu. Je ne suis pas un délateur. Grignon n'avait nul besoin de me rendre complice de ce délit insignifiant. Je me souviens d'avoir songé : « Pourquoi tient-il à m'impliquer ? », et je m'aperçus que c'était chez lui pratique courante : comme beaucoup d'individus sournois, il ne concevait pas que l'on puisse se conduire honnêtement. Layton baissa dans mon estime à cause de ses liens avec ce bon à rien déplaisant et cupide.

Grignon traîna encore deux semaines parmi nous après le départ de Layton, semant la zizanie partout où il allait. Un beau matin, sans dire au revoir, il fila, au grand soulagement de tous.

Quarante-huit heures plus tard, Ferris, Glass et Bridger revinrent au fort. Je ne les avais pas vus depuis bientôt six mois. Ils étaient vêtus à l'indienne, avec des perles dans les cheveux et des bonnets bordés de fourrure de carcajou et de coyote. Ferris sauta de son cheval et m'étreignit. Il sentait très mauvais, pire qu'un putois au sortir de son hibernation. Devant mon mouvement de recul, il éclata de rire.

— Tu puais le bouc, toi aussi, Wyeth ! Donne-moi le temps de me laver, et nous irons boire un verre.

Il alla louer une chambre chez Smitts. Ses ablutions s'éternisaient, apparemment. Je commençai à m'impatienter et, pour tromper l'attente, je me rendis à l'écurie. Et là, qui découvris-je, affalé dans la paille, descendant une bouteille de bourbon ? Mon Ferris !

Je l'aidai à regagner sa chambre. Il ronfla tout l'après-midi et, juste avant le souper, entra chez moi en titubant.

— Désolé, Wyeth, j'étais exténué.

— Et le whisky n'a rien arrangé !

— Juste une gorgée ! Ma première en six mois. Ma parole, je ne tiens plus l'alcool !

Nous nous promîmes d'aller à la chasse le lendemain matin, même si, dans l'état où il était, je doutais qu'il s'en souvienne.

Le lendemain, je dormis tout mon saoul, persuadé que Ferris ne parviendrait pas à se réveiller. En ouvrant les yeux, je regardai par la fenêtre et le vis, debout dans la froidure, chaussé de mocassins, un manteau de bison jeté sur les épaules. Je bondis hors du lit, honteux de l'avoir fait attendre. Le temps de lacer mes brodequins, et nous voilà partis vers les plaines de l'Ouest, où, la veille, en route pour le fort, Ferris avait repéré un gros bison.

Notre itinéraire passait par le sentier menant au dispensaire et nous croisâmes Alene qui se rendait au village.

— Vous comptez attaquer les Sioux, jeunes gens ? plaisanta-t-elle.

— Nous allons chasser dans les contrées barbares, répondis-je sur le même ton. Nous te rapporterons une belle bosse de bison à faire griller. Je te présente mon ami Walter Ferris, qui revient des Rocheuses.

— Je suis au courant. Les nouvelles vont vite.

— Ravi de vous rencontrer, dit Ferris en se penchant pour lui serrer la main.

— William Wyeth me promet de la viande fraîche. Êtes-vous aussi confiant ?

— La seule chose dont je suis certain, c'est que nous déboucherons une bouteille ce soir !

— Sage prévision, répliqua-t-elle en souriant. Votre ami manque parfois de discernement, alors je fais appel à votre bon sens, Mr Ferris. Ne vous attardez pas trop. Le temps est en train de changer.

— D'ici là, nous serons rentrés, la rassurai-je. Ce soir, au menu, steaks de bison rôtis au feu de cheminée !

— Ou nous trinquerons devant un garde-manger vide, marmonna Ferris.

— Je tiens le pari, en espérant que vous serez revenus à l'heure du dîner.

Ferris, tout joyeux, fit piaffer son cheval.

— Nous ferez-vous l'honneur de boire un verre avec nous à la taverne ?

— J'ai intérêt à venir tôt, si je veux voir William tenir debout sur ses jambes.

— En effet, dit Ferris. À ce soir, ajouta-t-il en levant la main.

Comme Alene nous regardait, nous partîmes dans un galop effréné et, quand nous nous fûmes éloignés, Ferris me lança un clin d'œil entendu. On lui avait parlé d'elle à Saint Louis, mais il ignorait sa présence à Fort Burnham.

— Je vois que tu n'as pas perdu ton temps, en notre absence. La chasse était bonne ?

— Non, je suis revenu bredouille.

Devant son expression intriguée, j'ajoutai :

— Elle est en deuil.

— Et ça t'a freiné ?

— Ça, et le plat de sa main, répondis-je en talonnant mon cheval pour le dépasser.

Je ne tenais pas à fournir de plus amples explications.

Le ciel était clair ; la neige, sèche et étincelante. Pas un souffle de vent. Nous chevauchâmes deux heures durant et, arrivés dans les basses-terres, nous dressâmes un bivouac avant de nous mettre en chasse. Assis sur l'une de nos peaux de bison, enveloppés dans l'autre, nous grignotâmes des bouts de viande séchée et bûmes à la même gourde.

— Wyeth, devine qui nous avons croisé en chemin, dans un campement indien…

— Henry Layton ?

— Touché ! À des centaines de milles de Saint Louis, toujours coiffé de sa toque d'astrakan. J'ai cru que j'étais mort et que je ressuscitais en plein Market Street ! Pegleg lui a demandé où était sa chaise à porteurs.

— Il s'est vexé, je suppose ?

— Il lui a fait voler son bonnet d'une chiquenaude et lui a lancé : « Tiens, je n'y avais pas pensé ! Si j'embauche des porteurs, tu seras en tête de liste. »

— Et Pegleg, qu'est-ce qu'il a fait ?

— Il a pris son fusil, évidemment, mais Layton avait déjà dégainé son pistolet.

— Son Collier tire huit coups d'affilée, tu es au courant ?

— Oui, il nous l'a dit après. Entre nous, à cette distance, un seul aurait suffi. Les autres se sont éparpillés comme des moineaux. Pegleg ne s'est pas démonté, il a fait mine de vérifier son bassinet à poudre.

J'éclatai de rire, imaginant Pegleg faussement concentré sur sa pétoire.

— Deux minutes plus tard, Layton voulait tous nous embaucher, figure-toi. Y compris Pegleg. Il projette de former sa propre brigade pour la saison de printemps. Il dit qu'il paiera trois dollars la peau. Personne n'y croit. Bon, trois dollars, pourquoi pas, s'il économise sur le transport. Quelle région a-t-il l'intention d'explorer ? Il t'en a parlé ?

— Non. Tu sais, j'aurais tendance à ne pas gober un mot de ce que dit ce filou. Je reconnais qu'il est parfois de bonne compagnie mais, au fond, c'est une belle crapule. Nous avons eu l'occasion de discuter. Son associé Horace Bailey avait épousé Alene Chevalier, que tu viens de rencontrer. Bailey a trouvé la mort ici, dans un accident de chasse, au mois d'octobre. Layton est venu remettre à Alene une lettre de sa belle-famille.

J'ajoutai que nous étions allés nous promener à cheval et qu'à la taverne, la veille de son départ, il avait chargé Grignon de transmettre à Alene une enveloppe bourrée de billets.

— Je n'appelle pas ça faire la charité, s'il a agi devant tout le monde, conclut Ferris. Tu sais, dans ce campement indien, je l'ai vu lancer une pièce d'argent à un gamin en criant : « De l'eau, vite ! » Tu te rends compte, une pièce d'argent ! Je serais volontiers descendu de cheval pour la carotter.

— Et le gosse, qu'est-ce qu'il a fait ?

— Il a accepté la pièce et il est allé chercher l'eau. Mais il l'aurait même fait gratuitement. On n'est pas à Saint Louis, ici !

Ferris hésita, puis poursuivit :

— Cette jeune veuve a l'air d'une personne très bien. A-t-elle été conquise par la prodigalité de Layton ?

— Non. Elle le considère comme responsable de la mort de son mari. À l'entendre, Layton est le diable en personne. Cela dit, elle est troublée par sa présence, c'est évident.

— Tu lui as ouvert ton cœur ? reprit Ferris après un long silence.

— Disons que j'ai essayé. Résultat : j'ai reçu la plus belle gifle de mon existence. Je te jure, j'ai vu double.

— Et tu as contre-attaqué ?

— Sur le moment, non. Et puis…

Je me souvins de la réaction d'Alene, à propos de la vie des trappeurs.

— Non, finalement, je n'ai rien osé dire.

— Oh, Wyeth ! Repars à l'assaut, voyons !

— Elle est en deuil.

— Un jour, elle sera prête à se remarier. Cette femme t'a dompté, on dirait.

— Disons qu'elle m'a remis les idées en place. Et je ne suis pas certain d'être mûr pour le mariage. Si je renouvelle ma tentative et que je m'y prenne mal, quelle image se fera-t-elle de moi ?

— Celle d'un garçon très respectable. Si tu ne fais rien, Layton en profitera, s'immiscera entre vous deux et…

Ferris s'interrompit brusquement.

— Regarde…

Au loin, un gros bison mâle débouchait d'une forêt de pins, s'enfonçant dans la neige jusqu'au ventre. Soudain, il s'immobilisa et émit un grondement sourd.

Il nous avait sentis. Lentement, Ferris tendit la main vers son fusil, mais le geste fit craqueter le givre qui s'était formé sur son manteau. Alerté par le bruit, l'animal fit volte-face et s'éloigna. Nous sautâmes en selle et poussâmes nos chevaux à travers l'épaisse couche de neige molle. Au bout de deux milles, nous débouchâmes sur un bras de rivière gelé, balayé par le vent.

Nous vîmes l'énorme bête déraper sur la surface verglacée, tomber, se relever, glisser à nouveau, se redresser et retomber. Nous sautâmes à terre. Il ne nous semblait pas régulier de tirer sur du gibier sans défense. Nous l'observâmes pendant une bonne minute. Il grognait, battait l'air de ses pattes, incapable de se remettre debout. Alors, d'un même mouvement, nous levâmes nos fusils et fîmes feu. Il fit un bond désespéré en avant, chancela et s'immobilisa. Ferris rechargea son arme et tira une seconde fois. Les deux coups avaient atteint leur cible quasi au même endroit, juste au-dessus de l'épaule. Le bison, foudroyé, s'affaissa sur le flanc.

— Mazette… J'ignorais que tu étais un tireur d'élite !

— J'aurais loupé mon troisième coup, fit-il avec modestie.

J'appris plus tard qu'entre autres talents cachés Ferris avait celui d'être la meilleure gâchette de la brigade.

Nous entendîmes des grincements : la glace cédait sous le poids du bison, l'eau bouillonnait autour de lui, aspirant peu à peu son cadavre.

— Nous aurions dû attendre qu'il s'éloigne, soupirai-je. Il aurait bien fini par se relever.

— C'est ta faute, tu étais pressé.

— Moi ? Pressé ?

— Oui, trop pressé de tirer un bison. Pas pressé de tirer un coup.

Je lui lançai un regard mauvais.

La masse sombre s'enfonçait peu à peu. Ferris dévala la berge et éprouva la résistance de la glace du bout du pied. Je m'avançai à mon tour et lui fis signe de me suivre.

— Si elle a pu supporter son poids, elle tiendra ! lui criai-je.

— Pas faux. Toi, tu en as là-dedans.

— C'est ce qu'on dit.

Les chutes de neige intermittentes laissaient parfois apparaître un carré de ciel bleu. Des nuages bas et lourds filaient vite, poussés par le vent. Nous atteignîmes le mitan de la rivière gelée. Derrière un voile de grisaille, nous apercevions nos chevaux tenus au piquet sur la berge.

Le bison avait sombré d'environ un tiers de sa hauteur. La forme hirsute s'immobilisa quand les sabots touchèrent le fond. Des spirales boueuses tournoyaient autour de lui. Je sondai la profondeur de la rivière à l'aide d'une branche. L'eau devrait m'arriver aux genoux. J'époussetai la neige, défis les cordelettes qui liaient le bas de mes jambières, ôtai mes brodequins et me retrouvai pieds nus sur la glace. Ferris sourit en me voyant danser d'une jambe sur l'autre.

— Alors, c'est comment ?

— Divin !

J'ôtai mes gants, les posai à côté des brodequins et me dirigeai avec prudence vers l'endroit où la couche de glace avait craqué. Au contact de l'eau, les muscles de mes mollets se raidirent, aussitôt endoloris. J'agrippai la toison à deux mains, me hissai sur la bête puis, prenant appui sur son énorme masse, plongeai mon coutelas au niveau du cou pour m'assurer une prise solide et entrepris de taillader le cuir épais, de haut en bas. La fente s'ouvrit, libérant les intestins qui se répandirent et basculèrent dans l'eau glacée. Je m'attaquai ensuite aux côtes, sous la bosse, les désossai et les jetai au fur et à mesure vers la berge. Je repérai la vésicule biliaire et la perçai. Un jus verdâtre coula le long de ma lame. Je prélevai le foie et l'envoyai rejoindre l'amas de côtes. Il glissa comme un palet sur la surface gelée, laissant derrière lui une traînée sanguinolente et s'immobilisa, encore fumant, dans un cercle de neige fondue. Enfin je parvins au cœur, énorme boule caoutchouteuse et visqueuse, aussi grosse que ma tête. Je coupai les artères, les pressai, faisant gicler le sang, qui aspergea mes mains et mes bras. Je le lançai vers le monceau de côtes. Il roula sur lui-même avant de s'arrêter, palpitant, dans une éclaboussure écarlate. Je tranchai les morceaux de choix et sectionnai la langue. Le découpage terminé, j'étais entouré de flaques cramoisies où flottaient des caillots brunâtres, minuscules taches sombres au milieu de l'immensité blanche.

Entre-temps, Ferris était retourné à son cheval prendre une peau de daim afin d'envelopper la viande. Soudain un grand souffle déchira le silence. La pellicule de glace explosa autour de moi, m'arrosant d'une pluie rouge. De surprise, Ferris dérapa, chuta et se releva aussitôt, le doigt pointé vers la berge. J'aperçus, se découpant en haut du talus, la vague silhouette d'un cavalier indien qui abaissait son arme. Je plongeai jusqu'aux cuisses dans l'eau glacée. J'entendis des crépitements au-dessus de ma tête, aussitôt suivis de l'écho d'une détonation. Ferris arriva en courant, dérapa encore et grimpa sur le bison par l'autre flanc.

— Wyeth ! hurla-t-il, tu es vivant ?

— Oui... à moitié congelé !

Au loin, je vis nos chevaux s'évanouir dans la brume neigeuse, poussés par un Indien caracolant. Trois cavaliers nous observaient de la berge.

— Attention, Ferris ! Il y en a trois, derrière toi ! m'égosillai-je.

— Je vais tirer ! Au premier coup, tu sors de l'eau !

Le raclement de la baguette métallique dans le canon m'indiqua qu'il chargeait son fusil. Il arma le chien et mit en joue les Indiens, qui se réfugièrent derrière le talus. Je me hissai sur la glace et courus récupérer mon arme. Ferris fit feu. Une gerbe de neige fusa à l'endroit précis que nos assaillants venaient de quitter.

Je le rejoignis derrière le bison.

— Tu en as eu un ?

— Je crois que je leur ai fait peur !

De ce côté-ci de la rivière, la surface gelée n'avait pas cédé. Nous pûmes donc nous blottir contre la masse chaude de l'animal sans être mouillés. La glace pencha dangereusement lorsque nous nous relevâmes mais, prise dans l'épaisse toison, elle résista à notre poids.

— Attends que j'aie tiré et essaie de les avoir dès qu'ils se montreront ! criai-je.

— Rien que ça ? ironisa-t-il.

J'épaulai mon fusil. Je ne vis rien. Juste la neige et le sang, partout. Puis, sur ma droite, je distinguai trois formes humaines tapies dans un creux. Je tirai, les Indiens plongèrent à l'abri du talus et, quand l'un d'eux pointa sa tête, Ferris fit feu. Ils esquivèrent son tir, se redressèrent brusquement et ripostèrent. Une balle érafla la jambière de Ferris. Dans cette courbe de la rivière, nous étions vulnérables car, si nos adversaires se déployaient, ils pourraient nous attaquer de face et de côté.

— Nous sommes trop exposés, déclara Ferris. Nous serons des proies faciles, si jamais les chutes de neige faiblissent. Nous ferions mieux de grimper sur le talus. Tu es prêt ?

— Vas-y le premier.

— Non. Toi, tu as les bonnes chaussures, plaisanta-t-il.

Je regardai mes pieds nus, bleus et ratatinés. Je ne les sentais plus. Ferris agrippa son fusil, se releva et visa.

— Fonce ! siffla-t-il entre ses dents.

Il neigeait dru. Je courus vers l'ombre grise de la berge. J'eus l'étrange impression d'évoluer sur des échasses. J'escaladais à grand-peine le talus pierreux quand j'entendis une déflagration. La fumée sortant du fusil de Ferris passa tout près de moi.

Je me mis en position, plissai les yeux. Rien en vue, hormis la rivière gelée et la silhouette de mon compagnon abrité derrière le bison.

— Je suis prêt ! hurlai-je.

Ferris bondit en avant. Je balayai du regard la rive opposée. Une partie m'apparaissait distinctement, l'autre était noyée sous la neige. Ferris jeta son fusil par-dessus l'éboulis, prit appui sur les rochers et atterrit à mon côté. En prévision de l'attaque, nous coinçâmes quelques balles dans notre bouche et, allongés sur le ventre, scrutâmes l'horizon au-delà de la rivière et de la masse du bison mort. L'averse de neige dura plusieurs minutes, effaçant tout le paysage, puis s'apaisa.

— Tu les vois ? sifflai-je entre mes dents serrées.

— Non, et toi ?

— Non.

Ferris cracha les balles dans sa paume.

— Ce sont des Sioux. Ils viennent du sud. Tu as vu la façon dont leurs cheveux étaient tressés avec de la fourrure ?

— Désolé, je n'ai pas pensé à admirer leur coiffure.

— Je les ai croisés en revenant au fort. Ce sont les mêmes, j'en suis sûr.

Il examina les alentours.

— Tiens, regarde, ils sont là-bas.

Au loin, sur la crête, quatre cavaliers se détachaient dans la lumière bistre, poussant nos chevaux devant eux. Ferris les suivit du regard puis se tourna vers moi. Le sang du bison avait gelé sur le plastron de ma chemise. Il pencha la tête et examina mes plantes de pied.

— Wyeth ? Ça fait mal quand j'appuie ?

— Non.

— Tant mieux. Laisse-moi faire.

Une douleur sourde remonta le long de mon mollet. Ferris agita sous mon nez une longue épine à la pointe rougie.

— Tu as marché sur un cactus.

— Oh ! merde.

Il en extirpa quelques autres du mieux qu'il put et enfonça dans la chair celles qu'il ne pouvait extraire.

— Une chance que tu ne sentes rien. Va te rechausser.

Avec son aide, je boitillai jusqu'au bison, rinçai mes pieds et partis en quête de mes brodequins. Très vite, je trouvai les gants. Les brodequins, eux, avaient disparu.

— Ferris ? C'est bizarre, je ne les vois nulle part.

C'étaient des brodequins de cuir, légers et chauds, que j'avais achetés à Smitts et que j'avais mis exprès ce jour-là pour les montrer à Ferris. Le vent avait chassé la neige de la surface gelée. Si les brodequins avaient été là, nous les aurions vus. Nous les cherchâmes dans l'eau, sur la berge. En vain. Soudain, nous découvrîmes des empreintes de pas, différentes des nôtres, qui menaient droit au bison. L'un des Sioux avait dû ramper vers lui alors que nous étions sur le talus.

— Ils les ont volés ! s'exclama Ferris.

— Dommage, soupirai-je. C'étaient de bons brodequins.

— Au moins, tu ne sens pas tes pieds.

Il scruta de nouveau l'horizon puis posa son fusil, passa derrière le bison et entreprit d'entailler la toison. Je m'accrochai à la bosse et glissai mes jambes dans le ventre ouvert de la bête. Mes pieds se collèrent aux entrailles encore tièdes avec un bruit de succion. Ferris découpa deux morceaux de toison de forme ovale, qu'il nettoya du mieux qu'il put. Puis il en détailla une troisième, y empaqueta la viande et se confectionna une sorte d'écharpe de portage qu'il pourrait jeter sur son épaule. Pendant ce temps, je gardai mes pieds au chaud à l'intérieur de l'animal. La neige s'était remise à tomber. Elle recouvrait presque entièrement la mare de sang qui affleurait çà et là, par plaques grisâtres. Quand Ferris eut achevé sa besogne, je posai mes pieds sur les ovales découpés. Il les emmaillota et maintint les peaux avec deux lanières qu'il entortilla autour de mes chevilles. Je me rinçai les mains et récupérai mon fusil. Nous nous trouvions à deux milles de notre bivouac.

Les pièces de toison qui entouraient mes pieds n'étaient ni séchées ni écharnées. Ferris les avait attachées aussi fort qu'il pouvait, mais la neige s'insinuait par les interstices. Il nous fallut une bonne heure pour regagner le bivouac. Par chance, nos provisions étaient toujours là. Ferris alla ramasser des branchages et alluma un feu. J'y réchauffai mes pieds et, lorsque le sang recommença à circuler, je gémis de douleur. Les larmes me montèrent aux yeux. Les épines de cactus étaient enfoncées d'un bon pouce dans les chairs et, chaque fois que je bougeais les orteils, j'aurais préféré être mort.

— Je peux retourner seul au fort chercher du secours, proposa Ferris. Si je ne me trompe pas, le blizzard se prépare et il risque de durer deux à trois jours. Tu pourras tenir avec un manteau de bison et nos rations de viande séchée, si tu entretiens bien le feu.

— Et surtout si les Sioux ne reviennent pas, grommelai-je.

Ferris ne répondit pas. Il n'avait pas envisagé cette éventualité.

— Ils ne reviendront pas, par ce temps, conclut-il au bout d'un moment.

— La tempête peut cesser.

— Alors, suis-moi. Tu penses y arriver ?

— Je ne sais pas.

— À toi de décider.

— Pas question de rester ici tout seul à attendre les Sioux. Et tu n'atteindras pas le fort sans moi. Tu ne connais pas bien la région.

— Suffisamment pour me débrouiller.
— Mieux vaut rester ensemble.
— OK, dit Ferris après réflexion. Alors, ne tardons pas.

Il me confectionna des mocassins en taillant deux pièces dans l'un de nos manteaux. Comme elles étaient souples, il put les nouer solidement autour de mes chevilles. Le crépuscule tombait. Un gros croissant de lune apparut dans le ciel et la température chuta de plusieurs degrés. Nos larmes gelaient instantanément sur nos joues. À chaque inspiration, l'air glacé s'infiltrait dans nos poumons. La lune jouait à cache-cache avec les nuages qui s'effilochaient au-dessus de la prairie enneigée. Des flocons tourbillonnaient autour des ombres fantomatiques des troncs d'arbres.

Nous nous mîmes en route, Ferris en tête, portant les provisions en bandoulière et moi progressant sur ses traces. Nous marchâmes des heures durant, sans échanger plus d'une vingtaine de mots, toujours les mêmes.

— Ça va, Wyeth ?
— Ça peut aller. Et toi ?
— En pleine forme.

Et nous avancions cahin-caha.

Au cours de la nuit, le ciel s'éclaircit, irisant les collines de reflets bleutés. Tout était silencieux, paisible. Au-dessus de nous, le firmament scintillait jusqu'à l'horizon. À l'aube, les étoiles disparurent vers l'ouest, l'atmosphère se réchauffa et je sentis la sueur couler sur mes tempes, sous mon bonnet de castor. Soudain, un noir complet nous enveloppa. Il se remit à neiger, de plus en plus fort. Des rafales de vent soufflaient du nord, ralentissant notre avancée. Nous nous dirigeâmes vers un abri formé par deux gros rochers ronds entre lesquels nous nous écroulâmes, enfin protégés de l'assaut des bourrasques. Nous avions cru pouvoir gagner la tempête de vitesse et nous avions échoué. De toute évidence, nous aurions mieux fait de rester à notre bivouac. La barbe de Ferris n'était plus qu'une grappe blanchâtre dans la pénombre. Nous tremblions de tous nos membres. Quand ses frissons s'apaisèrent, il se releva et m'ordonna :

— Allez, en route !

— À quoi bon ? On n'y voit rien, protestai-je.

— Nous allons geler sur place, si nous ne bougeons pas.

— Tant pis.

Il se pencha et me hurla à l'oreille :

— Debout, abruti !

Je sursautai, écarquillai les yeux, hébété, et lui obéis, maladroitement. Une minute de plus et j'aurais été incapable de me relever.

Nous repartîmes. L'aube céda la place à une aurore terne, sans relief. Ferris m'aida à traverser les congères et à gravir les berges des rivières gelées. Au milieu de la matinée, la neige diminua d'intensité, le vent parut faiblir, même si les nuages couraient toujours aussi vite dans le ciel. Un rayon de soleil enflamma la grisaille et, en me retournant, j'aperçus au nord un piton rocheux que nous surnommions Chimney Butte. Je compris que nous avions dévié de notre trajectoire et que nous nous éloignions du fort.

— On est encore loin ? cria Ferris.

— Quatre, cinq heures de marche.

Il ne répondit pas. Nous obliquâmes vers le nord, à l'opposé de la direction d'où nous venions.

Dans l'après-midi, les chutes de neige reprirent de plus belle. Puis cessèrent. Nous tentions de garder le cap vers le nord-est. Il nous fallait trouver un point élevé afin de repérer Chimney Butte et ajuster notre orientation. Nous mâchions de la viande gelée et sucions de la neige. Ferris, lourdement chargé, se retournait sans cesse pour vérifier si je le suivais. Moi, je m'époumonais à le guider à travers le désert blanc.

En fin de journée, nous atteignîmes une crête. Nous attaquions la descente quand Ferris se figea.

— Attends.

Il rebroussa chemin et frotta vigoureusement la neige avec la semelle de ses bottes. Puis il s'agenouilla et épousseta le sol.

— Wyeth, on est sur une route.

— Quelle route ?

— Je ne sais pas. Une route.

— Il n'y en a qu'une à des centaines de milles à la ronde. Celle qui part du dispensaire et rejoint le sommet de la colline.

— Alors, le fort est de quel côté ?

Nous venions du sud, donc il était difficile de deviner si nous étions arrivés par le versant est ou ouest. Je regardai à droite puis à gauche. Des deux côtés, une même immensité enneigée. On n'y voyait guère à plus de cinquante yards.

— Franchement, aucune idée.

— Essaie de réfléchir !

Si je me trompais, nous mourrions. Nous marchions depuis vingt-quatre heures. Nos barbes étaient durcies par le gel. Il se remit à neiger. Nous ne survivrions pas à une autre nuit.

— Bon, je dirais… à droite.

Ferris se mit en route et je lui emboîtai le pas. Je tentai de me maintenir à son rythme, sans y parvenir. Il fit halte. Repartit. Impossible de le suivre. Je m'arrêtai.

Il revint sur ses pas.

— Continue sans moi, lui dis-je.

— Pas question.

— Nous y sommes presque. Ramène des secours. Surtout ne quitte pas la ligne de crête.

Il m'examina en silence et hocha la tête.

— D'accord. Repose-toi. Je reviens.

Je m'affalai dans la neige et le regardai s'éloigner dans le crépuscule. Très vite, mes paupières se fermèrent. L'engourdissement me gagnait quand, soudain, mon oreille discerna un lointain raclement métallique. C'était peut-être Smitts qui dégageait la neige de la rambarde de l'auberge à l'aide d'un fer à cheval. Ou un éperon heurtant le gratte-pied de l'entrée. Je ne l'entendis qu'une fois, faiblement mais distinctement, venant de la direction empruntée par Ferris. Je parcourus quelques yards à quatre pattes puis me relevai en chancelant. Cinq minutes plus tard, je distinguai deux pâles lueurs vacillant dans la pénombre, celles d'une torche et d'une lampe à huile. Des portes s'ouvraient. Des gens s'interpellaient. Je devinai un toit pointu.

— Je suis là ! croassai-je. Juste là !

Je perçus des voix. Je vis des silhouettes. Plochman et Smitts me saisirent chacun par un bras et me traînèrent vers l'auberge. Alene accourait, tête nue. Son châle de laine était tombé dans la neige, piétiné par Smitts, mais elle n'en avait cure. J'offrais un piteux spectacle, visage gelé, tunique rougie de sang. Je voulus lui dire que ce sang n'était pas le mien, hélas ! ma langue refusait de m'obéir, aussi me contentai-je de lever la main en guise de salut. Je fus conduit dans la chaleur de la salle et couché sur le plancher, devant la cheminée. Alene s'agenouilla, me frotta les joues, puis ouvrit ma veste, dénoua les lanières de mes jambières et ôta les peaux qui enveloppaient mes pieds. Elle retint sa respiration en les découvrant. D'instinct, je tendis les bras vers elle. Elle prit mes doigts glacés entre les siens et souffla dessus, tentant de les réchauffer.

— Si c'est ce qu'il fallait endurer pour mériter de tenir ta main, ça valait la peine, chuchotai-je.

— Chut, William. Ne parle pas.

Ferris, mon sauveur, était également allongé auprès du feu, raide comme une bûche. La glace qui fondait scintillait sur sa barbe.

Le matin, Meeks me donna du laudanum et incisa mes plantes de pied pour en extraire les épines. Je dormis toute la journée et le soir, en ouvrant les yeux, j'entendis au-dehors quelqu'un beugler :

— Cette croupière me rentre dans le cul !

Je reconnus la voix de Pegleg. Encore groggy, je compris que Jed Smith, Moses Branch et les autres étaient arrivés au fort, avec quelques jours de retard sur Ferris. Je me rendormis, le sourire aux lèvres.

Le lendemain, des bruits de pas derrière la porte m'éveillèrent en sursaut. Elle s'entrebâilla sur Pegleg, Branch, Bridger, Glass et le capitaine Smith. Ferris les suivait en clopinant. Ses joues et ses doigts étaient tavelés de taches grises, mais il semblait bien remis, contrairement à moi. Je n'étais pas, comme lui, endurci par une année entière dans les Rocheuses. Il me faudrait des semaines avant de pouvoir recouvrer l'usage de mes jambes. Je me redressai contre les oreillers et leur serrai la main à tous.

— Comment tu te sens, vieille branche ? brailla Pegleg.

— Frais comme un gardon !

— Un vrai montagnard solitaire et blessé. Et à moitié gelé. Il te reste plus qu'à te trouver une squaw, et t'auras tout bon.

— Il y travaille, il y travaille, plaisanta Ferris.

— Voyez-vous ça, dit Pegleg.

Il prit une bouteille de whisky des mains de Moses Branch et me la tendit.

— Allez, lâche-toi ! Et si t'as besoin de conseils pour apprendre à conter fleurette, te gêne pas, je suis là.

Je m'escrimai sur le bouchon.

— Si tu mets autant de temps à tirer qu'à boire un coup, je m'étonne que tu sois encore en vie, blagua Branch. Tiens, donne-moi cette bouteille, bon à rien. Mais commence par nous raconter tes exploits. La bataille d'abord, la bouteille après.

— Il n'y a pas grand-chose à raconter. On a abattu un bison, à l'ouest du grand méandre. Son poids a fait casser la glace et…

— Vous auriez dû attendre qu'il quitte la rivière, remarqua Pegleg.

— Oui, mais Ferris s'impatientait.

— C'est bien connu, dit Branch. Ferris est un gars pressé.

Ils rigolèrent tous. Ferris avait la réputation d'être le plus paisible et le plus réfléchi d'entre nous. Branch me passa la bouteille et j'avalai une gorgée.

— T'appelles ça boire ? ricana-t-il. Rends-la-moi et continue.

— J'ai ôté mes bottes, je suis entré dans l'eau. J'étais en train d'éviscérer le bison quand des Sioux nous ont volé nos chevaux.

— Et ses brodequins, précisa Ferris.

Pegleg souleva mes couvertures.

— Voyons voir ces sabots.

Il approcha son couteau de mes pieds bandés et, de la pointe, piqua les pansements. Ferris, debout dans un coin de la pièce, retint bruyamment sa respiration. Pegleg se retourna.

— T'as quelque chose à dire, blanc-bec ?

— Si c'était le cas, je l'aurais dit. Wyeth, à ta place, je boirais un bon gorgeon. Avec Pegleg, on ne sait jamais...

— Je vais rien lui faire du tout ! Je veux juste voir comment Meeks l'a charcuté. Dommage que le vieux Peggy ait pas été là pour t'aider, mon gars.

— Eh bien maintenant, tu y es ! s'exclama Ferris. Essaie de ne pas l'abîmer davantage...

— On se calme, petit.

Pegleg s'agenouilla et fit sauter les extrémités des bandages du bout de sa lame, puis les déroula avec précaution, révélant plusieurs couches de pansements, les premiers jaunâtres et ceux qui adhéraient à la peau, raidis de sang séché. Je tressaillis lorsqu'il arracha les derniers.

— Vas-y, Branch, file-lui à boire, dit-il sans lever les yeux.

Moses me tendit la bouteille et j'avalai une grosse gorgée.

Pegleg examinait mes pieds bleuis et enflés.

— C'est du beau boulot. T'es sûr que c'est Meek qui t'a recousu ? Je l'aurais pas cru capable, ce jacasseur. Dans pas longtemps, tu tiendras sur tes quilles, gamin.

— Je n'en reviens pas que tu aies pu marcher dans cet état, s'étonna Ferris.

— Je pensais à la taverne de Smitts, et à toutes ces jolies bouteilles alignées.

Pegleg remit les bandages en place. Quand il eut terminé, Branch sortit une flasque de sa veste.

— Tiens, bois encore un coup, Wyeth. Tu l'as mérité.

Ils restèrent environ une heure et s'en allèrent, sauf Ferris, qui s'attarda un peu.

— Je t'ai vu caresser les mains de la veuve, à l'auberge. Habilement manœuvré, vu les circonstances. Si j'étais toi, je m'accrocherais.

Je pressai mon poing contre mon front.

— Oh ! là, là, je vois venir les complications.

— Je crois qu'Alene et toi, ça va marcher, reprit Ferris. Je m'excuse de t'avoir titillé, pendant la chasse. Je voyais bien que ça te restait en travers de la gorge.

J'eus l'impression que trois semaines s'étaient écoulées depuis cette conversation. En fait, je l'avais oubliée.

— Tu avais raison, Ferris. Je passe mon temps à tergiverser et à m'apitoyer sur mon sort. Il faut que je me déclare, une bonne fois pour toutes.

— Reviens à la charge, que diable ! Et surtout, rétablis-toi vite. J'ai hâte que nous allions chasser ensemble au printemps.

— Je ne raterai ça sous aucun prétexte.

Il me souhaita bonne chance et s'en alla. J'essayai de me lever afin de saluer mes compagnons par la fenêtre, mais une douleur fulgurante m'irradia la plante des pieds. Je ne bougeai plus jusqu'à ce que les élancements s'apaisent. Le whisky chauffait mes veines, une immense lassitude m'envahit et je m'endormis en rêvant de notre épopée dans l'obscurité glacée. Mon cerveau repassait chaque minute de cette épreuve, moins pour me faire réfléchir aux événements que pour me faire comprendre que j'avais atteint les limites de mon endurance physique et mentale.

À mon réveil, la nuit tombait. Un panier d'osier recouvert d'un torchon à carreaux bleus et blancs était posé sur une chaise, à côté de mon lit. Entendant un bruissement de tissu, je me redressai.

— Il y a quelqu'un ?

Pas de réponse. Une silhouette se découpa dans la pénombre.

— C'est moi.

C'était Alene, qui s'apprêtait à quitter la pièce.

— J'ai dormi tout l'après-midi. S'il te plaît, ne t'en va pas.

Elle hésita.

— Je t'en prie, reste.

Elle s'avança vers le lit, plaça le panier sur les couvertures et m'aida à m'appuyer contre les oreillers. Je soulevai un coin du torchon et découvris une miche de pain encore tiède.

— Smitts m'a donné la farine.

— C'est gentil à lui.

Elle s'assit sur la chaise et remit le torchon en place. J'en profitai pour effleurer sa main.

— Merci d'être venue. Et merci d'avoir apporté du pain.

— Le meilleur moyen de me remercier, c'est de le manger. Nous t'avons cru mort.

— Ça t'aurait arrangée, hein ? plaisantai-je. Tu aurais repris mon commerce de peaux.

— Évidemment, c'est la première chose qui m'a traversé l'esprit, répondit-elle sur le même ton.

Sa voix tremblait un peu car, pendant tout cet échange, je n'avais pas ôté ma main. J'attendais qu'elle la repousse, mais elle ne le fit pas. Au contraire, elle tourna sa paume contre la mienne. Je comptais les secondes. Si elle la retirait, je lui dirais en riant : « Je te comprends, vu mon état ! » Il n'en fut rien. Ses doigts m'étreignirent. Deux ou trois minutes s'écoulèrent ainsi, sans que nous bougions un cil. Dans ce court laps de temps, un changement se produisit en moi, et en elle aussi, je crois. Comme si une situation en apparence figée et inextricable venait de trouver une issue nouvelle et plaisante. Au bout d'un long moment, une éternité, je l'attirai à moi et l'embrassai. Lorsque nos lèvres se séparèrent, elle recula, troublée, et murmura d'une voix faible :

— Ne fais pas ça, William.

— Trop tard.

— Mon deuil se termine dans trois semaines.

— À mon avis, il vient juste de s'achever, constatai-je.

Elle voulut se lever, mais je la retins et elle ne lâcha pas ma main. Elle se rassit, se releva, indécise, s'assit de nouveau, tourna son visage vers moi et m'offrit ses lèvres.

— Il faut que je m'en aille, William. Je dois m'en aller… Une minute et je m'en vais…

Alene ne quitta ma chambre que bien des heures plus tard.

Je demeurai une semaine alité. Les trois premiers jours, Ferris vint me rendre visite. Il me parla de la future saison de trappe, de rivières riches en castors, loin, très loin à l'ouest, et me montra son carnet de croquis. Il avait nettement amélioré sa façon de saisir le mouvement. J'admirai ses esquisses détaillées de villages indiens, ses études de chevaux et de mules, d'hommes franchissant des rivières, pièges et fusils à bout des bras. Malgré ma connaissance limitée en la matière, je percevais qu'il avait grandement progressé dans l'art de restituer la vie et l'esprit de ce pays.

Vers la fin de la semaine, quand ils furent certains que j'étais hors de danger, Ferris, Smith et Bridger partirent à contrecœur pour Saint Louis afin de se procurer les vivres et le matériel nécessaires à la prochaine saison. En attendant leur retour, Glass et Pegleg prirent leurs quartiers d'hiver dans les baraquements du fort. Moses Branch, lui, suivit un groupe de cavaliers mandan car, en tant que mulâtre, il ne pouvait pas circuler librement à Saint Louis, ni même à l'intérieur du fort. Je pus donc passer avec Alene tous les moments où je ne dormais pas. Elle m'apportait des livres, me faisait la lecture, me nourrissait et disait aux autres qu'elle venait soigner mes pieds. Mais dès que nous étions seuls, elle m'embrassait passionnément et m'autorisait à lui caresser les cheveux et à la prendre dans mes bras. Chaque nouveau matin nous offrait la perspective d'un avenir radieux.

Trois semaines plus tard, son deuil prit fin et nous fûmes officiellement fiancés. À la manière dont les habitants de la colonie nous félicitèrent, avec une pointe de lassitude amusée, je compris qu'ils étaient surpris que j'aie mis si longtemps à me déclarer.

Ce furent des fiançailles à la mode locale, ce qui signifiait que j'avais le droit de lui tenir la main et de l'embrasser en public sans que l'on m'en fît reproche, et que nous pouvions rester seuls dans une pièce à condition de laisser la porte ouverte. Personne, excepté quelques sœurs du dispensaire, ne désapprouvait notre union. C'était merveilleux. Je pense aujourd'hui que certains couples sont faits pour s'apprivoiser peu à peu. Si nos débuts amoureux avaient été difficiles, désormais nous étions vraiment heureux. Ce récit n'est pas a priori celui de notre histoire d'amour, cependant s'il l'était, et même en concentrant mes maigres pouvoirs de description sur cet événement majeur de mon existence, je serais incapable de traduire les émotions exquises qui m'habitaient, ni la métamorphose qui se produisait en moi. Tous ceux qui nous connaissaient disaient que nous étions faits l'un pour l'autre et me jugeaient fort chanceux d'avoir bientôt une épouse travailleuse et loyale. Et qui plus est, elle serait un jour à la tête d'une jolie fortune. Je me moquais de cet argent, au contraire il me dérangeait, dans la mesure où nous n'étions pas sur un pied d'égalité, tout en sachant malgré tout que si elle héritait, j'en profiterais amplement. Si une ombre venait voiler notre félicité, la cause n'en était pas la famille Bailey, mais plutôt mon aspiration secrète à repartir vers des contrées sauvages.

Même si nous avions prévu de prendre au début du printemps le premier quillard pour Saint Louis, de nous y marier et d'y passer l'été, Alene savait bien que j'avais promis à Ferris de rejoindre la brigade.

Au fond de mon cœur, j'en mourais d'envie. J'avais quitté ma ferme natale et fait route vers l'Ouest afin d'assouvir un besoin impérieux de bouger, de sonder les profondeurs de mon âme ; sans quoi, je craignais de n'être jamais satisfait. Je rêvais des Rocheuses, elle rêvait de Saint Louis, et cette divergence de vue nous séparait.

Au début de janvier 1828, Smitts organisa une fête à l'auberge afin de célébrer la nouvelle année et nos fiançailles.

Alene avait revêtu une robe de baptiste noire à jabot blanc. De mon côté, j'avais emprunté un beau costume, mis une cravate et ciré mes bottes. Le général Burnham fit un discours à la gloire de notre grande nation et Smitts porta un toast aux nouveaux fiancés. On entassa les tables dehors, à l'arrière de l'auberge, au milieu des tas de neige tombés du toit, afin que toute la communauté puisse danser à l'intérieur. Durant quelques heures, nous ne fûmes plus un agrégat de colons et de trappeurs dépenaillés perdus dans la Prairie, mais une ruche colorée d'hommes et de femmes qui tournoyaient et frappaient des pieds, à la lueur vacillante des chandelles. Pour la plupart, ce fut une soirée inoubliable, rompant la monotonie d'un hiver interminable. Pour moi, elle aurait dû être doublement mémorable, car il s'agissait aussi de la célébration de nos fiançailles, et pourtant je me sentais presque étranger à cette liesse, enlisé à l'orée de cette nature sauvage que je rêvais d'explorer.

À un moment donné, je m'éloignai de la fête et m'enfonçai dans l'obscurité glaciale d'une nuit sans vent. Des étoiles blanches brillaient au firmament.

Quelques Indiens du campement voisin s'étaient approchés sans bruit entre les buissons couverts de neige, attentifs. Je restai auprès d'eux à observer le rectangle de lumière de la porte, à écouter les cris joyeux, les applaudissements, les piétinements des danseurs, les roulements des tambourins. Ces instants passés dehors éclairent peut-être la personnalité du jeune homme exalté que j'étais, et aussi celle de l'adulte que je suis devenu : ce n'est pas de la fête battant son plein que je me souviens aujourd'hui, mais de ce temps suspendu, à regarder cette lumière de vie rayonner au milieu de l'immensité.

On était en janvier. Trois mois plus tard, des brigades de trappeurs commencèrent à arriver au fort, en route pour les Rocheuses et, malgré ma promesse de retourner à Saint Louis avec Alene, je brûlais de les suivre.

À la mi-mars, du haut d'une colline battue par les vents, je vis un groupe de cavaliers se diriger vers le sud, longeant le ruban bleu de la rivière qui serpentait à mes pieds. Ce soir-là, en entrant chez Smitts, je trouvai Moses Branch, Glass, Grignon et Bridger affalés sur les bancs de bois, le long du mur. Alors que j'allais les saluer, deux bras puissants m'encerclèrent par-derrière, me soulevèrent comme une plume et me projetèrent contre le mur de planches. Toutes les cloisons de l'auberge vibrèrent.

— Ah, ça fait plaisir de te voir sur tes deux sabots, vieux canasson !

C'était la façon de Pegleg de dire bonjour.

— Allez, viens boire un coup.

Je me relevai. Ferris, accoudé au comptoir, leva son verre à ma santé.

— Je vois que tu as survécu au salut de Pegleg.

— Difficilement !

— Et j'ai entendu dire qu'Alene et toi...

— Nous sommes fiancés.

Je lui parlai de nos projets de retour à Saint Louis par le premier quillard.

— Félicitations, Wyeth. Mais j'ai bien peur que tu doives revenir sur ton engagement, si tu veux être des nôtres à la prochaine saison. Nous avons rompu nos liens avec la Compagnie des Rocheuses pour rallier celle de Layton.

— Celle de Layton ?

— Du capitaine Layton, mon vieux, dit-il d'un ton désabusé. Et il tient à ce que tu te joignes à nous.

— Évidemment qu'il se joint à nous ! fit une voix derrière moi.

Je me retournai. Henry Layton, en personne, me souriait, la main tendue. En trois mois d'absence, son visage, tanné par le soleil et le vent, s'était encore émacié.

— Mon petit doigt m'a dit que tu occupais la forteresse de la veuve Bailey. Ou devrais-je dire la future Mrs Wyeth ?

— Vous pourrez le dire quand nous serons de retour à Saint Louis.

— Tous mes vœux de bonheur. Cette nouvelle demande à être arrosée, ajouta-t-il d'un ton neutre, dénué de jovialité.

Il emplit mon verre et reprit :

— Ferris t'a dit où nous allions chasser ?

— Non.

— Une vraie tombe, hein, ce Ferris ? J'ai laissé entendre aux autres que nous allions au nord des

Tetons. Comme tu le sais, cette région a déjà été exploitée trois fois en cinq ans.

— Et ce sont les terres des Blackfoot.

— Oui. En réalité, nous n'allons pas aux Tetons mais dans les montagnes de Wind River, sur leurs flancs nord. Depuis le camp de base jusqu'aux sommets.

— Ce sont les territoires des Crow.

— Elles regorgent de castors.

— Voyons, Layton, objectai-je, cette région est contrôlée par Long Hair, lequel, à la différence d'autres chefs crow, n'a jamais autorisé le passage des trappeurs blancs. Ceux qui s'y risquent se retrouvent à détaler tout nus dans la Prairie, criblés de flèches, quand ils ne finissent pas morts.

— Nous n'allons pas ramper et nous cacher sous les saules, comme l'ont fait certains. Je ne suis pas assez fou ! Non, nous entrerons chez les Crow la tête haute. J'ai conclu un pacte qui nous donnera l'accès aux rivières.

— Un pacte avec qui ?

— Avec Long Hair, pardi ! Je viens de le rencontrer. Les Crow ont besoin de notre aide. Nous, nous avons besoin de peaux. Nous avons par conséquent passé un accord. As-tu entendu parler de Red Elk, un chef blackfoot ?

— Je l'ai vu il y a neuf mois, un jour de chasse au bison. Je n'ai pas eu l'occasion de l'approcher, mais il m'a paru arrogant et d'humeur maussade. Un excellent cavalier, au demeurant.

— Eh bien, sache que les Crow le redoutent, ce qui arrange nos affaires. Red Elk s'est allié à la Compagnie de la baie d'Hudson, qui lui a donné des armes. Long Hair souhaite que nous nous liguions contre lui. Je lui procure les fusils pour combattre son ennemi et, en échange, il nous autorise à chasser sur ses terres.

— Où, exactement ?

— Toute la chaîne de Wind River.

— Long Hair n'en contrôle pas la totalité. Loin de là.

— En effet, mais il est en contact avec ceux qui contrôlent le reste. Il les appâtera grâce à ce que je lui fournis. Viens voir.

Layton adressa un clin d'œil à Ferris, me fit signe de le suivre dans le couloir et ouvrit la porte d'une réserve.

— Vous avez ramené la fille du chef, ligotée, prête à être échangée ? plaisantai-je.

— Mieux que ça.

Sur les étagères s'entassaient cageots, sacs en chanvre, bocaux de miel et de vinaigre. Au centre de la pièce trônaient un baril de whisky et quatre longues caisses de bois empilées. L'une d'elles était entrouverte et je vis briller un éclat de laiton.

— Des longs fusils de Pennsylvanie. Douze, au total.

Je laissai échapper un sifflement admiratif. Des armes très coûteuses, très recherchées et difficiles à trouver, même à Saint Louis. Je soulevai le couvercle et découvris des fusils superbement ouvrés, de quarante pouces de long, la baguette insérée sous le canon. J'en sortis un, le soupesai, regardai dans le viseur. Il était parfaitement équilibré. La crosse s'adaptait aisément au creux de mon épaule. Je le remis en place et reclouai le couvercle à l'aide de la pierre qui calait la porte.

— Du whisky. Des armes. De la poudre. Douze moules, du plomb. Et quelques babioles, des miroirs, du vermillon. Toute ma fortune est là, conclut-il. La Compagnie des fourrures de Market Street ! Ton avenir est assuré, Wyeth. Si tu places ton argent dans l'entreprise, je t'offre un pourcentage sur les bénéfices.

— Combien faut-il investir ?

— Trois cents dollars. En contrepartie, tu auras six dollars par peau, et quinze pour cent des bénéfices sur la part des autres. Donc à la fin de la saison, tu auras gagné non pas huit cents ou mille dollars, mais trois à cinq mille. Plus les intérêts de ta participation au capital.

Je me mordis la lèvre pour ne pas rire.

— Vos calculs sont irréalistes, Layton ! Mais là n'est pas le problème. Alene et moi retournons à Saint Louis.

— Change tes plans, sacrebleu ! Renvoie-la d'où elle vient et fais ta saison. Tu prendras le dernier quillard à l'automne.

— Il sera trop tard, à ce moment-là.

Layton eut une moue sceptique.

— Dans ce cas, dis-lui que tu seras de retour au printemps prochain. Fais-lui promettre de t'attendre à Saint Louis. Nous avons l'occasion unique d'exploiter les derniers cours d'eau encore intacts de tout l'Ouest. Une chance de faire fortune qui ne se représentera pas. Tu n'auras pas à subir la honte de tirer profit de la mort d'Horace Bailey.

— Je n'ai pas l'intention de profiter de son héritage ! me rebellai-je. Vous prêchez pour votre paroisse, là.

Ses pupilles s'assombrirent, toutefois il maîtrisa son agacement et répondit d'un ton désinvolte :

— Je ne doute pas de ton désintéressement, Wyeth. À ta place, je songerai au qu'en-dira-t-on. Je t'offre l'opportunité de devenir riche en six mois.

— Plutôt huit, ripostai-je. Sans compter les trois mois de voyage.

— Réfléchis, Wyeth. Pareille aubaine ne se reproduira plus. Tu le sais aussi bien que moi.

Dubitatif, je gardai les yeux rivés sur les caisses.

— À votre avis, qu'est-ce qui empêchera les Crow de retourner ces fusils contre nous ?

— Rien. Excepté que nous savons nous en servir et pas eux. Long Hair n'est pas un imbécile. Il se doute que des hordes d'Anglais et d'Américains vont envahir les Rocheuses. Son seul atout, ce sont ces terres restées vierges. Il a intérêt à les protéger. Il souhaite troquer des peaux contre des fusils et des munitions, afin de protéger les villages. Nous avons tout à y gagner, surtout toi. De mon côté, j'ai des dettes à rembourser. Pour un investissement de trois cents dollars, tu peux multiplier par dix ou quinze la valeur de ta mise. Je te connais, je sais que tu ne me lâcheras pas à la première occasion. Les Bailey ne sont pas des tendres. Je veux votre bonheur en t'offrant cette association. Si tu retournes à Saint Louis maintenant, que dira la famille ? Horace était un gentleman.

— Et moi, qui suis-je ?

Layton sourit.

— Un trappeur minable.

Je le fusillai du regard. Il se mit à rire.

— Tout doux, Wyeth. Je parlais de la façon dont ils te perçoivent. Si tu investis aujourd'hui, d'ici un an tu seras riche. Penses-y. Jamais personne ne te fera une proposition aussi alléchante. Si l'on déduit les dépenses, chaque investisseur aura quinze pour cent des bénéfices.

— Quels investisseurs ?

— Moi et Ferris.

— Walter a déjà signé ?

— Il le fera.

J'en conclus que Ferris n'avait pas encore accepté.

— J'ai emprunté à des taux exorbitants, reprit-il. Si je parviens à réunir six cents dollars avant de partir, je pourrai rembourser le plus gros du prêt. Ferris et toi, vous empocherez davantage que moi pendant cette saison, même si je possède la majorité des parts de la compagnie.

— Les taux devaient vraiment être usuraires, ironisai-je.

— En effet. Mais c'est mon problème. Une fois récoltées les mille trois cents premières fourrures, nous commencerons à dégager des bénéfices.

— Et combien comptez-vous en amasser en une saison ?

— Il y aura huit trappeurs. Plus moi. Je table sur trois mille.

Entre-temps nous étions retournés dans la salle. J'éclatai de rire et m'adressai à Ferris, avachi sur une chaise, les pieds sur un tabouret.

— Tu entends ça, Walter ? Layton prétend que huit trappeurs vont moissonner trois mille peaux !

— Neuf trappeurs, corrigea ce dernier.

— Trois mille peaux ? Vous rêvez ! m'exclamai-je. La moyenne d'une brigade est de cent à cent vingt par homme et par saison. Et encore, si l'année est bonne. Même plus au sud et dans d'excellentes conditions, l'équipe de Jed Smith n'a pas dépassé les cent peaux par trappeur.

— Ils en ont perdu beaucoup, pour de multiples raisons. Ça ne nous arrivera pas.

— Comment pouvez-vous en être sûr ? Et ça ne change pas le fait que la moyenne se situe autour de cent.

— La région que nous allons explorer est la plus riche en castors de tout le territoire. Nous avons des hommes aguerris et le capitaine le plus expérimenté que l'on puisse trouver.

— Ne me dites pas que vous avez de l'expérience, Layton.

— Je ne parle pas de moi. J'ai débauché Jedediah Smith.

— Voyons, m'exclamai-je, Jed Smith est sous contrat avec la Compagnie des Rocheuses !

— Smith a pris un congé de quelques mois pour conduire notre brigade, répondit sèchement Layton. Il est ici, à l'étage.

Je jetai un coup d'œil à Ferris, qui acquiesça d'un signe de tête. Jed Smith serait donc notre éclaireur et notre capitaine.

— Tu n'as pas l'air de comprendre, Wyeth. Nous aurons accès aux rivières les plus généreuses de tout l'Ouest, sans être inquiétés. J'ai renoncé à embaucher des tâcherons, ce qui induira une surcharge de travail, mais permettra d'augmenter les profits. Nous sommes neuf. Comme je viens de le dire, je compte sur une moisson d'environ trois mille peaux. Si l'on déduit celles des trois associés, les six hommes restants devraient se partager les mille neuf cents autres, soit trois cents par tête.

— Presque deux mille, corrigea Ferris. Donc trois cent trente chacun.

— À trois dollars l'unité, cela fera neuf cent quatre-vingt…

— Mille dollars, conclut Ferris.

Non content d'être le meilleur tireur de la brigade, Ferris était aussi doué pour le calcul. Et Layton avait la fâcheuse habitude de surévaluer ses propres bénéfices.

— OK, Ferris. Mille dollars chacun. Deux mille fourrures à trois dollars, si je ne m'abuse, font six mille dollars. S'il l'on déduit deux mille cinq cents de dépenses diverses, il nous reste…

— Trois mille cinq cents dollars.

— En tant qu'associés, vous aurez quinze pour cent de cette somme.

— Un bonus de cinq cent vingt-cinq dollars.

— Plus la vente de vos propres peaux, transport compris. Cela fait donc trois cent trente fois six, environ…

— Deux mille.

— Auxquels il faut ajouter la récupération de votre placement de départ. Ce qui vous amène à…

— Deux mille huit cent vingt-cinq dollars.

— Minimum. Minimum ! Ça pourrait atteindre le double !

— Certainement pas, intervins-je. Je miserais plutôt sur la moitié.

— Des terres inexplorées, Wyeth ! Une compagnie qui a des rendements aussi élevés présente une valeur inestimable. À votre retour, vous aurez la possibilité de vendre vos parts, si ça vous chante. Elles vaudront davantage que toutes vos fourrures accumulées. Vous pourriez en tirer cinq, dix mille dollars. Peut-être plus.

Derrière nous, Moses Branch et Pegleg s'amusaient à lancer leur couteau sur le vantail de la porte d'entrée toute neuve de l'auberge. Les coups intermittents ponctuaient l'envolée délirante de Layton.

— Quels sont les six autres ? demandai-je, méfiant.

— Smith, bien sûr. Glass. Bridger. Branch et Pegleg.

En entendant citer son nom, Pegleg se tourna vers moi, couteau à la main.

— Si tu te décides pas tout de suite, gamin, on te traînera de force avec une mule ! Tu crois qu'on va accepter qu'une dame de Saint Louis te mette la corde au cou ? Bon sang, t'es un trappeur, Wyeth !

Il souligna sa phrase d'un beau lancer.

— Ça fait cinq. Grignon vient aussi ? hasardai-je.

Attablé, seul, devant une bouteille de whisky, celui-ci huilait sa moustache.

— C'est un bon tireur, affirma Layton. Et il m'a rendu de fiers services.

— Je dois d'abord en discuter avec mon conseiller, dis-je en désignant Ferris du menton.

Layton hésita puis, sans un mot, alla rejoindre Branch et Pegleg. Il sortit sa dague et la projeta violemment sur la porte. La lame se ficha dans le bois en vibrant. Je me penchai vers Ferris.

— Tu lui as réellement promis d'investir ton argent ?

— Pas encore.

— Tu as confiance en lui ?

— Pas vraiment. Voire pas du tout. Mais j'avoue que je suis tenté. Les temps ont changé. La HBC laisse après son passage des cours d'eau dépeuplés. Deux nouvelles brigades de la Compagnie des fourrures du Pacifique vont se mettre en route au printemps. Les Mexicains explorent la région de Santa

Fe. On a même vu des trappeurs russes en Californie ! Tous les territoires à castors ont été écumés.

— Tu crois à son boniment ?

— Je sais qu'il a parlé à Long Hair. Et il a raison sur un point : l'âge d'or de la trappe est révolu. Je reviens de Saint Louis, Wyeth. Partout des beaux messieurs en toque d'astrakan qui se pavanent, l'air de dire : « Écartez-vous de mon chemin. » Jamais plus nous ne ferons autant de peaux que la saison passée. Nous avons un sérieux atout : les Crow ne sont pas nos ennemis, à la différence des Blackfoot et des Anglais. Et si Layton a réussi à convaincre Jed Smith de nous guider, c'est qu'il devait avoir de sérieux arguments.

— Smith est là-haut ?

— En tout cas, je ne le vois pas dans cette salle.

Je demandai à Smitts de m'indiquer la chambre du capitaine, fis signe à Ferris de patienter et montai à l'étage. J'empruntai un couloir étroit au bout duquel une fenêtre donnait sur la plaine enneigée. Des gravures encadrées et des chandelles protégées par des manchons de verre ornaient les murs. Je m'arrêtai devant la dernière porte à droite et toquai.

— Entre, Wyeth, fit la voix de Smith.

Les planchers avaient des oreilles, dans cette auberge.

Je poussai le battant et vis Jed Smith qui étudiait une carte à la loupe. Il se leva et me serra la main.

— William Wyeth ! En chair et en os ! Je t'ai entendu parler au « capitaine » Layton. Tu as signé ?

— Disons qu'il me l'a proposé, mais j'ai d'autres engagements. Est-il vrai que les Crow nous autorisent l'accès aux montagnes de Wind River ?

— Toute la moitié nord, en effet.
— Et vous croyez Layton ?
Smith était un individu prudent, à la voix douce. Très pieux et totalement abstinent. Mais aussi un homme d'affaires, un leader-né. Il n'avait peur de rien et savait juger les gens.
— C'est là où le bât blesse. Tu sais, aucun d'entre nous n'a envie de risquer sa vie pour ses beaux yeux. Cependant, laisse-moi t'expliquer une chose : contrairement à ce que je pensais, Layton n'a pas lésiné sur la qualité de la poudre et des armes. De vrais longs fusils de Pennsylvanie. Et du bon whisky. J'ai bien envie de prendre le risque.
— Il n'a jamais dirigé de brigade.
— Il n'aura pas à le faire. Il me paie pour ça.
— Et les autres ?
— Tu les connais. On peut compter sur eux.
— Même Grignon ?
— Un triste individu, en effet. Recherché à Saint Louis pour divers délits, contrefaçon et tentative de viol. Il est sournois, mais je crois pouvoir le mettre au pas.
— En êtes-vous sûr ?
— Grignon ne sera pas un problème.
J'accusai le coup en silence.
— Rien n'est jamais certain, Wyeth. Mais la Wind River nous fournira notre dernière chance de réussir une bonne saison.
— Ou d'être scalpés par les Crow.
— Je vois que tu mesures bien la situation. D'après ce que j'ai compris, Layton t'offre quinze pour cent sur les bénéfices pour un apport de trois cents dollars. Si j'étais toi, et si je n'avais pas investi tout mon capital dans une autre compagnie, je tenterais ma

chance. Nous aimerions tous que tu sois du voyage, Wyeth. Nous partons d'ici trois jours. Ça te laisse le temps de réfléchir.

Smith me serra la main. Je sortis de la pièce, refermai la porte et restai là, à contempler par la fenêtre du couloir la prairie enneigée. J'entendais mes compagnons boire et brailler en bas. Je savais Layton capable des pires manœuvres quand il s'agissait d'argent, cependant mon inquiétude ne dura pas. L'aspect financier de l'affaire n'était pas le seul à m'attirer, loin de là. L'aventure, l'esprit de camaraderie me manquaient. La chance de passer une année dans des contrées inexplorées ne se représenterait pas. J'avais envie de la saisir. À tout prix.

Je descendis l'escalier, m'assis au comptoir près de Ferris et fis signe à Layton, qui s'approcha, tout sourire.

— Je dois d'abord parler à Alene, lui annonçai-je. En attendant, gardez ma place au chaud.

— Il appelle ça « sa » place, maintenant !

Layton leva son verre, triomphant.

— Aux trois ruffians de Saint Louis en route pour l'aventure ! Nous ferons fortune et reviendrons riches et célèbres. Buvons à l'expédition !

— Aux Crow, ajoutai-je.

— À Long Hair, renchérit Ferris.

Nous trinquâmes. Layton nous serra la main, saisit une bouteille au comptoir et sauta sur une table.

— Les gars, on a deux nouveaux *bushways* ! Videz vos verres !

— Des *bushways* ? Où ça ? hurla Pegleg. J'les vois pas !

Ferris me glissa à l'oreille :

— Tu as intérêt à avoir une petite conversation avec ta jolie dame pendant que ta langue marche encore. Cette soirée risque de s'éterniser.

Je rentrai chez moi fort éméché, aussi repoussai-je au lendemain le moment de parler à Alene de la proposition de Layton.

Sa réaction dépassa ce que j'avais escompté.

— Ce type s'est donné beaucoup de peine pour te courtiser, William. Il t'a choisi parce qu'il a vu que tu me plaisais. À présent, il veut ta ruine.

— À mon avis, il ne prendrait pas cette peine.

Elle bondit de sa chaise, indignée.

— Un fils de famille gâté et cupide ! Un prédateur qui a le don d'embrigader les gens. Il s'intéressait à moi et, comme je l'ai éconduit, il a décidé de détruire l'homme que j'aime !

J'éclatai de rire devant cette description outrancière, mais les yeux d'Alene lançaient des éclairs.

— William, aujourd'hui tu ne vois que ses bons côtés. Quand il fait du charme. Quand il cherche à amadouer. Quand il promet la lune. Quand il déploie toute sa ruse, son énergie, son bagou, son intelligence pour persuader les gens de le suivre aveuglément. Mais le moment venu de tenir parole, il se sent pieds et poings liés, il dépérit, s'aigrit, devient mauvais. Alors seulement tu découvres sa véritable nature, son âme noire, sa faiblesse, son mépris. À Saint Louis, il a brisé le cœur de beaucoup de femmes. D'abord la séduction, ensuite le dénigrement, la dérision. Et n'oublie pas qu'il a tué un rival en duel…

— Je ne rejoins pas l'équipe pour la noblesse d'âme de Layton. Il a embauché des trappeurs expérimentés, honnêtes et loyaux.

— Ah oui ? Tu oublies Grignon !

— C'est le seul, Alene.

— Un seul homme, bien placé, peut causer des dommages irréparables. Reviens sur terre, William ! Si tu dois rompre nos fiançailles…

— Il n'en est pas question ! Simplement, je retarde la date de notre retour à Saint Louis.

— Si tu es prêt à revenir sur ta promesse et à te lancer dans une entreprise qui court à sa perte, pourquoi t'associer à un individu que je hais par-dessus tout ?

— Alene, Layton m'offre une opportunité inespérée. Mon ami Walter Ferris et les autres, en qui j'ai confiance, se sont engagés auprès de lui. Et surtout, l'idée de profiter de l'argent de Bailey m'est intolérable.

— Tu es un garçon courageux, William. Tu pourrais t'accomplir dans n'importe quel métier, si tu voulais. Avec tes fonds personnels, tu pourrais commencer une nouvelle vie à Saint Louis. Et puisque je vais sans doute recevoir un héritage…

— Justement. Je ne veux pas avoir l'air d'en tirer parti.

— Ça n'a pas d'importance à mes yeux.

— Pour moi, si. Je ne m'en rendais pas compte jusqu'à présent. Je veux réussir par moi-même et me prouver que j'ai du caractère et du talent. Toute mon enfance, mon père m'a répété que j'étais et que je resterais toujours un bon à rien. Je veux démontrer le contraire.

— Tu lui donneras raison en t'acharnant à lutter contre ses prophéties erronées.

— Elles s'avéreront si je ne retourne pas dans les Rocheuses.

— Elles s'avéreront si tu romps ton engagement envers moi !

Nous étions dans une impasse. Comprenant ma détermination, elle soupira :

— Promets-moi au moins de revenir à la fin de la saison.

— Voyons, Alene, tu t'imagines que je t'abandonne, alors que je pars précisément pour assurer notre avenir ?

— Tu dis ça aujourd'hui. Moi, je connais les trappeurs. Une fois qu'ils ont la fièvre de la chasse dans le sang, rien ne peut plus les arrêter. J'ai vécu ça avec mon père. Et maintenant je le devine en toi. J'attendrai jusqu'à la fin de la saison, William, mais pas davantage.

Soulagé, je me laissai aller contre le dossier de ma chaise.

— C'est tout ce que je demande. Je serai de retour aux premières neiges. Nous passerons l'hiver ici et nous partirons au printemps après la fonte des glaces.

— Et si tu ne reviens pas ?

— Je reviendrai, Alene.

— Je parle sérieusement.

— Si je ne reviens pas, c'est que je serai mort. Tu pourras reprendre ta liberté.

Elle saisit ma main et me regarda bien en face.

— Tu as conscience que, si je ne te revois pas avant le début de l'année prochaine, nos fiançailles seront rompues ?

— Oui.

— Jure que tu as compris. Pose ta main là.

Elle glissa une bible vers moi.

— Jure-le sur cette bible. Je ne veux pas qu'il y ait de malentendu. Je suis désolée, William, mais je sais d'expérience que les trappeurs ont la mémoire courte. Je ne parle pas seulement de mon père. Je l'ai senti chez Horace et maintenant je le découvre en toi. Jure que tu seras revenu à temps. Promets-moi que je ne passerai pas un autre hiver toute seule.

Je posai ma main sur le livre sacré. Une sombre prémonition m'effleura, que je me dépêchai de repousser.

— Je reviendrai avant la prochaine fonte des neiges, c'est juré.

Alene reprit la bible et la posa près de la fenêtre.

— Navrée de jouer les Cassandre. Je le vois venir depuis des mois, William. Henry Layton aura deux fois détruit ma vie.

— Il pourrait au contraire être celui qui nous permettra de l'enrichir.

— Je croirais entendre Horace !

— Peut-être. Mais je ne finirai pas comme lui.

— Que mes prières te protègent jusqu'à ce que tu me reviennes.

Le lendemain, avec l'argent qui me restait, j'achetai à un Suédois qui filait vers l'Ouest une cabane en rondins, composée de deux pièces minuscules, d'un grenier et dotée d'un enclos attenant. Smitts s'était occupé de la transaction et avait rempli tous les papiers, le Suédois ne sachant ni lire ni écrire.

J'aidai Alene à emménager dans ce nouveau logis et préparai mon fourniment. Je fis de mon mieux pour la consoler, mais comment lui expliquer, sans qu'elle m'en veuille, que la vie de trappeur m'appelait irrésistiblement ?

Le surlendemain, à l'aube, je sautai en selle. Un rapide baiser d'adieu, un signe de la main, et me voilà parti au galop. Je me retournai et aperçus une pâle lueur derrière la fenêtre de sa chambre. Un court instant, j'entrevis la situation telle qu'elle était, non comme j'avais envie qu'elle fût. Cette femme, qui m'avait offert son cœur, je l'abandonnais sans défense au milieu de nulle part.

« Tu n'es pas un type bien, William Wyeth », me souffla une petite voix. Je faillis faire demi-tour, mais mon fébrile besoin d'aventure, un instant étouffé, reprit le dessus.

En passant devant le dispensaire, je vis la vieille religieuse, qui savait mon départ imminent, me tourner ostensiblement le dos. J'éclatai de rire, assez fort pour qu'elle l'entende, et éperonnai ma monture. L'image d'Alene s'effaça peu à peu. Mon cœur palpitait de joie à la perspective de cette dernière saison dans les Rocheuses.

LIVRE TROIS

L'OUEST LOINTAIN

Mon père m'avait prédit une mort solitaire dans une lointaine contrée. Je suis sûr que, s'il m'avait vu chevaucher en compagnie d'un homme lunatique qui ne connaissait rien au métier de trappeur, il aurait pensé que sa prédiction deviendrait réalité.

À son crédit, Layton fit de son mieux pour pallier son ignorance de la vie d'une brigade. En quelques semaines, il apprit à équilibrer sacoches et ballots sur le dos des bêtes, à observer la piste et à faire avancer un convoi ; les trois principales tâches à accomplir quand on se déplace avec un train de mules chargées.

Après six semaines d'un périple fatigant et monotone, nous atteignîmes le village crow, situé dans une dépression au débouché de la rivière Popo Agie. Des sentinelles indiennes vinrent nous escorter et tous les habitants se regroupèrent pour observer notre approche. Nous fîmes halte. Smith, Layton et Branch partirent en émissaires et disparurent bientôt dans le village, tandis que nous installions un bivouac derrière une butée d'argile tassée. Nous patientâmes une heure. Enfin Smith revint, suivi de dix cavaliers indiens.

— On décharge les caisses ! cria-t-il.

Nous transférâmes nos précieux cadeaux sur leurs montures, et fûmes ensuite solennellement autorisés à pénétrer en territoire crow, comme Layton l'avait promis. Nous étions à la fin du mois d'avril 1828, une année de fonte des glaces précoce. Même encore à demi gelé, le bas des collines était praticable et de nombreux versants ensoleillés déjà commençaient à verdoyer. Hélas ! une amère déception nous attendait. Les premiers cours d'eau que nous explorâmes avaient été écumés. Avions-nous voyagé durant six semaines et dépensé tout notre argent pour chasser sur des terres moins généreuses que celles où nous aurions pu travailler sans bourse délier ?

À notre grand soulagement, nous constatâmes que seules les rivières coulant à proximité du village avaient été pillées. Au bout d'une heure, des signes de vie animale se manifestèrent et, soudain, comme par enchantement, sous le nez de nos chevaux, même dans les ruisseaux, castors et rats musqués apparurent, nullement effrayés par notre présence.

Smith sauta de son cheval et s'écria avec un enthousiasme peu coutumier :

— Allez poser vos trappes, les gars ! On s'occupera du feu et des tentes plus tard !

Il nous répartit par groupes de deux, au lieu de quatre en temps normal, et distribua dix pièges à chacun, le double du compte habituel. Tous furent installés avant la tombée de la nuit. Le lendemain, en fin de matinée, nous avions récolté vingt-sept castors, une moisson incroyable pour seulement huit hommes. Débutèrent alors les semaines les plus fécondes jamais réalisées par notre brigade. Vingt heures par jour, nous relevions les trappes, écorchions, écharnions, courions entre les différents campements et montions la garde à tour de rôle. Même à la limite de nos forces physiques, nous pensions tous à la fortune qui nous attendait. Tous sauf un, Layton, dont la mauvaise humeur s'accroissait à chaque peau récoltée.

Jusque-là, il s'était montré un compagnon de voyage acceptable, sinon idéal. Mais une fois en terre promise, après la livraison des fusils à Long Hair, et dès lors qu'il ne nous restait plus qu'à nous mettre à l'ouvrage, son caractère soupçonneux, instable et hargneux prit le dessus. Passé les premiers moments d'enthousiasme, Layton se révélait incapable de faire preuve de patience, d'endurance et de ténacité. Et dès qu'il se trouvait désœuvré, une autre facette de sa personnalité faisait surface. Il aboyait ses ordres et nous soupçonnait de ne pas accomplir notre part de tâches comme nous l'aurions dû.

Je notai cette suspicion agaçante un jour où Pegleg écharnait nos premières peaux. Layton, qui n'avait quasiment pas levé le petit doigt de la matinée, se tenait au-dessus de lui et le regardait s'activer avec une moue sceptique. Tout à coup, il désigna une peau tendue sur un cadre de saule.

— Tu appelles ça une peau préparée ?

— Vous croyez que ça se fait tout seul ? bougonna Pegleg.

— Il reste des cartilages et des tendons. On dirait que la bête vient juste d'être écorchée !

Pegleg, toujours très minutieux dans son travail, quêta du regard notre approbation. La peau était parfaite. Soit Layton ignorait à quoi ressemblait une fourrure fraîchement écorchée, soit il n'avait pas pris le temps de l'examiner et estimait que l'écharnage était mal fait parce qu'il n'y connaissait rien.

Quelques jours plus tard, nous nous levâmes par une aube glaciale et étirâmes nos corps raides et endoloris en frissonnant, car le feu s'était éteint pendant la nuit. La veille au soir, c'était au tour de Layton d'alimenter le foyer, et il n'avait pas ramassé une quantité suffisante de bois. Moses Branch, le plus doué d'entre nous pour allumer une flambée, arrangea avec soin des copeaux d'écorces de résineux. Il frotta sa pierre à briquet. L'amadou commença à rougeoyer. Layton s'approcha du feu, aussi pressé que nous de se réchauffer, et à l'instant où pointaient de minuscules flammes, il déplaça les copeaux. Son mouvement brusque éteignit le feu naissant. Le mulâtre émit un grognement mécontent. Il ne dit mot, mais sa colère était palpable. Patiemment, il réarrangea les branchettes, battit son briquet et nourrit les braises de brins d'herbe sèche avec une grande délicatesse, jusqu'à ce qu'elles produisent une flamme timide. Une fois de plus, Layton intervint en déplaçant le petit bois. Le feu mourut.

Sans le regarder, Branch marmonna :

— Au prochain coup, vous y perdrez un doigt, capitaine.

— Si tu avais su l'allumer correctement, tu n'aurais pas eu besoin d'aide.

— Votre aide l'a éteint.

— Le problème, c'est la façon dont tu t'y es pris, pas mon aide, éructa Layton.

La coutume de respecter un chef de brigade était bien ancrée dans l'esprit de chacun. Branch ne réagit pas, mais Ferris ne put se contenir.

— Nous sommes tous gelés parce que vous n'avez pas été foutu d'aller chercher assez de bois hier soir et, par-dessus le marché, vous empêchez Branch de le rallumer !

— Moi, je l'ai empêché de le rallumer ? s'exclama Layton avec désinvolture.

— Oui, par deux fois. Si nous devions débaucher des hommes dans Market Street, nous ferions appel à vos compétences. En revanche, s'agissant de démarrer un feu, le spécialiste, c'est Branch. Vous, vous n'y connaissez rien, alors laissez-le faire son boulot.

— Démarrer un feu, je n'appelle pas ça un boulot !

Tout le monde entendit Ferris jurer dans sa barbe :

— Qu'est-ce que vous en savez ?

Les deux hommes s'affrontèrent du regard. Les autres s'éloignèrent, car Layton avait déjà porté la main à son pistolet. Heureusement, Jed Smith, qui avait suivi la scène de sa tente, souleva le battant en cuir et cria :

— Walter Ferris ! Toi, le hardi montagnard !

— À vos ordres, capitaine.

— Puisque tu tiens tant à donner des conseils, pourquoi n'irais-tu pas poser quelques pièges au-delà de la fourche de la rivière ? J'ai remarqué que là-bas la glace avait fondu et que l'eau recommençait à couler.

Ferris tremblait de froid, comme nous tous. Il n'avait encore rien mangé. La rivière en question était très éloignée et il ne reviendrait sans doute pas avant la nuit.

Sans un mot, il partit préparer ses trappes.

Nous avions tous assisté à l'accrochage. Layton avait gêné Branch dans sa besogne, et Ferris était sanctionné pour l'avoir remis à sa place.

Ce genre d'incident se multiplia au cours des semaines suivantes. Le comportement irrationnel de Layton entravait notre travail. Pourtant les hommes couvraient son incompétence sans protester. Ferris, le plus gentil d'entre nous, était le seul à pointer ces abus. Chaque fois qu'il critiquait la conduite déplorable de Layton, il en payait les conséquences. La zizanie s'installa, car nous prenions tous fait et cause pour Ferris, excepté ce lèche-bottes de Grignon, qui laissait entendre à Layton que Ferris, malintentionné, montait la brigade contre lui, ce qui était faux, bien sûr. Layton remercia Grignon en l'envoyant piéger les rivières les plus giboyeuses, initiative qui ne fit qu'accroître la colère de l'équipe, car Grignon était un fainéant. Quel gâchis de lui confier les meilleurs points d'eau !

Très vite, un sourd ressentiment naquit chez les trappeurs. À l'époque, je pensais que le caractère impétueux de Layton l'empêchait de se rendre compte à quel point il semait la discorde. Aujourd'hui, je sais qu'il nous harcelait sciemment, autant par ennui que par perversité : un individu apte à fédérer les hommes autour d'un projet commun, se préparant avec enthousiasme au succès de son entreprise, puis capable de la saborder dans un élan autodestructeur. Certaines personnes développent cette tendance, toutefois sans l'acharnement qu'y mettait Layton au printemps de cette année-là. J'ignore l'origine de ces pulsions mauvaises. Peut-être avait-il été trop couvé par sa mère, ou victime d'un père tyrannique ? Peut-être était-il doté d'un sentiment de supériorité inné qui lui faisait mépriser l'humanité et le travail ? Toujours est-il qu'au cours de ce printemps-là il frôla le désastre, de manière insensée. Et ce n'était pas seulement l'argent de son père qu'il risquait de perdre, mais aussi celui de Ferris et le mien.

Pourtant, je persiste à croire qu'il était fier d'avoir monté cette expédition et de voir toutes ces peaux s'amonceler. Au contraire de cette crapule de Grignon, Layton possédait de vraies qualités, hélas ! gâchées par son caractère impatient, irritable et suspicieux. Grâce à son obstination, nous étions entrés les premiers dans ce territoire jusque-là inexploré. Il aurait dû tenir sa langue et nous faire confiance, mais c'était trop lui demander. Aussi la situation se détériora-t-elle rapidement. Chaque jour, Layton et Ferris se querellaient. Les hommes prenaient le parti de Ferris, et le mécontentement allait croissant. J'espérais m'entretenir avec Layton en privé, lui conseiller de surveiller ses paroles, mais il était toujours d'une humeur massacrante et je dus attendre un bon mois avant d'avoir l'occasion de lui parler.

Par une journée venteuse, chargée de lourds nuages gris, nous étions tous deux partis en reconnaissance dans une vallée encaissée bordée de murailles rocheuses, quand nous aperçûmes un empilement de troncs entrecroisés qui recouvrait le flanc de la montagne. À ses pieds s'étendait un gigantesque éboulis de rochers et d'arbres comblé de glace, vestige d'une avalanche. Une tête de loup, un lièvre coincé entre les mâchoires, émergeait de la neige qui commençait à fondre. En poursuivant sa proie, le carnassier avait dû déclencher l'avalanche qui les avait ensevelis tous les deux. Voyant que Layton observait cet étrange spectacle d'un air amusé, j'en profitai pour lui dire :

— Layton, il faut que je vous parle.

— Alors, vas-y carrément, sans tourner autour du pot.

— Vous devriez davantage prêter attention à la façon dont vous traitez les hommes de l'équipe.

— J'ai pris soin de bien les choisir, donc je n'ai pas à m'embarrasser d'états d'âme. Ces messieurs exigent-ils que je respecte les convenances ?

— Ils aimeraient être considérés comme des êtres humains, pas comme des esclaves.

— Quel culot ! Ils sont employés par une compagnie dont je possède la majorité des parts. Ils sont par conséquent tenus d'accepter ma façon de travailler. Comme je le leur ai promis, ils exploitent les cours d'eau les plus riches en castors de la région. Tout cela grâce à moi. Ils devraient m'en être reconnaissants, au lieu de se plaindre.

Je dus me mordre la langue avant de répondre.

— Ils sont très contents de cette aubaine, mais ils refusent votre harcèlement injustifié.

— Qui se plaint ? Dis-moi. C'est Ferris, hein ?

— Personne ne se plaint, Ferris encore moins que les autres. Jamais il ne rechigne à la tâche, si dure soit-elle. Simplement, il ose parler de ce qui ne va pas, et vous le lui faites payer. À la longue, si vous persistez à punir ceux qui se permettent quelques remarques de bon sens, nous allons perdre notre investissement de départ et tous vos efforts seront réduits à néant.

Un long silence s'ensuivit. Seul me parvenait le grondement lointain d'une cascade.

— Comment cela, nous allons perdre notre investissement ?

— Je serai franc : vous risquez de finir avec une balle dans le dos et une brigade qui s'éparpillera à travers les montagnes en emportant toutes les peaux.

— Une balle dans le dos ? ricana-t-il. Ce serait le summum de l'ingratitude et de la stupidité ! Je suis leur chef et je leur propose gloire et fortune !

— Ils rêvent tous d'être riches, mais pas au prix de l'asservissement. Ce ne sont pas vos domestiques, Layton. Si vous vous obstinez à les houspiller comme vous en avez pris l'habitude, ils préféreront faire une croix sur l'argent, rien que pour le plaisir de balancer votre cadavre à l'eau, et ils iront vendre leurs peaux eux-mêmes. Alors, essayez de vous maîtriser.

À voir sa réaction, je compris que Layton n'avait pas envisagé cette possibilité. Étouffé par ses conflits intérieurs, il ne nous traitait pas comme des êtres humains. J'avais déjà noté ce genre de comportement parmi les gens de la bonne société de Saint Louis, qu'ils fussent anglais ou américains ; cependant, en matière de cynisme et de mépris, Layton les surpassait tous.

Un instant déconcerté, il se reprit très vite et déclara :

— S'ils ont l'intention de se mutiner, je déjouerai leurs plans. Et je tiens Ferris à l'œil. Merci de m'avoir prévenu.

— Je l'ai fait précisément afin d'éviter une confrontation, pas pour l'encourager. Ferris, en tant qu'associé, ne tient pas davantage à une mutinerie que vous ou moi. C'est l'injustice qu'il ne tolère pas.

Layton ignora mon objection, remonta en selle et partit au galop en criant :

— Si Ferris cherche des histoires, il tâtera de mon fouet !

Les jours suivants, il manifesta encore plus d'agressivité et d'impatience, en particulier vis-à-vis de Ferris, une attitude qui ne fit qu'exacerber l'hostilité des hommes.

Le sort de la brigade dépendait donc de la façon dont Layton ménagerait la susceptibilité de ses employés, mais à l'évidence, c'était le cadet de ses soucis.

Une semaine plus tard, Layton, Ferris et moi gravissions une pente rocailleuse quand nous entrevîmes, à une cinquantaine de yards, l'arrière-train d'un énorme ours gris qui se glissait derrière un fourré. Nous épaulâmes nos fusils et attendîmes. Nos provisions de viande s'amenuisaient, depuis plusieurs jours nous ne mangions que du castor. Un cuissot d'ours grillé serait le bienvenu. Les minutes s'écoulèrent sans que la bête réapparût.

Nous nous trouvions sur un versant dépourvu de grands arbres, couvert de plaques de schiste ocellées de lichens rosâtres, qui se dérobaient sous nos pieds. Chacun de nos pas, même précautionneux, déclenchait de petits éboulements dont le bruit sec résonnait jusqu'au torrent dont nous apercevions de loin l'écume blanche. Plus haut, des pins poussaient dans des fentes de rochers, mais juste devant nous s'étendait une mer mouvante d'ardoise noire piquetée de buissons d'épineux rabougris. Sur ce flanc de montagne désolé, un ours ne pouvait s'éloigner d'un fourré à notre insu. Donc nous guettâmes patiemment le moment où l'animal finirait par se montrer. Au bout de dix minutes, Layton, lassé d'attendre, fit un pas en avant.

— Bon sang, on ne va pas y passer la journée ! Qui me suit ? Lequel de vous deux est le moins froussard ?

— Nous avons peur tous les deux, répondit Ferris. Cet ours est énorme. Vous avez vu sa fourrure argentée ? C'est un grizzly. Ici on les appelle les « ours blancs ». Vous savez ce que font les Indiens quand ils en voient un ?

— Non, mais je compte sur vous pour parfaire mon instruction.

— Ils rebroussent chemin.

— Moi, Henry Layton, je ne suis pas un de ces poltrons d'Indiens. Je suis un Américain de Saint Louis et nous sommes trois, armés de longs fusils.

— Qui ne nous seront d'aucune utilité s'il nous attaque. Rien ne les arrête quand ils sont enragés.

— Un coup de feu bien placé l'arrêtera.

— Très bien placé, alors.

— J'ai cru comprendre que tu étais une fine gâchette…

Ferris prit sa corne à poudre et emplit son bassinet.

— Disons que je me débrouille.

— Walter est le meilleur tireur de la brigade, affirmai-je.

— Son courage n'égale peut-être pas la taille de sa cible. S'il s'agissait d'un concours de dessins d'ours, il le gagnerait haut la main, ironisa Layton.

Ferris reboucha sa corne.

— Puisque vous tenez tant à vous approcher de ce fourré, nous devons nous déployer, en restant à bonne distance. Si l'ours charge, visez la truffe. Plus haut, la balle rebondirait sur le crâne. Au cas où vous le tirez de côté, visez l'épaule.

— Wyeth, ton avis ? On y va ? demanda Layton.

— Je pense que c'est complètement idiot. Cela dit, si vous y allez, je vous suis.

— Alors, haut les cœurs !

Layton marcha droit sur le buisson. Impossible de se déplacer sans bruit dans cette coulée d'ardoises instables. À chaque seconde, nous nous attendions à voir jaillir l'ours, pourtant rien ne se produisit. À l'arrière de la saillie rocailleuse se découpait l'ouverture d'une caverne que je pris tout d'abord pour un abri sous roche, mais en m'avançant, je sentis un courant d'air humide et des relents de moisi. Des fougères et des petites fleurs bleues tapissaient les alentours. Layton jeta un coup d'œil à l'intérieur.

— On dirait un puits. Nous pourrions tirer dedans.

— Et après ? releva Ferris. Même si nous arrivons à le tuer, comment allons-nous le sortir ? On vous attache une corde à la taille et vous descendez ?

— Fous-toi de moi… Henry Layton n'abandonne pas la partie aussi facilement. On pourrait essayer de le déloger.

— La cavité est profonde.

— Qu'est-ce que vous en savez ?

— La distance amortit les grognements de l'ours et l'humidité remonte. La preuve, regardez ces hépatiques trilobées, autour de l'entrée.

— Ces quoi ?

— Une variété d'anémone que l'on appelle herbe à foie. Nous sommes en présence d'une vraie caverne, qui respire.

Layton observa les fougères et huma le courant d'air froid et humide. Il posa son fusil sur un rocher plat, prit un caillou de bonne taille et le lança dans la gueule noire. L'écho de sa chute diminua, s'affaiblit, jusqu'à ce que… pouf ! il heurte quelque chose. Le sourd grommellement d'une bête agacée s'éleva des profondeurs.

Ferris recula de quelques pas et pointa son fusil vers l'entrée de la grotte. Layton passa la tête dans l'ouverture, cherchant à percer l'obscurité. Nous attendîmes. Le grondement cessa.

— On laisse tomber. C'est ridicule, dit Ferris au bout d'un moment.

— J'essaie de procurer de la viande à toute la brigade, s'impatienta Layton. Si on parvient à le déloger, on tire dessus en même temps. Trois balles l'arrêteront. Ne me dis pas que tu as la trouille, Ferris.

— Si.

— Eh bien, pas moi.

— Vous êtes inconscient.

Layton m'apostropha :

— D'après toi, Wyeth, nous sommes à la chasse ou au bal des débutantes ?

Ferris vérifia son arme, s'éloigna encore de quelques yards et se positionna face à l'ouverture de l'antre. Je me déplaçai sur le côté pour ajuster mon angle de tir. Layton lança à Ferris un coup d'œil méprisant par-dessus son épaule.

— Je constate que tu as choisi la bonne planque.

— Il n'a pas besoin d'être près. Son tir est plus précis que le nôtre, expliquai-je.

— C'est ce qu'il dit, ironisa Layton.

Ferris ignora la pique, mais je voyais qu'il frémissait de colère contenue. Il plaça son pistolet sur un rocher et épaula son fusil. Après avoir vérifié le sien, Layton regarda autour de lui et repéra un galet rond, plus gros que sa tête. Il le souleva.

— Prêts, les gars ?

— Je maintiens que ce n'est pas une bonne idée, insistai-je.

— Nous avons besoin de viande. Moi, je ne suis pas un froussard, comme certains. Je fais ce que je juge nécessaire.

Il marcha jusqu'à l'entrée de la grotte en se dandinant, le lourd galet à bout de bras, et, avec un geste suffisant et maniéré qui nous exaspéra, le déposa au sol. Il contrôla une dernière fois le contenu de son bassinet et s'assura que nous étions prêts. Puis il s'empara de la pierre, avança d'un pas et la lâcha.

Elle dégringola, heurtant au passage les parois de la cavité et termina sa course dans un choc sourd. Aussitôt, un grondement guttural nous parvint, suivi d'un énorme entrechoquement de pierrailles. Layton eut à peine le temps de saisir son fusil que le grizzly jaillit, écrasant les buissons sur son passage. Dans sa fureur, il le bouscula sans le voir, l'envoyant valser au sol, et fonça droit sur Ferris, qui fit feu. La balle toucha l'animal à l'épaule. Il s'affaissa, mais se releva immédiatement. Ferris tira au pistolet, le blessant à l'autre épaule, sans pouvoir l'arrêter. Je tirai à mon tour et l'atteignis au cou. Il fit volte-face, se rua sur moi puis, se ravisant soudain, obliqua vers Ferris, qui sortit son grand couteau. Trop tard. Un coup de patte le balaya comme un fétu de paille. Ferris se retrouva à terre, sous l'animal. L'énorme mâchoire s'ouvrit et… PAN ! J'avais fait feu à deux mains, sans me préparer au recul, si bien que mes poings me frappèrent le front. Je chancelai, étourdi. Quand je rouvris les yeux, je vis l'ours lever une patte velue aux griffes recourbées, épaisses comme mes doigts, prête à lacérer le visage de l'homme sans défense. Mais son geste se ralentit et les pointes acérées allèrent racler un rocher, tout près de la tête de Ferris. Une goutte de sang tomba de la gueule ouverte sur sa joue. L'animal chuta lourdement, dévala quelques yards, provoquant un éboulis d'ardoises, et s'immobilisa dans un fracas de caillasses. Ferris se redressa d'un bond, les yeux encore écarquillés d'effroi. Layton se tenait à l'entrée de la tanière, fusil à la main. Il n'avait sans doute jamais vu de grizzly. Il ignorait que tous les plantigrades ne sont pas des ours noirs. Ferris avait tiré deux fois et moi aussi. Layton, équipé d'un fusil et d'un Collier automatique, n'avait pas pressé la détente. Il examinait son arme d'un air piteux.

— Le coup n'est pas parti. Pas de veine, soupira-t-il d'un ton gêné. Un beau tir, Wyeth. Je ne pensais pas que tu serais à la hauteur.

Il s'approcha prudemment de la bête, pour s'assurer qu'elle était bien morte. J'allai rejoindre Ferris.

— Alors, tu es vivant ?

— Je crois que oui !

Il désigna Layton du menton et chuchota :

— À ton avis, il a réellement appuyé sur la détente ?

— Ma poudre a fait long feu, répondit Layton, qui avait l'oreille fine.

Sa voix tremblait. Il était tout pâle, le front couvert de sueur.

Nous entreprîmes de dépecer et de vider l'animal, découpâmes les morceaux de choix et accrochâmes les restes de viande à de hautes branches. Durant tout ce temps, Layton se montra appliqué, agréable et silencieux, ce qui ne lui ressemblait guère. La malchance, ou son manque de sang-froid, avait empêché le coup de partir. Nous n'avions pas l'intention d'évoquer l'incident devant les autres, sachant que cela ne ferait que jeter de l'huile sur le feu, mais Pegleg, qui chassait de son côté, se trouvait à ce moment-là sur une crête, juste au-dessus de nous, et avait assisté à la scène. Avant le soir, la brigade était déjà au courant de l'histoire. Tous apprirent que Layton n'avait pas réagi alors que Ferris était en danger, et tous parvinrent à la même sévère conclusion.

Le lendemain, en l'absence de Smith et de Layton, nous étions sept, affalés dans les broussailles, le dos appuyé contre nos ballots. Le plus âgé d'entre nous, Glass, un type d'ordinaire taciturne, agita l'extrémité de son grattoir en os et déclara :

— Entre vouloir affronter le grizzly et s'y risquer pour de bon, y a une différence.

— Il a eu peur, c'est tout, dit Ferris.

— C'est pas la peur qui l'a freiné, intervint Grignon. Vous êtes à couteaux tirés, tous les deux. Alors, normal, il s'est dit que l'ours ferait le boulot à sa place. N'importe qui aurait fait pareil.

— Pas moi, grommela Ferris.

— Peut-être, fit Grignon avec un sourire en coin. N'empêche que Layton, c'est pas un enfant de chœur.

— Il n'avait pas prévu que l'ours allait charger. Il a bien des défauts, mais ce n'est pas une poule mouillée. Et pourquoi laisser un ours me massacrer, alors qu'un coup de pistolet suffirait à m'éliminer ? Non, la peur l'a paralysé et, orgueilleux comme il est, il refuse de l'admettre.

Pegleg, même s'il avait parfois la dent dure, n'aimait pas entendre dire du mal d'un membre de la brigade.

— Ouais, pour moi, la vue du grizzly l'a privé de ses moyens ; ça nous est arrivé à tous, hein ? Je suis sûr qu'il a pas fait exprès.

— Et sa poudre était peut-être humide, après tout, conclut Ferris.

— Tu as vu l'éclair ? demanda Glass.

— Avec une mâchoire d'ours à six pouces de mon nez, je n'ai pas eu le temps de voir grand-chose.

— Et toi, Wyeth ?

— Moi, je tirais. Layton était derrière. Je n'ai rien vu.

— Vous avez senti l'odeur de sa poudre ? demanda Pegleg.

Nous hésitâmes. Je finis par répondre :

— Nous étions contre le vent. J'ai seulement senti la mienne.

— Qu'il ait raté son coup de fusil ou non, peu importe, il avait son Collier, remarqua Moses Branch. Il aurait pu loger huit balles dans la tête de l'ours. Je propose de nous débarrasser de lui et d'aller vendre nos peaux à Flathead Post. Au moins, les Anglais, eux, sont des hommes, pas des gommeux de Saint Louis.

Flathead était le fort de la Compagnie de la baie d'Hudson, au nord-ouest des Tetons.

— Pas besoin d'aller aussi loin, répliqua Grignon. Ils ont une brigade qui remonte la Snake River. Ils seraient contents d'acheter des peaux aux Américains.

— Les vendre aux Britanniques ? s'exclama Ferris, furieux. Plutôt les balancer à la rivière !

— Je ne te savais pas si patriote.

Pegleg, qui fixait une peau sur un cadre de saule, agita son aiguille en os.

— Bon, moi, entre perdre mes peaux et les vendre aux Anglais, je choisis les Anglais.

— N'importe qui ferait pareil, renchérit Grignon.

— Pas moi, décréta Ferris.

— Moi non plus, dit Glass.

— On traitera pas avec eux de gaieté de cœur, reprit Pegleg, si on a pas le choix, mais ça sera en fin de saison, pas au début.

Tous tombèrent d'accord en grommelant, sauf Bridger, le plus jeune, le plus docile, qui ne prêtait pas attention à nos querelles internes. Il se conformerait à notre résolution.

— Même si nous décidons de nous disperser, le capitaine Smith refusera de nous suivre, souligna Ferris. Nous devrons aussi nous opposer à lui.

— Eh bien, il se prendra une balle, comme Layton ! lança Grignon.

Pegleg et Branch le regardèrent de travers.

— C'est toi qui te la prendras, gronda Glass. Personne ne touchera un cheveu du capitaine, compris ? Toi le premier, Grignon.

— Connaissant Smith, ajouta Branch, je sais qu'il ne dira rien, une fois débarrassé de Layton. Il ne le porte pas dans son cœur. Il trouvera sûrement un moyen de vendre les peaux. Contraint et forcé, mais il le fera. En attendant, je vous préviens, celui qui s'attaque à lui aura affaire à moi.

— Et à moi aussi, renchérit Glass.

— Bon, OK, les gars, soupira Pegleg. Tiens, d'ailleurs, quand on parle du loup…

Il désigna un cavalier à l'approche. C'était Layton.

Je n'avais pas participé à la discussion. En tant qu'associé, je m'opposais à une mutinerie, qui signifierait pour moi un désastre financier. Cependant, si elle devait se produire, il était hors de question d'abandonner ma fortune au fond d'une rivière. Ferris pouvait se le permettre. Son père était riche. Moi, je vendrais mes peaux aux Britanniques, ou tenterais de les acheminer à Saint Louis.

Arrivé par le nord, Layton mit pied à terre et s'avança d'une démarche de matamore, sachant que nous venions de parler de lui. Il fut accueilli par un silence glacial. Ferris et moi décidâmes d'aller seller nos chevaux, qui paissaient plus au sud. Quand nous fûmes hors de portée de voix, je lui demandai :

— Tu jetterais vraiment tes peaux à la rivière ?

— Je ne mens pas, Wyeth. Jamais je ne les céderai aux Britanniques. Bon, entre nous, j'avoue que je préférerais les rapporter à Saint Louis.

— Moi aussi, l'assurai-je.

Il enveloppa son piquet en fer d'un chiffon et le rangea à l'intérieur de sa sacoche de selle.

— Wyeth, j'ai investi tout mon argent dans cette affaire ! Nous devons nous serrer les coudes. Le mieux serait que Layton apprenne à tenir sa langue.

— Il en est incapable. Même pour sauver sa vie.

— Et pourtant, c'est bien sa vie qui est en jeu.

Nous nous tûmes brusquement, car Layton s'avançait vers nous.

— Salut, les gars ! lança-t-il. Vous paraissez bougrement pressés.

— Ravi de vous voir, répondit Ferris.

Quelques instants plus tard, les autres nous rejoignirent et nous partîmes tous les sept relever nos pièges. Aucun d'entre nous n'avait envie de s'attarder en sa compagnie.

Plusieurs semaines s'écoulèrent, sans modification notable dans son attitude, toutefois un changement d'organisation améliora grandement nos relations. Le capitaine Smith avait bien sûr remarqué notre mécontentement. En meneur d'hommes perspicace et compétent, il envoya Layton poser les trappes avec nous. Au début, celui-ci se plaignit, arguant qu'il n'avait pas financé l'expédition pour trimer comme un forçat, mais Smith insista, faisant valoir l'aspect financier : deux bras supplémentaires permettraient d'augmenter la productivité. Ce changement eut pour effet de rapprocher Layton de l'équipe. Au bout d'une journée de labeur, il se montra, sinon agréable, du moins incapable de déverser son fiel, car l'épuisement physique le réduisait au silence, comme nous tous, après avoir sillonné les montagnes et pataugé des heures durant dans l'eau glacée. Au fil des jours, il apprenait les rudiments de l'art de la trappe.

À la fin du mois de juin, nous chevauchions tous ensemble à travers les collines herbeuses au nord du village crow, quand nous aperçûmes vers le sommet trois Indiens snake en perdition et, un peu plus loin, deux de leurs chevaux, morts, encore harnachés, des ballots de peaux sanglés sur le dos. Les anneaux d'attache de leur licol soudés et la muserolle dépourvue d'ornements nous firent penser que les bêtes appartenaient aux Britanniques. Les traces de sabots indiquaient qu'au minimum quinze chevaux, dont certains ferrés, étaient passés par là. En contrebas, dans les hautes herbes, gisait le cadavre d'un autre Snake, à moitié scalpé, une jambe sectionnée au niveau du genou. Smith envoya Glass et Ferris en reconnaissance. Layton, Bridger, Grignon et moi prîmes une position défensive en haut de la colline, tandis que Moses Branch allait à la rencontre des Indiens, suivi à distance par Pegleg, armé d'un mousquet et d'un long fusil. Précaution apparemment inutile, car les trois Snake étaient de toute évidence hors d'état de nuire.

Branch s'agenouilla près d'un blessé, touché au bras par une flèche, et tous deux discutèrent pendant un bon quart d'heure. Puis il vint au rapport.

— Une brigade de la Compagnie de la baie d'Hudson se trouve à une demi-journée de marche plus au nord. Ils ont envoyé ces Snake poser des trappes.

— En territoire crow ? s'étonna Smith.

— Sur *notre* territoire, corrigea Branch. Les Crow ont une langue, comme tout le monde. Les Anglais ont dû avoir vent de notre pacte avec Long Hair et ont envoyé ces Snake braconner. Ils repartaient chargés de peaux quand ils ont été attaqués par les Gros-

Ventre. Dans la mêlée, ils ont perdu un homme et leurs chevaux. Ils voudraient de l'aide pour convoyer les ballots jusqu'à leur campement.

— Qui dirige la brigade ? s'enquit Smith.

— Le capitaine Pike.

Smith demeura silencieux. Il réfléchissait. Sebastian Pike, commandant en second de la HBC des Rocheuses était l'homme le plus influent de la région. Sa volonté de fer et son mauvais caractère légendaires faisaient trembler tout l'Ouest.

— Les Indiens disent qu'ils nous dédommageront de vingt peaux, en échange d'une escorte et du transport, ajouta Branch. Et Pike nous saura gré du service rendu.

Smith hocha la tête.

— C'est d'accord.

— Halte là, intervint Layton. Ces maudits Anglais sont entrés en territoire américain et, comme ils sont trop lâches pour venir poser leurs pièges eux-mêmes, ils envoient les Snake à leur place. Vous croyez qu'on va les récompenser de faire main basse sur nos peaux, en les leur rapportant gentiment ? Pas question. Nous ne prendrons pas vingt peaux, mais les deux ballots. En contrepartie, nous leur laissons la vie sauve.

— Pike ne sera pas content, souligna Smith.

— Je me moque bien de ses états d'âme !

Branch et Pegleg échangèrent un sourire en coin. Ils avaient trop souffert de l'humeur massacrante de Layton pour ne pas apprécier qu'il s'en prenne à l'ennemi.

Smith eut un geste de dénégation. Il régnait un accord tacite entre brigades, stipulant que tout trappeur en détresse devait être secouru, quelle que fût la compagnie qui les employait. Deux ans plus tôt,

Smith et son équipe avaient été hébergés tout un hiver à Fort Vancouver, alors qu'ils tentaient de braconner sur les zones de chasse de la HBC.

— Les Anglais en ont assez de nous fournir des vivres qui nous permettent de subsister et, par conséquent, de continuer à les concurrencer. Ils ont fait preuve de générosité, il y a deux ans. Nous devons leur rendre la pareille.

— Vous plaisantez ? riposta Layton. Ils pillent nos cours d'eau !

— Tout comme je pillais les leurs avant qu'ils m'offrent l'hospitalité. Je ne peux décemment pas m'emparer de leurs fourrures…

— Fourrures qu'ils nous ont volées ! le coupa Layton. En tant qu'actionnaire majoritaire de ma compagnie, je vous décharge de toute responsabilité, capitaine. Pike et ses hommes campent sur le mauvais versant de Wind River et ils le savent. Il est vrai que nous n'avons guère eu l'occasion de leur montrer notre mécontentement. Ces impudents osent violer nos terres, car nous ne sommes pas assez nombreux pour les repousser. Ils s'emparent de notre gagne-pain en vidant les rivières de tous les castors, et ils ont le culot d'affirmer que d'ici quelques années cette région sera britannique ! Je ne suis pas assez beau joueur pour ne pas être choqué par cette politique impérialiste. Nous leur prendrons leurs fourrures, mais aiderons ces Indiens en les escortant jusqu'à leur camp.

Smith regarda au loin, vers le nord, et répéta :

— Pike ne sera pas content.

— Je n'ai pas l'habitude de quémander la permission de quiconque, avant de prendre une décision. Alors, les gars, qui m'accompagne ?

Tout le monde se porta volontaire. Personne ne voulait manquer la confrontation entre le dandy de Saint Louis et l'irascible chef de brigade britannique.

— Bien. Branch, va expliquer aux Indiens mes conditions. Nous partons sur-le-champ.

Branch sortit des morceaux de viande boucanée de sa besace et alla les offrir aux trois hommes. Pendant qu'ils mangeaient, il leur fit part de la décision de Layton. Elle ne parut pas les déranger. Tout ce qu'ils souhaitaient, c'était rentrer sains et saufs. Au bout de dix minutes, Branch nous fit signe d'amener trois chevaux.

— Demandez-leur ce qu'ils comptent faire du cadavre ! lui cria Layton.

— Pas la peine ! Par tradition, les Snake abandonnent les corps où ils sont tombés et n'y touchent pas.

Nous confiâmes à Glass et à Bridger les provisions et les ballots, et descendîmes vers les basses-terres rocailleuses. Nous passâmes près de la dépouille de l'Indien mort. Le corps avait commencé à gonfler. Les mouches bourdonnaient autour de la plaie et de l'os saillant de la jambe déchiquetée.

La HBC avait établi ses quartiers sur la rive sud d'une rivière appelée Big Rock, dans les plaines s'étendant au nord de la chaîne de Wind River. Personne ne savait réellement à qui appartenait cette zone, la frontière tracée par la convention de 1818[1] étant plus qu'imprécise, basée sur une cartographie désuète.

1. Traité signé entre les États-Unis et le Royaume-Uni (alors implanté au Canada), en vue de définir la frontière entre les deux pays.

Pendant tout le trajet, Smith, d'ordinaire flegmatique, s'énerva, s'impatienta, aboyant inutilement des ordres. De multiples accrochages s'étaient produits entre Américains et Britanniques, et la course à la première place ne faisait que s'accélérer entre brigades à mesure de la raréfaction progressive des animaux à fourrure. Les enjeux de la renégociation de la convention de 1818 étaient clairement liés au nombre de peaux récoltées par les trappeurs. Nous nous apprêtions à confisquer le produit d'une demi-saison de trappe à trois Indiens employés par la compagnie de fourrures la plus puissante du continent. Smith avait de bonnes raisons de penser que Pike serait furieux, et que John McLoughlin, l'administrateur de la HBC pour toute l'Amérique du Nord, qui lui avait offert l'hospitalité deux ans plus tôt, entendrait parler de ce manque de gratitude. De quoi se faire du souci.

Layton, une fois n'est pas coutume, se montrait fort jovial. Lui qui détestait la monotonie et les dures besognes adorait les confrontations en tout genre. En outre, il se délectait à l'avance d'une situation où il pourrait donner libre cours à son bagou. Nous chassions depuis trois mois, et l'occasion était trop belle d'arrêter de piétiner dans les torrents glacés et de gratter des peaux toute la sainte journée. Les hommes, ralliés à son humeur joyeuse, se moquèrent des Anglais durant les quatre heures de route qui nous séparaient de leur cantonnement.

Nous aperçûmes enfin, au pied de collines broussailleuses, une mer de tentes et de tipis. Environ trois cents chevaux étaient parqués dans un corral. D'un geste, Layton ordonna aux Snake de mettre pied à terre. Sans attendre, ils prirent la direction de leur campement. Smith fit signe à Ferris et à Pegleg de rester en arrière-garde. Ils attachèrent leurs montures, ainsi que celles prêtées aux Indiens, à des troncs d'arbres rabougris, puis prirent position derrière de gros rochers, pour nous couvrir en cas de besoin. Layton, Smith, Grignon, Branch et moi poursuivîmes notre route jusqu'à l'entrée du camp, où des Britanniques bien peignés et rasés de près côtoyaient des Français hirsutes et barbus. Nous vîmes Pike sortir de sa tente et se diriger vers les trois Indiens.

Sebastian Pike, auquel je donnai trente-cinq ans environ, avait commencé à explorer les Rocheuses à l'âge de seize ans et connaissait l'ouest de la rivière Missouri mieux que quiconque. Il nourrissait une haine toute particulière à l'encontre de ses concurrents américains. Il savait, comme nous tous, que la lutte acharnée que nous nous livrions aboutirait à l'attribution de ces terres à l'un ou l'autre pays. Pour l'instant, à maints égards, les Britanniques avaient l'avantage. Ils possédaient de nombreux forts, un système d'approvisionnement mieux organisé et, surtout, le soutien inconditionnel de leur gouvernement. Ils s'imaginaient aussi, je suppose, avoir les meilleurs trappeurs, des hommes dociles et disciplinés, et nous jugeaient rebelles et frondeurs. Mais la ruée vers l'Ouest d'Américains prêts à risquer leur vie pour faire fortune semblait sans fin.

Il n'en demeurait pas moins que les expéditions de la HBC s'imposaient par leur nombre et leur force. Il était rare que quiconque osât défier Pike, car il faisait la loi de ce côté-ci du Missouri.

Quand les Indiens lui firent part de nos exigences, en dédommagement de leur sauvetage, Pike demeura un moment immobile puis se retourna brusquement et fonça sur nous à grandes enjambées.

— Smith ! Jedediah Smith ! Vous avez volé deux balles de fourrures de première qualité à la Couronne britannique !

Smith blêmit. Layton poussa en avant son cheval bai.

— Elles appartiennent à ces trois Snake. C'est avec eux que nous avons conclu un accord. S'ils n'honorent pas les termes de leur contrat, ce n'est pas notre problème.

— Qui que vous soyez, monsieur, vous osez vous approprier nos biens, et vous avez le toupet de pénétrer dans mon camp sans autorisation ! Vous êtes ici en territoire britannique.

— Vraiment ? À l'est de la chaîne ?

— Nous sommes peut-être à l'est de cette montagne, mais à l'ouest d'autres massifs...

Agacé, Pike interpella Smith.

— Jed, enfin, dites quelque chose ! Nous vous avons accueilli il y a deux ans à Fort Vancouver, en vous offrant tout le confort possible, et nous vous avons même royalement proposé de conduire l'une de nos brigades. Vous avez eu la bêtise de refuser, et nous vous avons laissé repartir au printemps. C'est ainsi que vous nous remerciez de notre générosité, en volant ces Indiens qui sont nos employés ?

Smith aurait donné beaucoup, je crois, pour avouer que l'idée de garder les deux ballots ne venait pas de lui.

— J'ai temporairement quitté la Compagnie des fourrures des Rocheuses pour servir d'éclaireur et de capitaine à la Compagnie des fourrures de Market Street.

— Pardon ? La quoi ?

— La Compagnie des fourrures de Market Street.

— Ma compagnie ! claironna Layton. J'en suis le propriétaire et l'actionnaire principal.

— Ce qui explique votre impertinence, sinon votre audace. Rappelez-moi son appellation ?

— La Compagnie des fourrures de Market Street. Basée, comme son nom l'indique, Market Street, à Saint Louis. Je suis ici avec quelques-uns de mes associés. Et le capitaine Smith a accepté de nous servir d'éclaireur.

Pike réfléchit. Il semblait intrigué par ce blanc-bec de vingt-six ans, à l'accent de Saint Louis, qui osait s'affirmer chef de brigade. À la HBC, aucun capitaine ne commandait une équipe avant d'avoir passé au moins cinq ans à sillonner les montagnes. Ses dirigeants étaient persuadés que le manque de cohésion de leurs rivaux américains permettrait aux Britanniques de se rendre maîtres de la région. Aux yeux de Pike, Jed Smith était une exception. Au cours des trois dernières saisons, ses escouades avaient récolté davantage de fourrures que celles de la HBC.

— Et qui êtes-vous ?

— Henry Layton, fit celui-ci en se penchant pour lui serrer la main. Ravi de vous rencontrer.

Pike ignora la main tendue.

— Je connais votre père.

— Je suis content de l'apprendre.

— Je ne garde pas de lui un excellent souvenir. Nous avons eu un sérieux différend il y a cinq ans, à propos de frais de transport. Vous êtes donc le fils qui apportait tant de piment à sa vie et qui aujourd'hui vient illuminer la mienne… Messieurs, merci de votre visite.

Estimant l'entretien terminé, Pike repartit vers sa tente. Smith nous fit signe de tourner bride, mais Layton était bien décidé à avoir le dernier mot.

— Pike ! Nous vous avons ramené sains et saufs trois de vos trappeurs indiens. Vous les aviez sans doute encouragés à venir braconner sur notre territoire.

— Les terres des Crow ne vous appartiennent pas, que je sache.

— Pour le moment, si.

— Parce qu'au mépris de tous traités et conventions vous les avez armés de longs fusils que même mes lieutenants ne peuvent se procurer, étant donné leur coût.

— Vous aussi, vous armez vos alliés, Pike.

— Oui, avec des mousquets, conformément à un usage de longue date.

— Vous autres, Britanniques, croyez que vos actes sont entérinés par la coutume et que les nôtres ne le sont pas. Or, le capitaine Smith, ici présent, est un parfait gentleman, qui vous aurait ramené les Indiens en échange de vingt peaux.

— Un compromis tout à fait acceptable.

— Oui, mais moi, Henry Layton, je n'agis pas en gentleman quand les termes de l'accord se révèlent tout à l'avantage d'ennemis qui s'introduisent sur mes terres et se cachent derrière je ne sais quelle tradition pour me priver de mes fourrures. Bien que ces Indiens nous aient volés, nous les avons secourus et raccompagnés jusqu'ici. Il n'est pas dans ma nature d'aider mes concurrents à m'escroquer. J'attends donc nos cadeaux de remerciement.

Nous étouffâmes un petit rire. Pike pâlit de colère.

— Votre aide ne vaut pas la récolte d'une demi-saison.

— C'était le prix négocié.

— Trois chasseurs snake natifs de ces montagnes n'ont pas besoin d'un citadin en goguette pour retrouver leur chemin. J'appelle cela de l'extorsion et du vol.

— Le prix de leur survie, vous voulez dire. Peut-être qu'à vos yeux ils n'en valent pas la peine, mais ces hommes, eux, tenaient à leur scalp. Au revoir.

Pike porta la main à sa hanche et, par réflexe, je pointai mon pistolet en direction de sa poitrine. J'avais écouté les arguments de Layton avec un respect croissant. Il pouvait se montrer impatient, exécrable, et était capable de proférer les pires horreurs, pourtant il avait défendu son point de vue avec énergie et proféré tout haut ce que nous pensions tout bas et que nous n'aurions jamais osé dire en face à Sebastian Pike : si les Britanniques s'autorisaient à passer en force de ce côté-ci des Rocheuses, c'était parce que leurs forts financés par la Couronne d'Angleterre et leurs brigades supérieures en nombre représentaient une menace implicite qui les protégeait. Et lorsqu'on leur demandait des comptes, ils se cachaient derrière ce qu'ils appelaient le protocole ou la coutume. À l'instar de tous les trappeurs américains, nous nous sentions humiliés de les voir empiéter sur nos terrains de chasse, mais l'importance de leurs troupes nous décourageait. Layton, lui, ne se laissait jamais impressionner. À cette minute, nous l'admirions tous.

À la seconde où ils virent leur chef menacé, les quatre-vingts hommes groupés derrière lui nous mirent en joue. Layton, Smith et Branch dégainèrent leur pistolet. Seul Grignon leva les mains en l'air.

— Sebastian, ordonnez-leur de baisser les armes ! cria Smith. Nous n'allons pas nous entretuer pour deux ballots de peaux. Vous voyez mes gars ? Ils sont prêts à appuyer sur la détente.

— Je vois surtout cinq inconscients qui seront morts à la minute où ils feront feu.

— Nous mourrons tous, Pike, rétorqua Smith en fixant les quatre-vingts gueules de fusil pointées sur nous. Londres et Washington en entendront parler. Ce ne sera bénéfique pour personne, en particulier pour vous. Il n'est pas dans votre intérêt de déclencher une bataille dont les échos parviendront à nos gouvernements respectifs, et qui remettrait en cause la convention de 1818. Baissez vos armes et nous ferons de même.

— Lui d'abord, dit Pike en me désignant.

— Il s'appelle William Wyeth. C'est un trappeur indépendant, actionnaire de la compagnie de Mr Layton.

— Heureux de vous rencontrer, Mr Pike, lui lançai-je.

Son regard s'attarda sur moi puis se porta vers le sommet de la colline, d'où Ferris le tenait dans sa ligne de mire. Lentement, il écarta la main de son étui de pistolet. J'abaissai le mien. Ses hommes s'exécutèrent, certains en ronchonnant.

Grignon fit semblant de m'imiter, alors qu'il n'avait même pas effleuré son fusil.

Tout le campement observait la confrontation, y compris les Indiens, parmi lesquels je reconnus Red Elk, le chef blackfoot que j'avais vu lors de la chasse au bison, l'année précédente. C'était pour le combattre que les Crow nous avaient ouvert leur territoire. J'avais entendu dire qu'il servait d'éclaireur à la HBC. C'était donc vrai. Il dut me reconnaître aussi, car il m'observa longuement. Puis constatant que des Américains tenaient la dragée haute à Pike dans son propre fief, il esquissa une moue réprobatrice et s'éloigna.

— Smith, je ne peux pas croire que vous ayez approuvé les conditions de Mr Layton, reprit Pike.

— En effet, il n'était pas d'accord, répondit Layton à la place de notre capitaine. Il souhaitait un arrangement à l'amiable parce que vous aviez fait montre de générosité à son égard, il y a deux ans. Je m'y suis opposé, car je ne tolère pas que vous empiétiez en permanence sur nos terres. Si vous cherchez un responsable, il est là, pour vous servir.

— Je ne prendrai pas cette peine, Mr Layton, dit Pike, avant de lancer à Smith : Je me garderai bien de faire appel au bon sens de ce jeune coq, puisqu'il paraît en être dépourvu. Mais je fais appel au vôtre, Jed.

— Dans cette affaire, je ne suis que l'éclaireur et le capitaine de brigade, Pike. Pas le propriétaire. Au revoir.

— Notre campement est situé plus au sud, à une demi-journée de marche, ajouta Layton. Si vous tentez de récupérer les fourrures qui sont désormais les nôtres, vous trouverez à qui parler. Nous vous attendons de pied ferme.

— Ce jour pourrait arriver prochainement, rétorqua Pike. Nous verrons qui est le plus fort, puisque c'est ainsi que vous envisagez les choses.

— En effet, nous verrons bien. Néanmoins, à votre place, je ne planterais pas le drapeau britannique sur un sol américain.

— Je note que vous êtes en plaisante compagnie, Jed, conclut Pike avec aigreur.

— En effet, et elle commence à me plaire de plus en plus !

À voir Branch et Grignon opiner vigoureusement du chef, je compris que notre capitaine se faisait l'écho des sentiments de toute l'équipe. L'heure de gloire de Layton avait sonné.

Ce dernier fit pivoter son cheval et partit au galop. Nous le suivîmes et allâmes rejoindre Ferris et Pegleg qui nous accueillirent, un grand sourire aux lèvres.

— Bravo, Layton ! s'exclama Smith. C'est bien la première fois que Sebastian Pike croise son égal.

— Dois-je prendre cela comme un compliment ?

— Évidemment.

Pegleg m'envoya une bourrade dans les côtes qui faillit me jeter à bas de ma monture.

— Alors, ça fait quoi d'avoir quatre-vingts fusils braqués sur soi ?

— Disons que je suis content qu'on n'en soit pas venu à s'entretuer.

— Wyeth a dégainé plus vite que l'éclair, lui, lança Smith à l'adresse de Grignon.

Et tous les autres de s'esclaffer, car ils avaient bien vu que Grignon était le seul à ne pas avoir sorti son arme.

Nous parvînmes à notre campement à la tombée du jour. Nous nous reposâmes jusqu'à ce que la pleine lune nous éclaire puis chevauchâmes toute la nuit pour gagner les hautes montagnes. Nous ne revîmes pas Pike et sa troupe ce printemps-là, mais la rumeur courait que les Blackfoot attaquaient les Crow aux confins de leur territoire, armés de longs fusils fournis par les Britanniques. De leur côté, les Sioux harcelaient les marchands qui approvisionnaient les brigades américaines, utilisant des modèles d'armes qu'on ne leur connaissait pas. Par chance, ces escarmouches avaient lieu loin de la chaîne de Wind River, où nous ressassions la confrontation entre Layton et Pike avec une exagération et un plaisir qui finirent par aplanir nos conflits.

L'été arrivant, nous fîmes le décompte des peaux récoltées au printemps. L'année précédente, chaque homme avait réalisé une moyenne de quatre-vingt-seize peaux. Or, à la mi-saison, nous avions atteint le chiffre incroyable de cent quarante peaux par trappeur !

À la fin de juillet 1828, je quittai avec Ferris la Wind River pour pousser plus à l'est, vers une destination inconnue. Nous franchîmes des lits de torrents asséchés et gravîmes le versant d'une arête volcanique de roche noire, qui barrait une plaine désolée. Une mule transportait nos provisions de viande boucanée, au cas où le gibier se ferait rare.

Au plus chaud de l'été, les fourrures étaient trop fines, de mauvaise qualité. Voilà pourquoi Smith et la plupart de nos compagnons décidèrent d'aller à un *rendez-vous*[1] près de Bear Lake. Layton, lui, avait rejoint un groupe de Snake, comptant négocier avec eux un droit de passage et de chasse en prévision de la prochaine saison. Après six mois de dur labeur, nous nous étions portés volontaires, Ferris et moi, pour « explorer des cours d'eau giboyeux » ; en réalité, nous comptions seulement nous détendre et vagabonder un peu.

En milieu de matinée, au terme d'une chevauchée d'environ six heures, Ferris s'arrêta et observa la plaine broussailleuse qui s'étendait vers le sud. Puis il repartit, sans un mot. Un quart d'heure plus tard, il fit de nouveau halte et examina les alentours.

— Regarde, là-bas...

1. Réunion estivale, au cours de laquelle trappeurs et négociants se retrouvaient pour échanger des fourrures et festoyer.

En effet, on apercevait au loin un léger panache de poussière.

— Des cavaliers qui se dirigent vers le nord ou l'est, suggérai-je. Ça ne veut pas dire grand-chose. On continue.

Au bout de quelques dizaines de toises, Ferris immobilisa sa monture.

— Nous sommes suivis, Wyeth.

À notre gauche se dressait un roc noir déchiqueté, de forme pyramidale, d'une hauteur d'environ quarante pieds.

— Il y a de l'herbe de l'autre côté, nota Ferris. Nos bêtes pourront se reposer. Et nous attendrons nos poursuivants à l'abri.

J'empoignai ma corne à poudre.

— Prêts à les accueillir !

— Tu ne crois pas si bien dire.

Nous étions seuls, avec nos chevaux et la mule. Pas âme qui vive. Nous contournâmes la pyramide. Du côté ombragé, la pierre était constellée de lichens orange et verts, phosphorescents sur la surface noire. Un filet d'eau gouttait de la roche et s'écoulait dans une vasque que l'on aurait crue creusée par l'homme et où frétillaient des têtards. Le trop-plein d'eau claire se déversait sur un tapis de mousse avant de serpenter en ruisselets entre les fougères. Nous mîmes nos chevaux au piquet, à l'ombre, en leur laissant suffisamment de longe afin qu'ils puissent paître l'herbe grasse. Après avoir empli nos gourdes, nous escaladâmes, fusil en bandoulière, l'arrière du grand roc pour atteindre sa face ouest. Nous sautâmes dans une cavité profonde où nous pûmes rester debout et nous accoudâmes à une pierre plate, le doigt sur la détente. Si Ferris avait peur, il ne le montrait pas. Il paraissait calme et enjoué, comme à son habitude. L'innocence et la naïveté que nous lui prêtions au début de l'expédition étaient en fait tout autre chose : l'amour de la nature sauvage, le mépris du danger, la volonté de se battre le cas échéant et, par-dessus tout, sa passion pour la vie de trappeur lui conféraient l'assurance que procure la certitude de faire exactement ce dont on a envie.

Un quart d'heure s'écoula. Puis nous aperçûmes le nuage de poussière soulevé par des chevaux à l'approche.

— Des Indiens ? chuchotai-je.

— Oui. Observe leur façon d'avancer déployés. Ils se moquent d'être vus.

— Ils n'ont pas l'air sur le sentier de la guerre.

— Pas encore…

Nous les vîmes gravir un monticule et dépasser l'endroit où nous avions obliqué. Ils étaient une vingtaine, traînant leurs tipis sur des travois, accompagnés d'une meute de chiens et d'un train de poneys. Ils longèrent la crête et s'apprêtaient à disparaître de notre vue, quand ils s'arrêtèrent pour se consulter. L'un des cavaliers rebroussa chemin et fit halte précisément là où nous avions bifurqué. Il mit pied à terre, étudia les traces laissées par nos montures, et parcourut du regard le rocher où nous étions dissimulés.

— Alors, ils ne nous pistent pas ? ricana Ferris.

— En tout cas, celui-là n'a pas l'air d'être indien.

— Qu'est-ce qui te fait dire ça ? Il est trop loin.

— Je ne sais pas. Une intuition.

— Je regrette d'avoir oublié ma longue-vue dans ma fonte de selle, soupira-t-il.

— Oui, dommage.

Nous attendîmes, toujours postés, prêts à faire feu.

Quelques Indiens avaient fait demi-tour et rejoint notre cavalier. Tous levèrent les yeux dans notre direction. Nous savions qu'ils ne pouvaient déceler notre présence, mais nous nous baissâmes, par réflexe, sans cesser de les épier.

— Ma parole, on dirait Layton, murmurai-je.

— C'est possible. Regarde sa façon de gesticuler. Oui, tu as raison, ça doit être lui.

— Pour quelle raison nous filerait-il ?

— Mystère. Il avait dit aller négocier avec les Snake.

Nous sortîmes de notre cachette, redescendîmes par le versant ouest jusqu'à la source, et enfourchâmes nos montures. À peine avions-nous contourné le grand roc, que le cavalier nous salua de la main.

— C'est bien Layton, grommela Ferris.

Nous le retrouvâmes au milieu de la plaine écrasée de soleil. Derrière lui, deux guerriers snake, assis dans la poussière, tiraient sur une longue pipe. Une squaw, à cheval, nous observait.

— On a vu passer trois Indiens avec des sacoches de selle de la HBC, nous prévint Layton. Ils galopaient à bride abattue. Ils savent que je les ai repérés à la lunette.

— D'où venaient-ils ?

Il désigna le sud.

— Ils se dirigeaient vers le nord-est. Les Snake affirment qu'il s'agit des hommes de Red Elk.

— Vous pensez qu'ils en ont après nous ?

— Je l'ignore, mais je sais que les Anglais ne veulent pas de nous dans le coin. Et, souvenez-vous, Red Elk était avec eux, au campement. Alors selon vous, que font trois Blackfoot par ici, sur des chevaux de la HBC ?

Sans répondre, Ferris et moi échangeâmes un regard entendu. Layton ôta son bonnet de peau de daim, s'essuya le front et le replaça sur sa tête. Nous scrutâmes l'horizon. Une immense étendue, aride, déserte. Tout était calme à l'est.

— Difficile de se cacher, hein ? remarquai-je.

— Difficile aussi de s'échapper sans être vus, précisa Layton.

— Conclusion ? demanda Ferris.

— Je préfère chasser qu'être chassé.

— Encore une histoire à raconter à Saint Louis !

Layton se renfrogna.

— Je ne pensais pas à ça, Ferris.

— Que fait-on, si on tombe dessus ?

— On attend de voir ce qu'ils veulent. On se bat s'il le faut. Mieux vaut choisir d'attaquer les premiers.

Des nuages noirs glissaient lentement au-dessus de la pointe du grand roc, vers le sud.

— Même s'ils nous cherchent, ils auront du mal à nous trouver, dans cette immensité, remarquai-je.

— Peut-être que si vous partez seul, en éclaireur, ils vous suivront, dit Ferris en souriant. On pourrait les avoir, une fois qu'ils vous auront planté une lance dans le dos.

— Oui, ça peut mal se terminer, répondit Layton.

— Alors pourquoi leur chercher noise ? Ils n'en ont peut-être pas après nous.

Layton demeura silencieux. Moi aussi.

— On prend le risque, en gardant l'œil ouvert ?

— Ton avis, Wyeth ? me lança Layton.

— Je suis d'accord.

Il ne dit rien, mais je voyais bien qu'il souhaitait nous voir abandonner nos plans et faire route avec lui.

— Je tenais juste à vous prévenir qu'ils étaient dans les parages.

— Merci.

Nous avions répondu en chœur.

Layton parut déçu et agacé. Il leva sa toque en signe d'adieu et retourna auprès des Snake.

— Il espérait que nous l'invitions à être du voyage, en conclus-je dès qu'il fut à bonne distance.

Ferris opina.

— Deux semaines sans lui, et déjà il nous traque dans le désert ! Il ne supporte pas qu'on s'absente cinq minutes. Il pense qu'un capitaine doit toujours tenir sa troupe.

J'observai le paysage alentour, le plateau rocheux, l'herbe rare, le chemin ocré qui sinuait vers le sud.

— Tu crois qu'il a inventé cette histoire d'Indiens ?

— Non, à mon avis, il les a vus. De là à affirmer qu'il s'agit de Red Elk et qu'il nous piste…

Nous scrutâmes de nouveau l'horizon à la lunette. Aucun mouvement. Au bout d'une heure, nous dépassâmes le groupe de Layton, d'assez loin pour éviter les chiens. Layton, en bras de chemise, avait ôté son bonnet et posé son fusil en travers de sa selle.

— Ouvrez l'œil ! nous cria-t-il.

— Vous aussi !

La squaw cheminait à son côté, fière et hautaine. Elle nous accorda un bref regard puis détourna son visage, menton relevé, nous offrant son gracieux profil. Elle était fort jolie.

Tout l'après-midi, nous suivîmes la ligne de crête. Chaque fois que nous regardions en arrière, Layton et son groupe semblaient de plus en plus éloignés. En fin de journée, nous quittâmes les sommets et descendîmes vers la vallée encaissée dont nous avions longé le versant tout le jour. Nous franchîmes à gué une rivière au lit sableux, où le courant faisait onduler les fougères aquatiques. L'eau était froide et le fond de l'air presque frais. Nous remontâmes sur le talus opposé, couvert de grands joncs qui chatouillaient le ventre des chevaux, et bientôt nous nous retrouvâmes au milieu de collines broussailleuses, le soleil dans notre dos. De ce côté-ci de la vallée, les montagnes semblaient se rapprocher, le paysage était plus verdoyant.

Au soleil couchant, nous avions atteint les contreforts d'un haut massif. La brise fraîche venue des sommets enneigés parvenait jusqu'à nous. Je déroulais ma peau de bison et Ferris préparait à manger, quand nous vîmes une colonne de poussière s'élever dans le crépuscule. J'empoignai ma longue-vue.

— Je te parie que c'est Layton, dit Ferris sans lever les yeux de son fricot.

— Oui. Je reconnais son cheval.

— Nous ne l'avons pas invité, mais ce type n'en fait qu'à sa tête. Il fallait qu'il nous colle aux fesses ! Maintenant, nous allons être obligés de le garder à souper. Sinon, il nous forcera la main.

Ferris sortait rarement de ses gonds. Je voyais bien qu'il était exaspéré par l'intrusion de Layton. Il avait envie de tranquillité, à l'écart de la brigade.

— Quelle plaie ! Il s'imagine que, parce qu'il n'y a pas eu mutinerie, nous sommes amis !

Un quart d'heure plus tard, Layton était là, tirant une mule chargée derrière lui.

— Les Snake m'ont indiqué un autre itinéraire pour le retour, annonça-t-il en descendant de cheval. Moins risqué. Je voulais vous prévenir.

— Je croyais que vous alliez négocier un passage sur leurs terres pour la prochaine saison, remarqua Ferris.

— J'ai écourté ma mission. J'ai jugé plus important de vous indiquer un chemin sûr.

Ferris me coula un regard en coin.

— Merci du renseignement.

— Il faut bien que je protège mon escouade, fit Layton, faussement enjoué.

— Vous avez faim ?

Layton mit son cheval et sa mule au piquet.

— Je ne dis pas non. Ah ! j'ai apporté de quoi vous rincer le gosier !

Il sortit une bouteille de whisky de sa fonte de selle.

— Vous pensez à tout, dit Ferris, radouci.

Il la lui prit des mains et la déboucha. Layton s'assit près du feu. Ferris me tendit la bouteille puis but une gorgée, avant de soulever le couvercle de notre marmite et de verser une grosse louchée dans une écuelle qu'il passa à Layton.

— Vous avez fait un long détour. Allez, mangez.

Layton dormit au bivouac. Le lendemain, il se préparait à retrouver les Snake, avec un tel manque d'enthousiasme que nous nous sentîmes obligés de lui proposer de se joindre à notre périple. La rapidité avec laquelle il accepta nous fit comprendre que c'était bien ce qu'il avait escompté.

Ce matin-là, nous partîmes vers les hauteurs et, au bout de trois heures, nous chevauchions à travers des forêts de mélèzes festonnées de lacs d'un bleu pur, bordés de parois rocheuses. Nous dressâmes le camp au bord d'un joli lac et passâmes deux semaines à chasser, pêcher et explorer les pics environnants.

Ferris emplissait ses carnets de croquis d'arbres et de fleurs ; moi, je noircissais les pages de mon journal de bord, en veillant à ne pas trop verser dans l'émotion et à rester objectif. Et même s'il y avait peu de chances que je puisse l'envoyer, j'écrivis une longue lettre à Alene. J'évoquai en détail notre saison de printemps, sans omettre la joute verbale entre Layton et Pike, laquelle, j'en étais sûr, l'intéresserait beaucoup. Je fis de vagues allusions à la discorde qui régnait au sein de la brigade, en soulignant qu'elle s'était, sinon éteinte, du moins apaisée. Il me paraissait étrange de lui écrire d'un endroit si sauvage et si lointain. Mon avenir se jouerait à ses côtés, je le savais, et cependant, à ma grande honte, je n'avais guère pensé à elle au cours des mois précédents. C'était seulement la nuit que je me sentais proche d'elle et que mon esprit retournait à notre avenir commun. Mon cœur lui appartenait, bien sûr, mais le fait mérite d'être noté : lorsqu'un homme s'engage dans ce combat permanent et risqué qu'est l'existence du trappeur, il lui paraît difficile d'imaginer une autre vie. Il en oublie le monde civilisé. Alene connaissait ce phénomène, voilà pourquoi elle m'avait arraché la promesse de lui revenir avant la fin de l'hiver. Elle m'avait demandé de jurer sur la bible, à raison, car la perspective de passer une année supplémentaire dans les Rocheuses ne m'aurait pas déplu, tant s'en fallait. J'étais heureux de lui avoir fait ce serment qui pourtant freinait mes aspirations profondes.

Les jours s'écoulaient paisiblement. Vers le milieu de la deuxième semaine, alors que nous étions assis devant un feu, Layton nous parla de ses projets d'avenir.

— Jusqu'à présent, j'ai mené une vie de patachon, maintenant je dois songer à me fixer. De retour à Saint Louis, je jetterai mon dévolu sur une dame de qualité.

— Vous êtes bien parti pour ! ironisa Ferris.

— C'est exact. Je serai bientôt millionnaire, et les femmes n'aiment pas manquer d'argent.

— Je ne doute pas que vous parliez d'expérience.

— Tu verras à l'usage, quand tu seras riche, répliqua Layton.

Je ne pus m'empêcher de mettre mon grain de sel.

— Parlez pour vous. Moi, je sais qu'Alene n'est pas une femme intéressée.

— Pourtant, elle a épousé Horace Bailey.

— Et selon vous, uniquement à cause de son argent ?

— La richesse est un puissant attrait, avoue-le.

Il ne me laissa pas le loisir de répondre.

— Ne te méprends pas, Wyeth. Je ne lui tiens nullement rigueur d'avoir contracté un mariage d'argent. Tant mieux pour elle. Je me contente de constater qu'elle a choisi Horace parce qu'il était le plus riche de ses prétendants.

— Plus riche que vous ? s'étonna Ferris.

— Oui, et de beaucoup.

— N'était-il pas simplement son préféré ? relevai-je.

— C'est possible. Pour ma part, mon opinion est faite. Je n'en démordrai pas.

— Je peux vous prouver ce que j'avance, le contredis-je. En dépit de la liasse de billets que vous lui avez fait remettre à Fort Burnham, elle ne vous a jamais porté dans son cœur, ni avant ni après Bailey.

Layton me fusilla du regard.

— Cet argent n'était pas destiné à la séduire. Elle en avait besoin et, contrairement à d'autres, je suis parvenu à le lui faire accepter. Personne ne peut le contester.

— Avouez que votre geste n'était pas gratuit, souligna Ferris.

— Je ne peux, hélas ! le prouver. Étant donné ma conduite passée, je mérite votre suspicion. Pourtant je vous assure que j'ai agi sans arrière-pensée. Je voulais juste l'aider dans une période difficile. Il est vrai qu'à une époque je lui ai fait la cour, comme tous ceux qui ont eu l'occasion de la côtoyer, d'ailleurs. Alene est une femme très attirante. Mais mes espoirs se sont envolés quand elle a épousé Bailey. Je lui ai donné cet argent par pure générosité. J'espérais qu'elle comprendrait que mon aide était désintéressée.

— En tout cas, elle est loin de le penser, soulignai-je.

— Je m'en doute. Alors je compte sur toi, Wyeth, pour intercéder en ma faveur, si tu penses que je le mérite.

Ferris éclata de rire.

— Vous vous imaginez que Wyeth va plaider votre cause auprès d'elle ?

— Je vous répète que j'ai cessé de me bercer d'illusions bien avant que Wyeth ne se déclare. Alene a gardé une fausse idée de moi. J'aimerais qu'il la convainque de ma bonne foi. C'est vrai, je n'ai pas toujours été honnête. Maintenant, je suis différent. Vous le savez.

— À votre place, je ne serais pas aussi définitif. Reconnaître s'être mal comporté ne signifie pas nécessairement avoir changé.

Layton contemplait les flammes d'un air malheureux.

— Avec le temps, vous verrez que c'est la vérité.

— Pourquoi l'estime d'Alene est-elle si importante à vos yeux ? demandai-je.

— Parce que c'est une femme bien, qui m'a connu à la pire époque de mon existence. Si je réussis à la faire revenir sur ses préjugés, je saurai que je me suis amendé. Pour l'instant, il s'agit d'un vœu pieux. Je souhaite qu'il se réalise.

Nous restâmes silencieux, gênés d'entendre ce malappris de Layton prendre au sérieux l'opinion d'autrui. Ce soir-là, je compris que, tout comme j'avais lutté contre les mauvais présages de mon père, Layton bravait le jugement sévère qu'Alene avait de lui. Du moins, c'était ainsi qu'il expliquait son besoin de l'impressionner. Connaissant la haine farouche et quasi irrationnelle qu'elle éprouvait à son égard, gagner sa confiance se révélerait une tâche bien plus ardue qu'il ne l'imaginait. Alene le jugeait responsable de la mort de Bailey, et seul un miracle pourrait lui faire réviser ses positions.

— J'ai mis au point une méthode pour aider Alene, reprit-il au bout d'un moment. Par altruisme, ou plutôt avec l'intention d'améliorer l'image qu'elle a de moi. Ne me jugez pas aussi durement, tant que je n'ai pas commis un acte qui justifierait votre verdict.

— À elle seule, votre vie passée le justifie, dit Ferris en riant. Toutefois, dans notre largesse, nous suspendrons la sentence jusqu'à ce que vous nous fournissiez les arguments nécessaires. Ensuite nous vous clouerons au pilori.

— Je n'en attends pas moins de vous.

Le sujet ne fut plus jamais évoqué, mais je continuai de m'interroger : sa véhémence à se disculper tenait-elle au fait qu'il avait modifié son comportement, ou qu'il tentait désespérément de s'en persuader ?

Ces deux semaines s'écoulèrent sans une ombre au tableau. Cependant, le dernier jour, l'aspect le plus déplaisant de la personnalité de Layton se manifesta à nouveau. À croire qu'il faisait exprès de gâcher toute la bonne volonté dont il avait précédemment fait preuve. Nous avions prévu de nous rendre au bord d'un joli lac que nous avions repéré des sommets. Nous partîmes à midi et, tout au long du trajet, Layton se montra particulièrement odieux. Cette attitude n'aurait pas dû nous surprendre. Dès qu'il avait passé des moments agréables, il en prenait le contrepied de façon systématique, par réaction à la sensation plaisante qu'ils lui procuraient. À croire que ce plaisir l'étouffait. Un mécanisme difficile à cerner – peut-être un rempart le protégeant de tout lien d'amitié durable, peut-être une forme de haine de soi ou d'autosabordage – toujours est-il qu'il devenait insupportable, comme s'il se sentait obligé de neutraliser ces émotions positives par une dose de poison.

Ce jour-là donc, Layton se plaignit de tout, du temps, de l'itinéraire, de sa monture, de la poussière. Il critiquait le rythme trop rapide ou trop lent du cheval de Ferris et ma façon de me tenir en selle. Il avait repris ses détestables manières hautaines, prétentieuses et affectées, tant et si bien que nous faillîmes à plusieurs reprises lui clouer le bec en le menaçant de nos fusils.

Arrivé au lac, Ferris sauta à terre et s'éloigna à travers les joncs, sans doute pour se calmer les nerfs. Il revint au bout d'une dizaine de minutes, traînant derrière lui un radeau fait de rondins reliés par des tendons épissés et du crin de cheval tressé. Sans doute l'œuvre d'un trappeur ayant campé aux alentours pendant l'été. Il le tira vers une crique sablonneuse et resta là, à l'admirer. Puis il grimpa sur l'embarcation, faisant naître des vaguelettes à la surface du lac.

— Tout le monde à bord !

Il saisit un long morceau de bois en guise de perche et effectua quelques allers-retours en eau peu profonde afin d'éprouver la flottaison. Je ramassai une branche cassée à l'extrémité aplatie que j'utiliserais comme pagaie. Layton qui, au départ, semblait vouloir bouder dans son coin, entra dans l'eau, se hissa sur l'esquif et se planta au centre, jambes écartées, visiblement décidé à se laisser transporter. Ce qui n'échappa pas à Ferris, lequel se mit à godiller avec vigueur, jusqu'à lui faire perdre l'équilibre.

— Oh ! le capitaine a chu. Quel dommage !

Je sautai à mon tour sur l'embarcation à l'endroit exact où Layton était tombé, si bien qu'il fut tout éclaboussé. Il se releva, à moitié trempé, ce qui n'arrangea pas sa mauvaise humeur. Je m'installai à l'avant, ma pagaie improvisée en main. Ferris désigna un îlot rocheux au milieu du lac.

— Vent debout, moussaillon !

— Et plus vite que ça ! Ordre du capitaine ! lança Layton.

Nous échangeâmes un bref regard. « Ordre du capitaine ! » C'est ainsi qu'il voyait la situation : lui, le capitaine ; nous, ses matelots. Il ne cherchait aucunement à nous aider et nous criait d'accélérer la cadence.

Une fois éloigné du bord, le radeau vogua tranquillement sur l'eau. À mesure que nous progressions, défilaient des galets, des rochers, des troncs d'arbres immergés. Le lac, entouré de hautes murailles de roche grise, était paisible à cette heure de la journée. Les sons, même les plus ténus, se répercutaient, clairs et distincts, à sa surface. Chaque plongée de perche ou de pagaie propageait une petite houle qui allait mourir en douceur sur la berge, faisant danser les houppes laineuses des grands joncs.

— Nous ramons assez vite pour vous, capitaine ? demanda Ferris.

— Souquez ferme, matelots ! Terre en vue !

À l'approche de l'îlot, nous virâmes vers une anse délimitée par deux rochers en saillie couverts de guano. Les fougères aquatiques ondoyaient mollement à notre passage. L'embarcation racla les galets et s'échoua sans heurt sur le rivage.

Au-delà de la plage sablonneuse s'étendait une bande herbeuse. Quelques trembles au tronc tourmenté bordaient d'une forêt de sapins. Je levai les yeux vers les cimes enneigées. Les parois escarpées de la vallée paraissaient ici plus hautes et plus impressionnantes que de la rive du lac.

Layton bondit sur le sable.

— Je vous préviens si je trouve un trésor ! lança-t-il en s'enfonçant dans le boqueteau de trembles.

Nous restâmes silencieux jusqu'à ce qu'il soit hors de portée de voix, puis Ferris grommela :

— « Souquez ferme, matelots ! » Il s'imagine qu'il est le roi et nous, ses sujets ? Pour la peine, il mérite de nager un peu, tu ne crois pas ?

— Ce serait un juste châtiment.

— Les galériens se soulèvent contre la tyrannie ! En avant !

Nous courûmes au radeau et pagayâmes à l'unisson vers le centre du lac, abandonnant Layton sur l'îlot.

Le soleil se couchait, illuminant d'une vapeur dorée les pics où s'accrochaient quelques lambeaux de nuages. L'air semblait s'être épaissi. Nous avions parcouru cinquante yards quand nous vîmes Layton émerger du bosquet, traînant une longue branche. Ne voyant plus l'embarcation, il comprit que, exaspérés par sa mauvaise humeur, nous l'avions sciemment abandonné. En fait, il s'était mis en quête d'une perche, avec l'idée de nous aider au retour. Je ne dirais pas que j'eus pitié de lui – il était trop arrogant pour susciter un tel sentiment –, mais à le voir là, seul, sans amis, j'éprouvai une pointe de remords.

Il ne nous agonit pas d'injures, ne nous cria pas de revenir. Il partit à longues enjambées, escalada l'un des gros rochers surplombant la crique, porta la main à sa poitrine et poussa un hurlement sauvage qui résonna sur les hautes murailles. Puis, à notre grande surprise, il entonna à tue-tête un air d'opéra. J'ignorais qu'il possédait une voix si magnifique. Elle allait s'amplifiant, répercutée par les remparts de granit. Une vision inattendue, que celle de cet homme immobile, une écharpe rouge autour du cou, appuyé sur une perche au-dessus des eaux argentées, chantant à pleins poumons un air italien, nimbé du poudroiement du soleil couchant.

Nous cessâmes de ramer, écoutant son timbre riche et profond retentir dans le vaste amphithéâtre rocheux. Quand le chant s'éteignit, sans même nous consulter, nous virâmes de bord en direction du promontoire où il était juché. Alors que nous nous approchions, Layton prit son élan, perche à la main, sembla planer et atterrit au centre du radeau lequel, sous le choc, s'inclina dangereusement, chassant des vagues vers la rive.

— En avant, messieurs !

Il planta sa gaffe dans l'eau et se mit à pousser énergiquement, propulsant seul l'embarcation.

Sa méchante humeur avait disparu comme par magie. Durant tout le trajet du retour, il mania sa perche avec une vigueur accrue, comme pour nous démontrer que son « Souquez ferme, matelots ! » n'avait été qu'une plaisanterie. Mais je n'étais pas dupe : nous avions assisté à l'envol de sa part d'ombre, de cette noirceur intérieure qu'il s'efforçait en vain de combattre, de cette lutte intestine entre son complexe de supériorité sur nous tous et sa soif de camaraderie. Une partie de lui-même se rebellait contre toute contrainte, y compris les obligations qu'imposait l'amitié ; l'autre, celle qui mourait d'envie de s'intégrer à notre petit groupe, avait bataillé pour sauver les liens qui s'étaient créés entre nous au cours des semaines précédentes. Je crois qu'il y était parvenu, de justesse.

Le temps de regagner la berge, nous étions revenus en bons termes.

Le lendemain à l'aube, nous descendîmes des hauts sommets, traversâmes la vallée désertique et fûmes de retour au coucher du soleil dans les montagnes de Wind River, où nos compagnons s'étaient regroupés. Nous avions emprunté l'itinéraire conseillé par les Snake, à bon escient, car nous apprîmes que trois trappeurs avaient trouvé la mort sur la crête que nous aurions suivie, si nous n'avions pas tenu compte des conseils de Layton.

Par un après-midi chaud et venteux de la fin d'août, un bruit de fusillade vint interrompre notre labeur. Nous entendîmes d'abord un coup de feu assez lointain, puis d'autres, plus rapprochés. Peu après, en voyant de la fumée s'élever, nous comprîmes que des hommes s'affrontaient dans la plaine poussiéreuse, à l'est des montagnes. Une heure s'écoula. Soudain apparurent trois cavaliers indiens armés de fusils et d'arcs, torse nu, les jambes recouvertes de peaux de daim. L'un d'eux saignait, blessé à la poitrine.

Ils s'immobilisèrent, hors de portée de tir. Layton, Smith et Branch partirent à pied à leur rencontre. Ils discutèrent un bon quart d'heure, puis les Indiens firent demi-tour et s'éloignèrent au petit trot. Smith, Layton et Branch revinrent près du feu que nous venions d'allumer.

— C'étaient des Crow, expliqua Smith. Ils ont coincé un groupe de Blackfoot en haut d'un rocher. Red Elk serait parmi eux. Les Blackfoot ont consolidé leur position. Le chef Long Hair nous demande de l'aider à les en déloger. En échange, nous recevrons deux ballots de peaux, contre quelques cornes de poudre.

— Quel genre d'aide ? s'enquit Pegleg.

— Il y aurait des bastions naturels à trois cents yards de l'endroit où les Blackfoot sont retranchés. Les fusils des Crow n'ont pas une portée suffisante, contrairement aux nôtres. Ils souhaitent que nous détournions leur attention pendant qu'ils les attaquent par-derrière.

Glass, le plus expérimenté de nous tous, se leva et emplit sa corne à poudre, geste inhabituel de la part d'un homme d'ordinaire prudent, qui ne prenait aucune décision à la légère.

— Tu penses que l'échange en vaut la peine, constata Smith.

— Avantageux ou non, nous n'avons pas le choix, expliqua Glass. Nous sommes sur la terre des Crow, de fiers guerriers qui se sont abaissés à nous réclamer du secours. Si nous ne leur prêtons pas main-forte, ils se sentiront humiliés, ils nous traiteront d'ingrats, et nous ne ressortirons jamais vivants de ces montagnes.

La plupart d'entre nous approuvèrent en silence ; nous étions redevables à Long Hair et il avait besoin de notre soutien. En effet, nous n'avions pas le choix. Chacun saisit ses armes, excepté Ferris, qui contemplait le feu d'un air maussade.

— Je n'ai pas signé un contrat de mercenaire, bougonna-t-il.

— Tu as signé pour devenir riche, lui rappela Grignon. Deux ballots en échange d'une poignée de sauvages zigouillés, ça vaut le coup, non ? Qu'est-ce qui te dérange ?

— Rien que tu puisses comprendre.

Smith s'accroupit à son côté.

— Écoute, on s'en occupe. Contente-toi d'agiter ton fusil et de pousser des cris, c'est tout. Prends aussi ton carnet de croquis et tes crayons. Il y aura un beau spectacle.

Ferris réfléchit, hocha la tête, glissa son carnet dans sa veste et se prépara à nous suivre.

Dix minutes plus tard, Smith, Branch, Bridger, Grignon, Pegleg et Glass enfourchaient leur monture. Layton, Ferris et moi fûmes chargés d'enterrer les fourrures dans une grotte avoisinante. Nous avions donc une heure de retard sur les autres. Allais-je manquer l'affrontement ? Lorsque nous atteignîmes la dernière crête qui dominait la plaine, nous vîmes les Blackfoot perchés en haut d'un piton rocheux. À leurs pieds, les Crow se préparaient à les déloger. Nous sautâmes à terre, attachâmes nos chevaux et Ferris commença à croquer la scène qui se déroulait sous nos yeux.

Une zone désertique d'environ un demi-mille entourait l'éminence abrupte où s'étaient réfugiés les Blackfoot. À trois cents yards plus au nord s'élevaient quelques monticules rocheux qui offraient des prises d'escalade et des corniches plates suffisamment larges pour qu'un tireur puisse s'y tenir debout. Pegleg, Grignon et Glass s'y trouvaient déjà en position et tiraient à tour de rôle sur les Blackfoot, lesquels, même bien abrités, ne pouvaient faire feu sans se mettre à découvert. Les tirs de nos longs fusils ne pénétraient pas leurs défenses, mais les empêchaient de viser les Crow. De notre promontoire, j'observais les assiégés à la lunette. Des femmes et des enfants terrifiés étaient recroquevillés derrière les rochers. Les hommes, parmi lesquels je reconnus Red Elk, chargeaient leurs mousquets, retendaient leurs arcs, affûtaient les pointes de leurs lances, se préparant à la bataille.

Entre-temps, Long Hair et ses guerriers s'étaient rassemblés et arrivaient du nord à bride abattue en brandissant leurs armes. Derrière eux, d'autres cavaliers crow divisaient en deux troupeaux des centaines de chevaux réunis dans un corral de fortune.

Layton attendit que Ferris ait terminé son premier croquis et demanda à le voir.

— Très précis et très vivant. Bravo ! D'ici un an, Mr Ferris, artiste renommé à Saint Louis, ne nous dira même plus bonjour dans la rue. À moins qu'il ne reprenne le cabinet médical de papa ?

— Médecin ? Jamais de la vie. Prendre le pouls des riches douairières, non, merci. J'ai l'intention de dépenser tout l'argent de la saison, de terminer quelques tableaux et de repartir à l'aventure. Ce sera vous deux, les gentlemen de Saint Louis. Moi, je continuerai de patauger au milieu des torrents.

— Et de profiter de la vie de trappeur, hein ? Alors que moi, je m'ennuierai à mourir derrière un bureau, occupé à ruiner l'entreprise de mon père.

— Vous vous y êtes déjà longuement entraîné, ironisa Ferris.

— En effet, depuis ma naissance ! admit Layton. Mais avouez que le plus heureux de nous trois, ce sera Wyeth. Bien au chaud aux côtés de sa petite femme chérie, à dilapider l'héritage de Bailey, avec un valet criant : « Laissez passer le gentleman ! »

— Je dilapiderai mon propre argent, rétorquai-je. Preuve que les prédictions de mon père étaient sans fondement.

Ferris lâcha un instant son fusain. Layton eut une moue agacée.

— Que tu fasses fortune ou non, ses accusations étaient injustes. Tu le sais, maintenant ?

— Je le saurai de façon certaine quand je rentrerai riche à Saint Louis.

Layton me coula un regard entendu.

— Le fiel d'un alcoolique aigri a fait de toi un garçon ambitieux. Je me souviendrai de cette méthode le moment venu, pour motiver mes propres enfants.

Ferris, offusqué, s'apprêtait à répliquer, quand nous nous aperçûmes que l'heure de l'assaut avait sonné.

Le premier des deux troupeaux de chevaux, excité par les Crow, se bousculait en direction du champ de bataille. Des cavaliers virevoltaient autour d'eux en faisant claquer des fouets de cuir, afin de les canaliser vers le refuge des Blackfoot et les obliger à tourner autour du piton dans une cavalcade effrénée. Les assiégés tiraillaient au hasard sur l'océan de crinières, sans plus d'effet que sur des vairons au fond d'une mare. Les Crow attendirent qu'ils aient gâché une bonne partie de leurs munitions pour lancer le second troupeau, perpendiculairement à la roche.

D'habiles archers, accrochés au flanc de leur monture, se soustrayaient aux balles et aux flèches ennemies. Aveuglés par la poussière, gênés dans leur tir par celui de nos longs fusils, les Blackfoot ne distinguaient pas les chevaux sans cavalier de ceux portant un homme plaqué contre leur encolure.

Les femmes crow, réunies à cinq cents yards de là, invectivaient l'adversaire et poussaient des glapissements suraigus. Les guerriers prêts au combat vociféraient sauvagement en frappant sur leurs boucliers. L'air était empli d'un tonnerre de sabots et de coups de feu, de cris et de hurlements.

Une première ligne de cavaliers crow arrivait au pied de la paroi. Un par un, ils bondissaient de leur monture pour atterrir lestement sur le rocher. Au bout de quelques secondes, un voile poussiéreux nous masqua la confrontation. Nous ne discernions que les éclairs des coups de feu, zébrant la fumée. Pegleg, Glass et Grignon quittèrent leur position et coururent se jeter dans la mêlée, pistolets braqués. Layton, Ferris et moi descendîmes de notre promontoire et mîmes le cap sur la muraille de granit, désormais à peine visible.

En chemin, nous croisâmes des chevaux qui galopaient à l'aveuglette, affolés, certains criblés de flèches. Les abords du piton étaient encombrés d'animaux blessés, morts ou moribonds, parfois couchés sur des cadavres humains. Le temps que nous l'escaladions jusqu'à son faîte aplati, la bataille avait pris fin. Les Crow, non contents d'avoir terrassé leurs adversaires, fracassaient le crâne des survivants avec le canon de leurs fusils.

N'apercevant Layton nulle part, Ferris et moi reprîmes le chemin de notre promontoire. Nous le retrouvâmes un peu plus loin, au centre d'un cercle de Crow qui retenaient captifs un vieillard et un garçonnet. Layton leur proposa sa longue-vue s'ils leur laissaient la vie sauve. Comptait-il garder les prisonniers comme monnaie d'échange avec les Blackfoot ? Aujourd'hui, je pense plutôt qu'il avait agi par compassion.

Les Crow écoutèrent son plaidoyer avec indifférence. Ils avaient perdu huit hommes au cours du combat et ne paraissaient guère enclins à la clémence. Grignon observait la scène d'un air goguenard. Comprenant que Layton plaidait en pure perte, il prit son pistolet, le posa contre la tempe de l'enfant et fit feu. Le garçonnet s'écroula comme un pantin. Je crus que Layton allait se jeter sur Grignon pour l'étrangler. Celui-ci avait toujours rêvé de « descendre un de ces sauvages ». Il adressa à Layton un petit sourire satisfait et s'éloigna discrètement. L'un des Crow leva alors son gourdin et fracassa la tête de l'aïeul, le tuant net. Layton, sa longue-vue toujours à la main, s'éloigna à grands pas et disparut. Nous ne le revîmes plus pendant une demi-heure.

Entre-temps, Pegleg avait ouvert l'un des ballots de peaux offerts par les Crow et examinait leur contenu. Il en tendit une à Ferris, tout content de lui montrer la belle qualité de la fourrure. Ferris la jeta au sol sans la regarder et se laissa choir parmi les broussailles, perdu dans la contemplation du lieu du carnage.

En l'espace de quelques minutes, des dizaines de pies et de vautours s'étaient abattus sur le charnier. Des chiens harnachés traînaient des victimes mutilées, déposées sur des nattes de corde. Les femmes de la tribu déambulaient dans la poussière, fouettant les cadavres des Blackfoot avec des branches d'épineux.

Certaines avaient noirci leur visage au charbon de bois, d'autres s'étaient tranché une phalange du petit doigt, en signe de deuil.

Nous vîmes passer sur un travois les corps sans vie de deux guerriers, qui s'étaient lancés à la poursuite de Red Elk, lequel était parvenu à s'enfuir en sautant du piton sur un cheval au galop.

Au loin, de jeunes Indiens chargeaient sur une litière la dépouille de Long Hair, tombé de cheval et atrocement piétiné à cent yards du piton. Chef avisé, homme de parole grâce auquel nous avions pu pénétrer dans ce territoire, Long Hair avait quitté ce monde.

Nous étions arrivés sur le champ de bataille en milieu d'après-midi. Au crépuscule, nous avions regagné notre campement, contents de rapporter deux ballots de belles fourrures, mais appréhendant les conséquences de la disparition du grand chef crow.

Par précaution, nous doublâmes la garde plusieurs jours durant et dissimulâmes nos peaux dans différentes caches. Rien ne se passa. Nous continuâmes à travailler sans être inquiétés, sous la protection des montagnes de Wind River. Toutefois, nous décidâmes d'exploiter les cours d'eau les plus éloignés des villages indiens, et donc proches des régions occupées par d'autres brigades.

Un matin, Moses Branch, parti en éclaireur, revint avec une information : un gars de la Compagnie du sud-ouest des Rocheuses lui avait appris qu'un certain Jenks, trappeur indépendant qui avait établi son bivouac près d'un lac voisin, organisait une course de chevaux et offrait son pur-sang andalou au vainqueur.

— Il a vendu son fourniment et ses peaux et souhaite donner son cheval, ajouta-t-il. On dit que ce pur-sang est le plus bel andalou à l'ouest du Mississippi.

— Pourquoi diable veut-il s'en débarrasser ? s'étonna Ferris.

— Parce qu'il ne peut pas le ramener à Saint Louis sur un quillard. Alors il a décidé de s'amuser un peu. Le montant de l'inscription est de trois dollars, ou une peau, au choix.

— Tiens, tiens, je crois que je vais aller poser quelques pièges vers les basses-terres, aujourd'hui, conclut Ferris en se frottant les mains.

— Moi aussi, renchérit Branch.

Nous nous ralliâmes à son idée, heureux de nous rapprocher du lieu de la course, mais bientôt l'envie de poser des pièges nous abandonna. Comme un seul homme, nous quittâmes nos montagnes en direction d'une plaine aride piquetée de touffes de sauge, à l'est de la Wind River. Une cinquantaine de trappeurs et une dizaine d'Indiens avaient déjà installé leurs tentes aux abords du lac, et chaque minute apportait son lot de nouveaux venus. Jenks, un type maigre, à la grosse moustache noire, des peaux de loutres enroulées autour de ses cheveux tressés, gesticulait en braillant :

— Pour vous inscrire, c'est trois dollars ou une fourrure ! Au gagnant le cheval, et à moi la mise !

Un type plein de ressources, ce Jenks. De la pointe de son couteau, il désigna, loin au sud, un piton rocheux sur lequel flottait un drapeau coloré.

— Vous en faites le tour et vous revenez. Peu importe le chemin choisi, c'est votre problème. Attention, ça va sacrément se bousculer ! Le premier qui fait l'aller-retour aura le cheval. Les autres iront se faire voir.

Un trappeur râblé arriva en boitant, chargé d'un lourd baril de chaux muni d'une anse en cuir qui passait par deux trous grossiers. L'homme était saoul, manifestement. Armé d'une sorte de brosse, il traça sur le sol poussiéreux une ligne blanche qui se voulait droite. Ferris, Layton et moi la franchîmes pour aller examiner l'étalon. Une bête magnifique. Plus de seize mains au garrot, superbement découplé, des formes sculpturales. Il paraissait calme et docile.

— Les gars, vous aurez tout le loisir de l'admirer après ma victoire, fanfaronna Layton. Je vous autoriserai même à le tenir par la bride.

— C'est trop d'honneur, patron, ironisa Ferris.

— Et peut-être à lui donner une carotte de temps en temps quand nous serons de retour à Saint Louis.

Il y eut une bousculade parmi les hommes attroupés autour de l'animal. Nous vîmes, menés par leur chef, une dizaine de Blackfoot qui se frayaient un chemin dans la foule. La bataille avec les Crow remontait à trois semaines et Red Elk portait encore une longue balafre sur le front. Soudain, il nous reconnut, ralentit le pas puis désigna le cheval et prononça quelques mots dans sa langue en se frappant la poitrine. Le sens était clair : il affirmait que l'étalon était sa propriété.

— C'est faux ! soutint Jenks. Je l'ai gagné au poker.

— Mon cheval, répéta Red Elk en anglais. À moi, le cheval.

— J'avais une quinte flush ! insista Jenks. Une chance miraculeuse.

— Le cheval, à moi, s'obstina Red Elk.

— Il sera à toi si tu remportes la course.

— Il ne la gagnera pas, intervint Layton. Aucun pur-sang n'est plus rapide que mon Uncle Bill.

— À moi, à moi, à moi, s'entêtait Red Elk, furieux.

Layton l'ignora et passa la main sur l'encolure de l'andalou.

— Mon bel étalon, chantonna-t-il, bientôt tu m'appartiendras.

Il caressait l'animal tout en adressant à Red Elk un petit sourire goguenard, ce qui fit beaucoup rire les trappeurs, auxquels n'échappait pas le comique de la situation, en particulier ceux qui connaissaient Layton : le dandy de Saint Louis se moquant d'un chef indien ! Il flattait le chanfrein du cheval, feignant de ne pas prêter attention à Red Elk. Vexé, celui-ci tâtait avec agacement le manche poli de son tomahawk. Puis, se ravisant, il brandit la hache dans sa direction avant de s'éloigner, dédaigneux.

— Vous vous êtes fait un ami, constatai-je.

— Attends qu'il me voie passer sur ce fringant coursier.

— Ça y est, il est amoureux, railla Ferris.

La course ne débutant qu'à midi, nous partîmes reconnaître le terrain. Entre la ligne de départ et le piton s'étendait un mille de steppe ponctuée çà et là de quelques buttes. À environ un tiers du parcours, le chemin praticable plongeait dans un étroit canyon long d'une cinquantaine de yards puis remontait sur l'autre versant. Ensuite, l'itinéraire le plus direct coupait par un tertre situé entre le canyon et le piton. Je descendis le ravin et gagnai le sommet du tertre, couvert de figuiers de Barbarie et de touffes de sauge. Au loin, j'apercevais trappeurs et Indiens rassemblés sur les bords de l'ovale bleu du lac. Plus au sud, une centaine de chevaux parqués dans un petit enclos naturel se bousculaient et s'ébrouaient nerveusement. Au-dessus d'eux, de grands pélicans blancs tournoyaient, silencieux, dans la lumière de midi. Je notai mentalement l'itinéraire puis revins à la ligne de départ. Red Elk avait déjà enfourché son coursier, un magnifique andalou noir presque aussi beau que celui de Jenks. En me voyant, il me jeta le même regard interrogateur et contrarié qu'il m'avait lancé trois mois plus tôt au campement britannique. J'allais rejoindre Ferris, qui écarta sa jument, me laissant un espace à ses côtés. Tous les concurrents se pressaient déjà derrière le trait blanc. Quelques instants plus tard, Layton surgit au petit trot sur son Uncle Bill et vint se positionner à la droite de Red Elk. Un murmure amusé parcourut les rangs des participants.

Nous étions environ soixante-quinze – Indiens de différentes tribus et trappeurs de toutes nationalités, Français, Anglais, Écossais, Américains, Espagnols, et, surprise, un Suédois –, tous massés côte à côte, à l'affût de la meilleure place, plaisantant, jurant leurs grands dieux de gagner la course. Les squaws s'étaient faites belles, vêtues de robes blanches ornées de piquants de porc-épic. Au milieu de cette joyeuse cohue, Red Elk et Layton s'abreuvaient d'insultes, menaçant de se battre avant même le début de l'épreuve.

Une bouteille de whisky passait de main en main. Lorsqu'elle arriva à Grignon, celui-ci porta le goulot à sa bouche, la vida jusqu'à la dernière goutte et la tendit à Layton, qui la jeta par-dessus son épaule.

— Trop aimable, Grignon.

— De rien, capitaine.

Jenks se faufila entre les chevaux qui piaffaient d'impatience sur la ligne de départ et vint se placer face à nous.

— Écoutez-moi, bandes de bouffeurs de lard et de maïs ! Je prends le prochain quillard et je peux pas emmener cette bête magnifique. Elle m'a sauvé la mise plus d'une fois et ça me fend le cœur de m'en séparer. Elle ira au meilleur d'entre vous, qui la méritera pas, d'ailleurs. Alors, vous foncez jusqu'au piton, là-bas, vous en faites le tour et vous revenez. Prenez le chemin que vous voudrez. Le premier qui revient aura l'andalou.

Il saisit son pistolet et s'assura que le chien était armé.

— Vous en avez assez de m'entendre brailler ?

— Nan, on veut un discours ! beugla une voix parmi les spectateurs.

— Ouais, parle-nous de ta philosophie de la montagne ! hurla une autre.

— Vous voulez la connaître ? La voilà ! dit-il en agitant son pistolet.

La réponse déclencha des rires gras, des sifflets, des hurlements entrecoupés de quintes de toux. Les hommes avinés se donnaient des coups d'épaule et s'assénaient de grandes claques dans le dos.

— À mon commandement…

Jenks alla se placer devant les squaws et quelques trappeurs trop saouls pour tenir en selle. J'aperçus Smith, qui ne prenait pas part à la course. Nous étions tous alignés, cuisse contre cuisse, soixante-quinze cavaliers prêts à en découdre.

L'ombre d'un faucon plana lentement au-dessus de la plaine. Nous attendîmes.

Quelqu'un toussa. Jenks leva son pistolet.

PAN !

Soixante-quinze chevaux bondirent en avant. Celui de Grignon trébucha et tomba, provoquant la chute en cascade de nombreux autres. Ma jument Sophie évita habilement les hommes à terre et je m'élançai à bride abattue dans la plaine. Derrière moi, les gémissements de douleurs, les cris, les injures s'estompèrent. En tête galopait Frazier, un Écossais aux cheveux roux. À ma gauche, Ferris et Bridger. À ma droite, un trappeur anglais nommé Oates. Je regardai sous mon bras et vis surgir de la poussière, juché sur son gigantesque étalon, le chef Red Elk, talonné par Layton, bien calé sur sa selle, très sûr de lui. Plus loin, quelques retardataires cavalaient dans notre sillage. En tout, nous n'étions plus qu'une quinzaine à concourir pour la première place, les autres étant restés enchevêtrés sur la ligne de départ.

Frazier avait remonté ses étrivières au maximum, si bien qu'il était couché sur l'encolure de son cheval, les genoux sous les aisselles. Soudain, un bruit caractéristique de sabots non ferrés me fit comprendre que Red Elk gagnait du terrain. Il n'était plus qu'à vingt pieds. Puis à dix. Il me dépassa, superbe centaure dont le corps musculeux épousait chaque mouvement de sa monture. Il se rapprochait de Frazier et cherchait à le dépasser, mais l'Écossais lui coupa la route. Red Elk fit une seconde tentative, là encore Frazier se déporta pour l'en empêcher. Freiné dans son élan, le cheval de l'Indien broncha, ce qui permit à l'Écossais de le distancer. Red Elk se trouvait à quelques coudées derrière lui. Il porta la main à sa massue, glissée dans un parflèche derrière son dos, s'en saisit et…

Vlan !

Désarçonné, Frazier roula lourdement sur le sol. Le cheval sans cavalier dévia de sa trajectoire. J'entendis Ferris vociférer :

— Fumier !

— Dommage que je n'ai pas mon fusil ! gueula Layton, quelque part derrière moi.

Je jetai un coup d'œil par-dessus mon épaule et vis Frazier se relever et s'éloigner en boitillant.

Red Elk menait désormais la course. La jument de Ferris m'avait dépassé d'une épaule. Layton se trouvait à ma droite, légèrement en retrait. J'étais certain qu'il retenait son Uncle Bill, d'ordinaire bien plus rapide que ma Sophie.

Nous fîmes le tour de la première butte et amorçâmes la descente du ravin. Son sol de sable ocre rouge se transforma bientôt en roche dure. Soudain une chaleur étouffante nous enveloppa. Dans l'air immobile, le bruit des sabots se répercutait sur les parois de grès aux formes biscornues. Nous louvoyâmes entre d'énormes blocs de rochers et, au bout du canyon, débouchâmes dans la plaine, Red Elk toujours en tête, précédant Ferris, moi, Layton, Bridger et Oates, juché sur son grand poney pie. Les autres étaient loin derrière.

Nous nous engageâmes dans le lit peu profond d'un ruisseau asséché qui longeait la base du piton. Alors que je négociais un virage serré, je faillis entrer en collision avec Ferris qui se remettait en selle. Il avait dû être éjecté en prenant la courbe trop vite. Par miracle, je l'évitai de justesse. Il agita la main pour signifier au concurrent suivant de ralentir. Entendant des hennissements affolés, je me retournai et vis Uncle Bill, lancé à fond de train, se jeter sur la jument de Ferris. Mes deux compagnons et leurs montures se retrouvèrent les quatre fers en l'air, dans un nuage de poussière vermillon. Bridger et Oates les doublèrent comme ils le purent.

Une fois accompli le tour du piton, je repartis en sens inverse dans la plaine. Restait la seconde moitié du parcours. Red Elk cavalait toujours en tête, je le suivais à quinze pieds, talonné par Bridger et Oates. Layton et Ferris, remis en selle, galopaient ventre à terre pour nous rattraper.

J'approchais de l'éminence d'où j'avais observé l'itinéraire une heure plus tôt. Red Elk la contourna par la gauche. Je l'imitai, puis au dernier moment me ravisai et choisis plutôt de la gravir. J'émergeai au sommet, zigzaguant entre les buissons de sauge. La nappe bleue du lac s'étendait à mes pieds, toujours survolée par les pélicans. À l'ouest, j'aperçus, éclairés par une belle lumière automnale, les triangles blancs des tipis et les robes tachetées des chevaux parqués dans le corral. Je dévalai le versant et me retrouvai au coude-à-coude avec le chef blackfoot, trois pieds séparant les flancs de nos montures. Nous aurions presque pu nous toucher. Il me regarda. Le voyant passer la main derrière son épaule, je crus qu'il allait s'emparer de sa massue et m'assommer. Il n'en fut rien. Il ne cessait de m'observer du coin de l'œil alors que nous filions comme le vent, côte à côte ; hélas ! insensiblement, il grignotait du terrain.

J'éperonnai ma jument et, un bref instant, je crus mener la course. Oh ! comme j'avais envie de la remporter, pour prouver à tous ces hommes que j'étais leur égal et aussi assouvir enfin ma soif inextinguible de réussite, de gloire, de reconnaissance. Je poussai Sophie au maximum de ses possibilités, rêvant déjà de victoire, mais elle eut beau donner tout ce qu'elle pouvait, l'étalon de Red Elk était plus puissant qu'elle et son cavalier meilleur que moi.

Un rapide coup d'œil sous mon bras m'apprit que Layton avait dépassé Bridger et Oates. Red Elk avait désormais plusieurs longueurs d'avance. Nous approchions du petit canyon qui partait à angle droit vers le sud-ouest. J'avais calculé que le chemin le plus rapide était de descendre sur son versant gauche, d'en longer le fond, puis d'en remonter le flanc nord et de terminer la course par un quart de mille sur terrain plat. Sentant la victoire m'échapper, plutôt que de suivre Red Elk dans le canyon, j'escaladai la corniche jusqu'à l'endroit où les deux bords du ravin étaient séparés d'environ quinze pieds, et piquai Sophie pour la diriger vers le précipice. Au début, elle regimba, mais devinant mon intention, cette gentille bête obéissante et volontaire se rua en avant avec enthousiasme. Juste à l'instant où nous atteignîmes le bord du précipice, la voix d'Alene me murmura : « William ! » Je sais, c'est inexplicable, cependant je l'entendis distinctement, comme si elle avait chuchoté à mon oreille pour me ramener à la raison. Trop tard. Sophie avait déjà sauté et je m'élevai avec elle dans les airs. Nos deux ombres obscurcirent le fond du ravin où galopait Red Elk. Surpris, il leva les yeux et vit passer une jument et son cavalier en diagonale à quarante pieds au-dessus de sa tête. Sophie se réceptionna de l'autre côté, trébucha, se rattrapa in extremis, et nous fonçâmes vers la foule gesticulante et bruyante d'hommes saouls et de squaws déchaînées qui trépignaient derrière la ligne d'arrivée. Red Elk déboucha du canyon, excitant désespérément sa monture, mais trop tard. Moi, William Wyeth, et Sophie, ma brave jument de trois ans, avions remporté une victoire éclatante sur tous les trappeurs et les Indiens de la région.

La foule se referma sur nous et je fus littéralement soulevé de ma selle. Jenks s'avança, tenant son étalon par la bride, et me jeta la longe. Au-delà de cette cohue braillarde, j'aperçus Layton. En me voyant, il se détourna, furieux. Lui qui aimait tant jouer était un très mauvais perdant. Pegleg lui emboîta le pas, s'amusant à le provoquer. Soudain, je sentis que l'on m'arrachait la longe des mains. C'était Red Elk.

— Cheval à moi ! À moi !

Je voulus lui reprendre la longe. Il levait son énorme massue quand il fut brutalement projeté au sol. Layton se tenait au-dessus de lui en hurlant :

— Wyeth a gagné, espèce de salopard !

Red Elk roula sur lui-même pour échapper aux coups de botte. Il se releva, saisit sa massue, mais déjà Pegleg pointait son pistolet à deux pouces de sa tempe. Quelques secondes plus tard, les gueules de quarante fusils étaient braquées sur lui. Comprenant la folie de son geste, Red Elk abaissa son arme et la remit avec flegme dans son parflèche. Il épousseta son torse et prit la parole, sans nous quitter des yeux. Moses Branch servit d'interprète.

— Vous avez aidé les Crow à massacrer les hommes de ma tribu. Maintenant, vous volez mon cheval.

— Wyeth ne l'a pas volé, répliqua Layton. L'étalon est la récompense promise au vainqueur de la course.

— Je sais où vous posez vos pièges. Et je connais les régions que vous devez traverser pour rentrer chez vous.

Sur ces paroles menaçantes, il nous tourna ostensiblement le dos et s'éloigna. Il y eut un long silence, puis Pegleg tendit une bouteille à Layton.

— Tenez, buvez un gorgeon. Demain vous risquez de tâter de son couteau à scalper.

La phrase déclencha des commentaires amusés de tous les trappeurs qui faisaient cercle autour de nous en trinquant à ma victoire. Malgré cette liesse générale, je ne parvenais pas à oublier le regard haineux de mon rival.

En fin d'après-midi, nous quittâmes les abords du lac et repartîmes vers nos montagnes. Je menai le pur-sang par la longe, fier de posséder ce bel animal, pourtant peu adapté aux rudes équipées des saisons de trappe. Durant tout le trajet, nous craignîmes de tomber dans une embuscade tendue par les Blackfoot, mais finalement nous atteignîmes sans encombre notre campement.

J'interromps mon récit pour reparler de Max Grignon, la seule brebis galeuse de la brigade. Ce triste sire prétendait à une élégance qui nous faisait beaucoup rire. Avec son gilet maculé de taches, sa moustache huilée, ses cheveux roux mal peignés et sa chemise de calicot déchirée, il ressemblait davantage à Pegleg et à Bridger qu'à un gentleman de Saint Louis. Durant la seconde moitié de la saison, alors que les relations avec ses hommes s'étaient améliorées, Layton commença à tourner en ridicule les manières de Grignon, au grand amusement du reste de la bande. Se jugeant responsable de l'embauche de ce fainéant fourbe et lâche, Layton cherchait à se rattraper en se moquant de lui. Et, comme il ne faisait jamais dans la demi-mesure, il poussait ses sarcasmes à l'extrême, si bien qu'à l'automne ses railleries impitoyables avaient atteint des proportions absurdes. Par exemple, un soir qu'il rencontrait des problèmes de calcul, il réclama, avec le plus grand sérieux, l'aide de Grignon, déclenchant les ricanements de toute la brigade. Une autre fois, alors qu'il avait escaladé un piton rocheux et que nous lui demandions ce qu'il voyait de là-haut, il hurla qu'il apercevait Grignon genou à terre devant une demoiselle. Un matin, il le pria de lui prêter son gilet, afin d'impressionner les Indiens et, un peu plus tard, il appela des squaws au moment où Grignon baissait ses jambières pour se soulager. Ces quolibets étaient incessants et j'avoue que nous n'étions pas les derniers à le brocarder.

Grignon était un individu des plus déplaisants, flagorneur, vantard et rusé, aux idées pernicieuses. Malgré tout, on devinait chez lui un besoin d'amitié et de respect. Je suppose que nous aurions dû le prendre en pitié et nous efforcer de l'intégrer à l'équipe. Mais, s'il avait un côté pathétique, Grignon n'en était pas moins dangereux. Nous aurions mieux fait de ne pas l'oublier.

Certes, je parle de cela rétrospectivement. Car au cours de ces mois paisibles passés à poser nos trappes dans la bonne humeur quasi générale, la perspective de faire fortune avait endormi notre vigilance.

Vers le milieu de l'automne, nous avions accompli un miracle que nul ne croyait possible : une récolte moyenne de deux cent cinquante à trois cents peaux par trappeur, la plus considérable jamais réalisée par une petite brigade dans toute l'histoire du commerce de la fourrure. Si nous parvenions à ramener nos ballots de peaux à Saint Louis, non seulement nos vies allaient changer, mais les frontières de l'Ouest entre l'Amérique et la Grande-Bretagne seraient sans nul doute renégociées. Cependant, à l'approche de la fin de la saison, l'inquiétude nous gagnait. Comment rejoindre Saint Louis en toute sécurité ? Les Blackfoot avaient juré de se venger, le capitaine Pike avait promis une prime à quiconque s'emparerait de nos fourrures ;

or, tous les trappeurs de la région savaient que nous transportions une fortune.

Un soir d'octobre, alors que Ferris et moi nous apprêtions à souper, Layton s'approcha du feu et s'assit à nos côtés, l'air content de lui.

— Que se passe-t-il ? demanda Ferris. Pourquoi ce sourire réjoui ? Vous avez quelque chose à nous annoncer ? Allez-y, lâchez le morceau.

— Je ne peux pas simplement vous tenir compagnie ?

Ferris s'adressa à moi.

— Il nous prend pour des simples d'esprit, tu crois ?

Layton goûta un peu de la sauce qui mijotait dans la marmite et émit un clappement satisfait.

— Mangez bien, les gars. Profitez-en. Demain, nous partons en vadrouille.

— Les rivières du coin ne vous suffisent pas ?

— Je ne cherche pas de nouvelles zones de trappe, mais au contraire un moyen de les quitter.

Nous demeurâmes un moment silencieux, comprenant où il voulait en venir.

— Par le territoire espagnol ? hasardai-je.

— Pourquoi pas ?

— Ce n'est pas la route la plus rapide, souligna Ferris.

— En tout cas, la moins risquée. Nous ne rencontrerons pas beaucoup d'Anglais, vers le sud. Et là-bas, peu de gens sauront ce que nous convoyons.

Devant la mimique réticente de Ferris, il ajouta :

— Les six autres continueront de poser des pièges. Si nous trouvons un passage sûr, nous sauvons la brigade. Et pensez à emporter vos plumes et vos carnets. Les régions que nous traverserons n'ont jamais été décrites. Des objections ?

Ferris hésitait encore. Il ne voulait pas passer pour un tire-au-flanc vis-à-vis de nos camarades, mais il finit par se ranger à l'idée.

— Quand comptez-vous lever le camp ?

— Demain au lever du soleil. Tu seras prêt ?

— Bien sûr.

— Et toi, Wyeth ?

— Moi ? J'aurais préféré faire la grasse matinée.

Layton sourit et me lança une brindille à la figure.

Le lendemain, nous expliquâmes à nos compagnons envieux que nous partions étudier les possibilités de sortir de ces montagnes sans être repérés. Nous mîmes cap au sud et, durant dix jours, cheminâmes à travers un paysage vallonné de collines arides puis franchîmes des cols enneigés. Nous dormions dans des broussailles ou des bois touffus. Cette année-là, l'automne était anormalement sec et froid. Au fond des vallées, nous croisions des trappeurs indiens, américains ou espagnols à moitié morts de faim – le gibier était rare et les castors avaient disparu des cours d'eau impitoyablement pillés. Je pensais au stock de bonne viande que nous avions laissé pourrir derrière nous, aux cadavres de bisons en putréfaction, après la grande chasse. Quel gâchis ! Le saccage des rivières par des brigades de plus en plus nombreuses transformerait bientôt cette nature riche et indomptée en désert cartographié, surexploité et hostile. Peu d'hommes se souviendraient de ce pays tel qu'il avait été dans sa glorieuse pureté originelle. J'étais heureux de l'avoir connu ainsi et de ne pas avoir passé ma dernière saison entouré de pauvres diables affamés et désespérés.

Au dixième jour de notre périple, à mesure que le relief s'adoucissait et que le temps se faisait plus clément, nous atteignîmes une crête d'où nous aperçûmes en contrebas un vallon verdoyant où paissaient des chevaux et du bétail. Le tintement de clarines montait jusqu'à nous. Je n'avais pas entendu ce son depuis bien longtemps. Au-delà des champs labourés se dressait le clocher d'une église aux murs chaulés.

— Ça vous dirait d'aller saluer ces conquistadors ? proposa Layton. Ils offriront certainement à des gentlemen comme nous une goutte de cognac dans des verres en cristal.

Ferris poussa un profond soupir et détourna les yeux.

— Ce sont des Espagnols, Layton. Ils n'aiment pas les trappeurs américains. Leur premier geste sera de nous arrêter.

— Désormais, ils ne sont plus espagnols. Ils sont mexicains. Nuance. Ils nous réserveront un bon accueil.

— Si vous le dites.

Layton eut un raclement de gorge impatient.

— Nous venons de chevaucher dix jours pour déterminer nos chances de passer en sécurité par le sud. Comment y parvenir sans rencontrer auparavant les hommes qui verront notre train de bêtes chargées de ballots traverser leur territoire ? Contentons-nous de leur dire que nous sommes trois audacieux gentlemen voyageurs venus de Saint Louis et souhaitant gagner Santa Fe sans risque. Je vais donc leur rendre visite. Qui me suit ?

Sans attendre de réponse, il entama la descente. Je regardai Ferris.

— Ce n'est pas une bonne idée, déclara-t-il.

— Entièrement d'accord.

Néanmoins, nous piquâmes nos montures vers le vallon.

Une dizaine de minutes plus tard, nous vîmes un groupe de cinq cavaliers trotter dans notre direction. Ils portaient des casques d'acier et de longues lances à la lame incurvée. Rapides comme l'éclair, trois lévriers traversèrent les champs et bondirent autour de nous, affolant nos chevaux. À deux cents yards de là, des Indiens qui bêchaient la terre interrompirent leur labeur pour observer les soldats qui nous encerclaient, lances dardées, comme s'ils s'apprêtaient à éventrer nos montures. L'un d'eux, monté sur un cheval bai, sabre recourbé à la ceinture, nous dévisagea d'un air hautain.

— *¡ Hola, señor !* fit Layton d'un ton faussement enjoué.

— *Ustedes están ingresando a las tierras de San Cristóbal.*

— *Somos caballeros de la carretera y venimos a ver al administrador para pedirle permiso para pasar por sus tierras. Nos dirigimos rumbo a Santa Fe*, répondit Layton dans un espagnol hésitant.

— *¿ Usted es francès ?*

— Non, américain.

Layton reprit à notre intention :

— En gros, je lui ai dit que nous étions des gentlemen en excursion et que nous cherchions la route de Santa Fe. Je crois que ça a marché.

— Si vous le dites, bougonna Ferris.

L'homme au sabre prononça quelques mots en espagnol. Aussitôt, les quatre autres cavaliers nous prirent en étau et nous firent signe de les suivre.

Nous empruntâmes un sentier qui serpentait à travers champs. Tout au long du parcours, des Indiens appuyés sur le manche de leur houe nous regardaient passer. Les cloches de l'église se mirent à sonner.

Un quart d'heure après, nous entrions dans un village ceint de murs blanchis à la chaux. À l'intérieur, nous découvrîmes un verger de pommiers et de poiriers. Sur la place de l'église au clocher surmonté d'une immense croix, des enfants indiens jouaient avec des cerceaux multicolores, à l'ombre d'un chêne majestueux.

Les soldats firent halte, nous intimèrent de mettre pied à terre et ordonnèrent à des Indiens de mener nos chevaux aux écuries. Ils allèrent ensuite s'asseoir sous le chêne, posèrent leurs lances sur ses racines apparentes et nous dévisagèrent.

— Qu'est-ce qu'on fait ? demandai-je à Layton.

— On attend.

— Alors, vous aviez tout prévu, hein ? ricana Ferris. Regardez-nous : trois types qui viennent de toute évidence de zones de trappe. Ils vont deviner notre intention d'ouvrir une route commerciale vers Santa Fe, ce qui est la vérité, et ils nous arrêteront à coup sûr.

Du coin de l'œil, je vis des palefreniers étriller nos chevaux et leur donner du grain.

— Vous voyez, ils les nourrissent, remarqua Layton.

— Ils sont espagnols, rétorqua Ferris. Ils aiment les chevaux. Mais pas les Américains.

L'un des lanciers s'avança vers nous et, par signes, réclama nos fusils. Après réflexion, il prit aussi les pistolets. Il retourna sous le chêne et donna le Collier de Layton à son voisin, qui l'examina sous toutes les coutures et fit mine de viser. L'arme passa ensuite de main en main, jusqu'à ce qu'il revienne au premier, lequel, s'approchant de nous, braqua l'arme et fit le geste de tirer. Constatant l'absence de bassinet à poudre, il lança un regard interrogateur à Layton. Celui-ci secoua la tête pour lui signifier qu'il n'y en avait pas. Le soldat rejoignit ses camarades et leur parla avec animation en brandissant le pistolet.

— J'ai combien de chances de le récupérer, à votre avis ? hasarda Layton.

— Aucune, répondit Ferris.

— Au moins, nous sommes d'accord sur un point.

On entendit un cliquetis de chaînes. Des soldats avaient sorti d'une geôle de pierre sèche cinq Indiens, les fers aux pieds, et les traînaient au centre de la place. Là, un Espagnol à la barbe noire, vêtu d'une chemise blanche, brandit un long fouet et s'acharna sur l'un des prisonniers jusqu'à ce qu'il s'effondre. Le barbu s'essuya le front pendant que les soldats évacuaient l'Indien inanimé. Il s'attaquait à sa deuxième victime, quand la porte d'une imposante bâtisse s'ouvrit sur un élégant hidalgo, au bouc soigneusement taillé, aux mains fines. Il s'arrêta sur le perron et cligna des paupières, ébloui par le soleil. Layton s'avança vers lui, tout sourire.

— *¡ Hola, señor ! Gracias por sus hospitalidad.*

L'homme grimaça, dérangé par l'horrible accent de Layton.

— Je parle anglais aussi bien que vous, lâcha-t-il froidement.

— Content de vous l'entendre dire.

— Suivez-moi, messieurs.

Il nous précéda dans un vaste salon au mobilier sombre, de style espagnol, éclairé par des panneaux vitrés. Des lustres de cristal pendaient du plafond, des napperons de dentelle blanche ornaient fauteuils et guéridons. Des domestiques indiennes, vêtues à l'européenne, s'affairaient en silence.

Il s'assit à son bureau sur lequel étaient posés un encrier, une liasse de papier parcheminé et un registre couvert d'une écriture fine et serrée.

— Je me présente : Emilio Echevaria, ancien administrateur de la Nouvelle-Espagne, aujourd'hui république du Mexique. J'ai en face de moi trois trappeurs américains entrés sans autorisation sur le sol mexicain, en violation du traité d'Adams-Onis[1]. Conclusion : vous serez détenus ici jusqu'à ce que l'affaire soit clarifiée. Je devrais recevoir une réponse de la capitale d'ici un mois.

Il plongea sa plume dans l'encrier.

— Vos noms ?

— Je m'appelle Henry Layton. Je ne suis pas trappeur, *señor*. Mon père est un grand propriétaire foncier, industriel à Saint Louis. Nous étions partis à l'aventure étudier la nature et voyagions, par commodité, avec une brigade. Nous nous sommes malencontreusement égarés, et nos pas nous ont menés aux abords de votre village. Nous vous saurions gré de nous indiquer le plus sûr chemin pour gagner Santa Fe, afin de rentrer chez nous sains et saufs. L'annonce de notre arrestation sera très mal perçue à Washington, où l'on prendra certainement des mesures de rétorsion.

La plume d'Echevaria resta un moment suspendue en l'air.

— Répétez un peu : vous êtes quoi ? reprit-il d'un ton sarcastique.

— Trois intrépides voyageurs qui étudions l'histoire naturelle de la région.

1. Traité signé le 22 février 1819 entre les États-Unis et l'Espagne, qui définissait la frontière entre les deux pays, de la Floride à l'océan Pacifique.

— Je constate à votre tenue que vous avez étudié le terrain au point de ressembler à de vrais montagnards, ironisa Echevaria en reprenant son compte rendu. À mon avis, vous êtes bien des trappeurs et vous cherchez à établir une route commerciale vers Santa Fe, laquelle, une fois tracée, ouvrira la voie à vos compatriotes.

— Si nous avons l'air de trappeurs, c'est parce que nous côtoyions de rudes gaillards auprès desquels nous avons souffert de nombreuses privations. Nous sommes, grâce à Dieu, parvenus jusqu'à cette oasis de civilisation. Mon ami, ajouta Layton en me désignant, est étudiant en droit et, à ses heures perdues, il compose des poèmes.

— Un passe-temps bien inutile.

— Vous n'êtes pas le seul à le penser, répondis-je. Mon père serait d'accord avec vous.

Echevaria esquissa un sourire sans joie. Il portait une redingote boutonnée jusqu'au cou. Chacun de ses gestes paraissait curieusement alangui.

— La Providence nous a permis d'arriver dans votre magnifique colonie, reprit Layton, plus flagorneur que jamais.

— Permettez-moi de ne pas partager votre opinion. Nous sommes isolés au beau milieu d'un désert aride, entourés de barbares, à cinq cents milles de la capitale.

— En tout cas, l'endroit est plus agréable que n'importe quelle colonie américaine.

— Je n'en doute pas. Pourtant loin de satisfaire les aspirations d'un gentilhomme espagnol, si différentes de celles d'un Américain.

— Je l'admets volontiers, compatit Layton. *Señor* Echevaria, nous remettons notre sort entre vos mains.

— J'aimerais me montrer clément, croyez-moi, toutefois comprenez ma position. Je ne suis pas régisseur d'une hacienda, mais administrateur d'un immense territoire, et j'ai reçu des instructions spécifiques quant au traitement réservé à nos envahisseurs.

— Loin de nous l'idée de vous envahir ! s'exclama Layton. Comme je vous l'ai dit, nous sommes arrivés ici par le plus grand des hasards et nous faisons appel à votre bienveillance.

— Une bienveillance dont les limites sont sans cesse mises à rude épreuve, Mr Layton. J'administre une région frontalière, éloignée de toute civilisation et reliée à la capitale par de misérables sentiers de terre battue. Au nord, les Britanniques ont érigé leurs forts, nos montagnes pullulent de trappeurs français et le désert grouille de Russes. Sans oublier vos compatriotes qui écument nos rivières avec une rapacité croissante. De toutes ces menaces, leur présence est la plus préoccupante. Pour les Américains, la conquête de l'Ouest ne s'arrêtera qu'au Pacifique. Je le sais. Ils sont prêts à affronter la maladie et la famine. Représailles et arrestations n'ont aucun effet sur eux. Au contraire, elles semblent les inciter à poursuivre leur avancée. Ma seule protection réside dans la crainte inspirée par les Comanches, qui ont fait davantage pour défendre nos frontières que tous mes soldats réunis. Mais même ces Indiens sanguinaires échoueront à stopper les hordes de colons, si une piste est ouverte pour gagner Santa Fe. J'ai l'ordre d'appréhender tous les étrangers, en particulier les Américains, surtout ceux qui rêvent d'établir une route commerciale jusqu'à Santa Fe.

— Nous cherchons justement à éviter cette route, riposta Layton. Le récit de nos déboires, l'hostilité des populations indiennes seraient de nature à décourager quiconque souhaiterait emprunter notre itinéraire. Mon ami – une fois encore, Layton me désigna – compte écrire à son retour la chronique de notre odyssée. Si l'histoire doit être contée à tous, il nous faut parvenir sains et saufs à Saint Louis.

Echevaria nous dévisagea en silence. Pas question de lui cacher que nous avions séjourné des mois dans les Rocheuses. À l'instant où il reprenait sa plume, Ferris lui demanda :

— Puis-je vous emprunter une feuille de parchemin ?

Sans attendre de réponse, il lui prit la plume des mains et, rapidement, esquissa son portrait. La ressemblance était frappante.

— Je me destinais à la médecine, expliqua-t-il. Et j'ai terriblement déçu mon père en partant découvrir le pays des fourrures afin de parfaire mes talents artistiques.

— Je vois. La pratique plutôt que la théorie...

— En effet.

Ferris termina son croquis, le plaça devant notre hôte puis sortit son carnet de sa veste et le lui tendit.

— Voici une partie de mon travail, effectué au cours de nos pérégrinations. J'ai l'intention de coucher ces dessins sur la toile, dans mon atelier, dès mon retour à Saint Louis.

Echevaria prit le carnet sans enthousiasme et l'ouvrit à la première page. Surpris, il leva les yeux vers Ferris puis continua de le feuilleter, observant chaque croquis avec intérêt.

— Je ne m'attendais pas à cela. Ils sont excellents.

— J'apprécie votre discernement, monsieur. Voyez-vous, nous avons pris la route pour trouver l'inspiration, et nous avons failli y perdre la vie. Nous vous supplions de nous accorder l'hospitalité et de nous indiquer le moyen de rentrer chez nous sans encombre.

L'administrateur referma le carnet et s'adressa en espagnol à l'une des domestiques. Quelques instants plus tard, elle déposait à l'intention de chacun de nous un verre en cristal taillé, empli d'une eau bien fraîche. Je m'efforçai de boire lentement.

— Pardonnez-moi, messieurs. J'ai beaucoup de soucis.

— Nous n'en avons qu'un seul, *señor* : trouver une route sûre, répondit Layton.

— C'est envisageable. Je vous donne une chance, une seule, et non sans contrepartie. En tout cas, vous ne prendrez pas la direction souhaitée. Estimez-vous heureux que je ne vous retienne pas prisonniers.

J'entendis Ferris pousser un discret soupir de soulagement. Echevaria reprit son rapport. Au bout d'un moment, sans lever la tête, il ordonna à un valet :

— Amenez ces messieurs aux cuisines et veillez à ce qu'ils soient nourris. Ensuite, faites-les sortir par la porte de service.

Une heure plus tard, nous fûmes reconduits sur la place de l'église. Les Indiens flagellés gisaient, somnolents, à l'ombre du chêne. Nos chevaux, pansés et sellés, nous attendaient. Du perron, l'administrateur fit signe à des soldats d'approcher. On nous rendit nos couteaux, nos fusils et nos pistolets, sauf, bien sûr, le Collier de Layton, qui fut remis à Echevaria. Il l'examina avec attention, tout en écoutant les explications données par l'un des soldats.

— Ingénieux, conclut-il en glissant le pistolet sous sa chemise. Barbare, mais ingénieux. Bien, messieurs, vous serez escortés jusqu'à la limite du district et on vous indiquera la route qui mène au nord-ouest. Après une journée de marche, vous rencontrerez un groupe de trappeurs passé illégalement de ce côté-ci de la frontière. Vous camperez avec eux et ensuite vous trouverez un chemin sûr pour retourner dans votre pays. Je leur envoie des messagers cet après-midi même. Je vous avertis : si vous quittez l'itinéraire recommandé, vous serez arrêtés. Si vous tentez de transporter des fourrures par cette route, vous passerez devant un tribunal qui vous condamnera à mort pour espionnage. Si vous vous montrez à Santa Fe, si vous tentez de recruter des hommes ou si, pour une raison ou pour une autre, je vous revois ici, vous serez abattus sans sommation. Au revoir, messieurs.

Il s'apprêtait à rentrer dans la maison quand Layton lui demanda, en désignant les Indiens :

— Qu'ont-ils fait, pour mériter un tel châtiment ?

— Ils ont osé faire du troc avec une brigade de trappeurs américains.

Cinq minutes plus tard, nous chevauchions au fond du vallon, suivis de près par cinq soldats, qui peu à peu ralentirent l'allure et tournèrent bientôt bride pour regagner le village.

— Trois audacieux gentlemen voyageurs ! m'exclamai-je. Quelle imagination, Layton !

— Ce n'est pas ma langue, mais la plume de Ferris qui nous a sauvés, corrigea-t-il. Bravo, Walter.

— Je dirais que c'est l'effet combiné de nos trois personnalités, répondit Ferris. Finalement, nous n'avons peut-être pas l'air de vrais trappeurs.

— Mais nous en aurons vraiment l'air si toute la brigade passe par ici avec des bêtes chargées de ballots, soulignai-je. Quelles chances avons-nous d'emprunter cette route sans risque ?

— Nous les avons précisément évaluées : aucune, déclara Layton. Impossible de convoyer nos fourrures par le sud.

— Au moins, nous sommes fixés, dit Ferris.

Au loin, le sentier bifurquait vers le nord et au-delà se découpaient des pics déchiquetés. Nous étions en fin d'après-midi, pourtant il faisait bon. On se serait cru en été. Les collines environnantes verdoyaient encore et les taillis bruissaient de pépiements d'oiseaux. Nous avions couvert quelques milles quand Ferris entonna une chanson de marin, *Les Bancs de Terre-Neuve*. Nous nous joignîmes à lui et nous époumonâmes en chœur :

Nous briquerons le pont à la pierre à poncer
Car, du nord-ouest, les vents glacés
Soufflent sur les bancs de Terre-Neuve.

Il nous avait fallu dix longues journées pour atteindre la limite sud des hautes montagnes. Désormais nous étions contraints de repartir vers le nord, et, perdus dans ces vastes solitudes, nous chantions à tue-tête.

Le lendemain matin, Layton se leva d'humeur exécrable. Il pestait contre le froid, le feu mal entretenu, l'inutilité de cette expédition. L'idée de retrouver la monotonie de notre quotidien et surtout celle de retourner à Saint Louis le déprimaient. Il se plaignait de la difficulté du transport des fourrures, de la stupidité de s'être lancé dans le commerce des peaux, entreprise risquée s'il en fut, pleine de chausse-trappes, pour laquelle il avait emprunté à des taux usuraires – d'après lui, il avait bien plus à perdre que nous. Bref, sa vie n'était que misère et tourment.

Nous l'écoutâmes ronchonner sans faire de commentaires, car tenter de le contredire ne faisait qu'accroître son amertume. À plusieurs reprises, il tenta de se contenir, comprenant le ridicule de son attitude ; mais, incapable de se taire, il nous abreuva de ses insupportables jérémiades, au point que, excédés, nous étions prêts à le menacer de nos fusils pour lui rabattre le caquet. Dans ces moments-là, il se montrait le plus prétentieux, méprisant et égoïste des individus.

En milieu d'après-midi, nous atteignîmes le campement dont nous avait parlé Echevaria, un assemblage disparate de trappeurs de nationalités différentes et d'au moins cinq cents Indiens, qui avaient dressé leurs tentes au fond d'une étroite vallée à la frontière du Mexique et des États-Unis. Une dizaine de contrebandiers venus de Santa Fe avaient apporté, à dos de mule, des vivres et de l'outillage. Ils vendaient, moyennant des prix prohibitifs, poudre noire, louches, moules, tabac, hachettes, couteaux, ustensiles et provisions diverses, étalés sur de vieilles couvertures à même le sol. Des trappeurs avinés engloutissaient tout leur argent en alcool et cadeaux pour les squaws.

Ferris négociait le montant d'une bouteille de whisky quand des cris et des hurlements s'élevèrent à distance, au-delà d'une futaie de peupliers. Intrigués, nous nous tournâmes vers ce tumulte. Un vendeur de fourrures de castors nous expliqua avec un fort accent suédois :

— Là-bas, hommes jouent gladiateurs.

Layton haussa un sourcil.

— Jouent quoi ?

— Gladiateurs.

Une autre clameur jaillit. Ferris paya sa bouteille et nous partîmes vers les peupliers. En chemin, nous passâmes devant des buissons où quelques trappeurs cuvaient leur alcool en ronflant. Nous débouchâmes bientôt dans une vaste clairière où deux à trois cents hommes étaient réunis autour d'un corral fait de planches et de rondins entrecroisés. À l'intérieur, enchaîné par le cou à une grosse chaîne fixée à un boulet, se tenait un ours gigantesque. À l'autre extrémité de l'enclos, un énorme taureau noir vacillait sur ses pattes, les flancs striés de plaies profondes. Le sang suintait de la racine d'une de ses cornes, arrachée par les griffes du plantigrade. Un jeune Espagnol vêtu d'un gilet brodé gisait face contre terre dans la poussière. De l'extérieur de l'arène, quatre jeunes gens, également vêtus de gilets chamarrés, observaient en silence le corps piétiné et ensanglanté.

— Bon Dieu, c'est quoi, ce cirque ? demanda Layton à un trappeur.

— Un combat ours-taureau. Si vous touchez la tête de l'ours, vous gagnez un sac d'or.

Je distinguai, au milieu du front de l'animal, un cercle blanc tracé à la chaux.

— Le jeunot, là-bas, est le deuxième à avoir tenté sa chance.

— Où est le premier ? s'enquit Ferris.

Le trappeur désigna du menton une forme recouverte d'une peau de bison.

— C'était lui.

À ce moment, les quatre jeunes gens sautèrent pardessus les barrières et allèrent chercher le corps sans vie de leur camarade. Entre-temps, Layton avait mis pied à terre. Il me tendit ses armes.

— Tu peux me les garder ?

— Vous… vous n'êtes pas sérieux ?

— On ne peut plus sérieux, dit-il d'une voix blanche.

— Vous allez vous faire écharper !

— Je ne vois pas d'autre moyen d'évacuer mon fiel. Au moins, je mourrai en homme digne et non en scélérat.

J'ouvris la bouche pour lui répondre, mais il poursuivit, du ton geignard dont il usait quand il était mal luné :

— Personne ne m'a appris à me maîtriser. C'est plus fort que moi. Mes démons me rattrapent toujours. Je les affronterai grâce à ce combat.

— Mourir déchiqueté par un ours n'est pas vraiment la solution, Layton.

— Mais risquer la mort, oui, dit-il d'un ton définitif. Contre les idées noires, rien ne vaut le danger. L'aventure et la camaraderie sont un remède insuffisant. Vous avez dû vous en rendre compte.

— Vous allez mourir, et nous, nous aurons perdu notre chef.

— Vous en tirerez le bénéfice qui vous est dû.

J'allais lui dire que je ne le souhaitais pas, mais il m'interrompit :

— Affronter l'ours et le taureau est le seul antidote à ma maladie. Je n'ai pas le choix.

Il me fourra ses armes dans les bras puis se fraya un chemin vers l'aboyeur public, en braillant :

— Puisqu'il n'y a pas de braves par ici, je suppose que je ferai l'affaire !

Derrière moi, Ferris éclata de rire.

— Attends, il est sérieux, là ?

— Je crois que oui.

— Il faut l'arrêter, William !

Trop tard.

Des parieurs faisaient déjà cercle autour de Layton. Celui-ci bomba le torse et fit son fier-à-bras, très provocateur.

— Alors, je suis le seul brave de la région ? Je crois que oui.

Des hourras fusèrent, et aussitôt des billets passèrent de main en main.

— Il est fou, murmura Ferris.

— Il dit que c'est sa seule façon de guérir.

— Évidemment, puisqu'il va mourir.

Les paris allaient bon train. Soudain, une cloche sonna. Layton s'entoura le poignet de son écharpe rouge et s'approcha de l'enclos. Une foule toujours plus dense – trappeurs de la HBC, Américains, Espagnols de Santa Fe et Indiens de différentes tribus, tous à des degrés divers d'ébriété – convergeait en direction du corral. Des risque-tout, ils en avaient déjà vu beaucoup, mais un gentleman de Saint Louis dans l'arène, ça, c'était une aubaine ! Chacun jouait des coudes afin d'avoir la meilleure place. Layton mit le pied sur une traverse de la barrière et, un bref instant, je crus qu'il allait changer d'avis. Je lui fis signe de revenir. Il secoua la tête et enjamba prestement la clôture. Aussitôt, l'ours se redressa sur ses pattes arrière et le taureau releva son mufle. Layton déroula l'écharpe et, tout en lorgnant le taureau du coin de l'œil, s'avança vers l'ours. L'animal tirait de toutes ses forces sur sa chaîne, faisant tressauter le boulet. Soudain, d'un mouvement souple et agile qui me surprit, il balaya l'air de sa patte ; la pointe d'une griffe acérée effleura la poitrine de Layton. Quelques bouts de tissu voletèrent. La foule hurla.

Layton recula en se protégeant le ventre d'un bras, trébucha, mais recouvra vite son équilibre. Du sang rougissait sa chemise. Derrière lui, le taureau longeait le bord de la clôture d'un trot mal assuré. Par réflexe, Ferris leva son fusil et mit la bête en joue, prêt à faire feu. Layton s'en aperçut et, d'un geste furieux, lui intima de baisser son arme. Ferris obéit en bougonnant.

Le taureau contourna Layton puis reprit sa ronde chancelante. Le sang ruisselait par saccades de ses plaies, mouillant la poussière d'une traînée rougeâtre. L'ours tentait de suivre sa progression, mais la chaîne l'en empêchait et le boulet tournait avec lui, échancrant le sol de profonds sillons.

Après avoir effectué le tour complet de l'enclos, le taureau obliqua brusquement vers Layton, qui agita son écharpe rouge. L'animal fonça tête baissée. D'une passe digne d'un torero, Layton fit virevolter le tissu, lequel s'accrocha aux griffes de l'ours, entraînant la chute de notre champion. Il évita in extremis d'être piétiné en roulant sur lui-même. Le taureau se retrouva face à son adversaire dont un terrible coup de patte lui déchira le flanc et le fit vaciller. L'ours s'en prit alors à Layton. Celui-ci ramassa une poignée de sable, la lui jeta dans les yeux pour l'aveugler et tenter de toucher le cercle blanc, mais la bête ouvrit sa gueule immense. Layton plongea de côté, se dérobant de justesse à la mâchoire béante, qui claqua dans le vide, un pouce au-dessus de son crâne. Le taureau fit volte-face et se rua sur l'homme à terre. L'ours, affolé par le tonnerre des sabots, battit l'air de ses pattes, lui arrachant l'autre corne. À ce moment, Layton bondit sur ses pieds, plaqua vivement la main sur le front du plantigrade et exécuta un roulé-boulé pour échapper à ses griffes. Puis il se releva, courut comme un fou vers la barrière, le taureau écorné à ses trousses, sauta par-dessus la clôture et atterrit dans les bras des premiers spectateurs. Il brandit sa paume tachée de chaux, déclenchant les bravos déchaînés de la foule.

Des hommes le hissèrent sur leurs épaules et le portèrent en triomphe. On lui fourra le sac de pièces d'or entre les mains. Il souriait, content de lui, comme si le monde le traitait enfin à sa juste valeur. Mais il était tout pâle et ses mains tremblaient. Du sang suintait des balafres qui zébraient sa poitrine.

— Nous allons en entendre parler jusqu'à la fin de la saison, soupira Ferris.

— Jusqu'à la fin de nos jours, tu veux dire.

Une fois campé sur ses jambes, Layton s'enveloppa le torse de son écharpe, pour stopper l'hémorragie. Entre-temps, le taureau était reparti tant bien que mal à l'autre bout du corral. Les griffes de l'ours avaient si profondément entaillé son flanc que ses viscères se répandaient hors de la plaie. Layton discuta quelques instants avec deux Espagnols et leur donna à chacun une pièce d'or. Ils s'éloignèrent et réapparurent armés de lances longues de huit pieds, terminées par une lame triangulaire étincelante. Ils entrèrent dans l'enclos, s'approchèrent prudemment de l'animal blessé et se mirent en position, lances levées. Le taureau, immobile, les observait d'un œil morne. En deux éclairs métalliques, il fut égorgé et s'effondra, raide mort.

Les deux hommes s'avancèrent alors vers l'ours, prêts à lui faire subir le même sort, mais Layton les interpella en agitant le sac d'or. Ils accoururent, et il leur remit une nouvelle pièce à chacun. Ils quittèrent le corral et revinrent à cheval, munis de lassos et secondés par deux vaqueros. Le premier fit tournoyer sa corde qui s'enroula autour d'une des deux pattes antérieures de l'animal. Ensuite, il fit reculer sa monture, obligeant l'ours déséquilibré à avancer. Un deuxième lasso entoura l'autre patte, tandis que deux cordes venaient bloquer les membres postérieurs. L'ours se trouvait immobilisé. Les quatre chevaux rétrogradèrent jusqu'à le faire chuter, écartelé dans la poussière. Réduit à l'impuissance, il se débattait en poussant des grognements furieux.

Au signal d'un cavalier, Layton se précipita sur l'ours, inséra une clé dans la serrure du collier de fer qui encerclait son cou, le libérant de sa chaîne, puis décampa en vitesse. La foule, qui jusque-là avait observé le spectacle avec intérêt, s'écarta nerveusement de la clôture. L'ours n'était plus freiné par le boulet, seulement maintenu par les lassos. Tous les spectateurs armés le mirent en joue. On ouvrit la barrière du corral. Non sans difficulté, Layton monta sur son cheval et nous fit signe de le suivre.

— On y va, les gars.

Ferris posa la main sur l'encolure d'Uncle Bill.

— Ça valait le coup de venir, hein ?

— Je pensais que ça vous plairait. Et j'ai sauvé la vie de l'ours. Tu peux être fier de toi, Ferris. Tu as fait de moi un vrai naturaliste.

— Ce n'est pas exactement le terme que j'emploierais, ironisa Ferris.

— Henri Layton, l'ami des animaux ! C'est joli, non ?

D'un geste vif, Ferris ouvrit la veste de Layton et arracha l'écharpe. Le sang coulait maintenant le long de ses jambières. Ferris s'apprêtait à examiner la blessure, mais Layton l'en empêcha.

— Pas le moment, dit-il. Allez, en selle !

À son signal, les cavaliers qui maintenaient toujours l'ours entravé lâchèrent leurs lassos et partirent au grand galop. L'animal, soudain libre de ses mouvements, bondit vers la barrière ouverte dans une explosion de cordes et de poussière. Il s'enfuit au milieu des tentes en claquant des mâchoires, bousculant au passage un homme ivre, et gagna une zone marécageuse. Quelques minutes plus tard, nous l'aperçûmes au loin, qui gravissait pesamment le flanc de la montagne.

— Une belle histoire à raconter aux dames de Saint Louis, commentai-je.

— Et je n'aurai pas besoin d'exagérer !

Nous chevauchâmes environ un quart d'heure avant de faire halte près d'un joli ruisseau. Layton mit pied à terre et Ferris put enfin examiner ses côtes, contusionnées et lacérées. Il sutura les plaies à l'aide de fins tendons de daim et d'une aiguille en os. Layton nous apprit alors que le taureau lui avait écrasé le pied, ce qui nous avait échappé. Il clopina pendant plusieurs jours. Nous devions l'aider à se lever et à s'allonger sur sa peau de bison. Il était également incapable de bouger son bras gauche. Serait-il en état de retourner au campement ? Et, le cas échéant, nous gâcherait-il le voyage si ses blessures le mettaient de méchante humeur ?

J'avais eu tort de m'inquiéter. Une fois en selle, c'est à peine si Layton évoqua ses souffrances. Elles semblaient même le ragaillardir. Je compris enfin sa manière d'être. S'il se montrait hargneux et phraseur dès qu'une broutille le dérangeait, en revanche la douleur physique le laissait indifférent, comme si elle calmait ses tourments intérieurs. Qui plus est, s'il lui arrivait parfois de rechuter, son désir de se racheter était sincère, et il nous en donnait la preuve. Au fond, cela ne me surprit guère. Il existe peu de maladies qui ne soient guéries par une saison de trappe dans les montagnes.

Vingt-cinq jours après avoir quitté la brigade, nous retrouvâmes nos compagnons et leur expliquâmes qu'il n'existait aucun passage sûr par le sud, et que, si nous voulions rapporter nos fourrures à Saint Louis, nous devions rejoindre Fort Ashley à travers les terres inhospitalières de l'est de la Wind River.

À la fin du mois de novembre, les Crow, qui jusque-là nous avaient ignorés, commencèrent à nous rendre régulièrement visite. En apparence amicaux, ils nous surveillaient, comptaient nos bêtes de somme, nos balles de peaux et cherchaient à repérer nos caches. Moses Branch, marié à une femme crow, nous avertit que de nombreux jeunes du village gardaient rancune à Layton d'avoir, par son attitude agressive, incité les Britanniques à armer les Blackfoot. Ils souhaitaient renégocier le pacte conclu avec Long Hair ou, plus probablement, voler nos fourrures et les donner aux Anglais en échange de fusils et de poudre. On disait que des émissaires de Sebastian Pike avaient offert des cadeaux à certains guerriers crow en leur faisant miroiter la promesse d'armes et de munitions s'ils réussissaient à dérober nos ballots et à les acheminer jusqu'à Flathead Post. Pendant quelques semaines, les rumeurs allèrent bon train. Puis un matin, Branch entra dans le camp au grand galop.

— Les Crow ont sorti leurs fusils ! Ils ne vont pas tarder à attaquer !

Nous rassemblâmes en hâte notre équipement et harnachâmes mules et chevaux. En début de soirée, nous feignîmes de nous coucher mais, dès la nuit tombée, nous étouffâmes notre feu et levâmes le camp en catimini. Nous étions neuf, menant trente bêtes lourdement chargées. Nous chevauchâmes toute la nuit. À l'aube nous nous accordâmes quelques heures de repos, cachés dans les taillis, avant de repartir vers les steppes arides, couvertes de touffes d'armoise. Quatre jours d'affilée, nous nous abstînmes de faire du feu, nous nourrissant de viande séchée et de baies sauvages. Les chevaux n'avaient pour tout fourrage que l'herbe maigre autour de leur piquet. La nuit, nous couvrions les bêtes à la robe claire de couvertures sombres. Nous évitions de nous interpeller et surtout de tirer des coups de feu. Au cours de cette équipée interminable et épuisante, je me surprenais à penser à Alene et à la vie que nous avions prévu de mener à Saint Louis. Si durant toute la saison, j'avais repoussé ces images, elles me revenaient désormais avec force et, à chaque foulée de ma jument, je sentais la présence d'Alene se rapprocher. Je brûlais de la serrer dans mes bras.

Au soir du cinquième jour, le terrain devint trop accidenté pour voyager de nuit. Nous établîmes un bivouac et nous nous remîmes en selle au lever du soleil. Tout au long de ce sixième jour, nous louvoyâmes entre des cours d'eau peu profonds et d'énormes blocs de pierre qui atteignaient parfois une hauteur de cinq cents pieds. Nous les surnommâmes « les éléphants » en raison de leur taille, de leur forme et de leur couleur grisâtre. Cet après-midi-là, du haut de l'un de ces rochers, nous aperçûmes au sud les fumées d'un campement indien. Selon Branch, il s'agissait de la tribu de Red Elk.

— Tu crois qu'ils peuvent nous voir ? lui demanda Smith.

— Ils ont certainement repéré la poussière soulevée par notre passage.

— Fusil en travers du pommeau, les gars, ordonna Smith.

Nous poursuivîmes notre route. Ferris et moi fermions l'arrière du convoi. Soudain, il s'arrêta pour scruter l'horizon à la longue-vue. Ne le voyant pas revenir, je fis demi-tour. Il me tendit l'instrument, en pointant l'ouest.

— Regarde…

Un panache de poussière s'élevait dans la lumière.

— Un troupeau d'élans égarés, peut-être ?

— Possible… Wyeth, tu crois vraiment qu'un troupeau d'élans nous suivrait pas à pas ?

Smith et Pegleg nous rejoignirent et sortirent eux aussi leur lunette mais, entre-temps, le voile ocre s'était quasi dissipé.

Nous fîmes halte près d'une vaste combe de boue craquelée, au fond de laquelle jaillissait une source nichée dans un écrin de neige. L'eau s'écoulait en sinuant dans un étroit canyon aux parois déchiquetées. Smith nous ordonna de décharger nos ballots et de les empiler en cercle défensif. Ferris scruta de nouveau l'horizon vers l'ouest et nous annonça que le nuage poussiéreux se rapprochait. Pegleg vint vérifier par lui-même, puis tendit la lunette à Layton, qui observa le paysage, avant de la rendre à Ferris, sans un mot.

— Ça fait des heures qu'ils nous suivent, constata ce dernier.

— Sans doute des femmes crow qui vont retrouver leurs maris, suggéra Pegleg. Elles ont pas assez profité du vieux Peggy !

— Sans aucun doute ! plaisanta Layton. Qu'est-ce que tu en penses, Ferris ?

— À part des hommes à cheval, qui pourrait nous pister aussi longtemps ?

Tous l'approuvèrent d'un hochement de tête. Deux ans plus tôt, ils se moquaient de ce jeunot qui consacrait ses moments libres à dessiner. Désormais, ils lui faisaient une confiance absolue.

Pegleg passa sa corne de poudre à la ronde et nous chargeâmes nos fusils. Ensuite, il partit avec Grignon parquer les chevaux dans le canyon. Pendant ce temps, nous attendîmes, sur le qui-vive, du côté sud de la combe. Nous savions que d'autres trappeurs, britanniques et américains confondus, convoitaient nos fourrures. Grâce à Dieu, nous étions de bons tireurs armés de longs fusils et, positionnés comme nous l'étions, nous pouvions tenir en respect un ennemi supérieur en nombre.

Il restait environ une heure avant la tombée de la nuit. Nous gardions nos longues-vues braquées vers le sud-ouest. Bientôt apparut la silhouette floue d'un cheval. Puis nous distinguâmes son cavalier, un individu coiffé d'un bonnet de castor et d'une veste en peau de mouton. Nous remontâmes sur le bord de la combe. Nous entendions au loin les cris de Pegleg et Grignon poussant les chevaux vers le canyon.

L'homme s'arrêta à environ deux cents yards, nous fit signe avec son fusil et s'avança au pas. C'était un Blanc, monté sur un poney indien non ferré, harnaché d'une selle en bois creusée dans une souche et maintenue par des cordes de chanvre. À l'arrière de la selle était enroulée une peau de bison en lambeaux. Nous parcourûmes des yeux l'étendue désertique, sans voir d'autre présence humaine que ce cavalier sans bagages. Il longea le pourtour de la combe, lorgna notre empilement de ballots et revint sur ses pas pour nous saluer. Layton lui rendit froidement son salut.

L'inconnu avait de longs cheveux bruns, des cicatrices à la joue droite que sa barbe ne dissimulait pas entièrement. Il portait un long couteau de chasse au côté et une dague glissée à la ceinture. Des plumes pendaient de chaque côté de son bonnet aux franges brodées de perles.

— Vous nous cherchiez ? s'enquit Moses Branch.

— Disons que j'ai suivi vos traces. Je monte vers le grand lac, dans les Tetons.

— C'est pas la direction, remarqua Glass.

— Oui, mais à cause des sauvages…

— Des guerriers de Red Elk ? le coupa Branch.

— J'ai dû dévier ma route, tout comme vous, j'imagine.

— Pas du tout. Nous n'allons pas au même endroit, souligna Smith. Et nous connaissons le chemin. Par contre, pour vous, ça fait un sacré détour, jusqu'au grand lac.

— J'ai préféré faire un crochet, par sécurité.

— Vous voyagez léger, pour une destination aussi lointaine, nota Branch. Pas de mule, pas de tente, juste une peau de bison.

— Ça me permet d'avancer plus vite.

— Guère plus vite que nous, on dirait.

— Je vais à mon pas… répondit le voyageur avec un drôle de sourire, découvrant sa bouche édentée.

Tout en parlant, il ne cessait de nous dévisager, d'observer notre armement, nos ballots et de jeter des coups d'œil furtifs en direction du canyon, d'où nous parvenaient les hennissements de nos chevaux.

— Vous êtes sacrément chargés, constata-t-il.

— Oui, mais on trimballe de la camelote, répondit Layton. Des peaux de mauvaise qualité, troquées avec les Indiens.

Glass lui tendit sa gourde.

— Buvez un coup.

— J'veux bien. Elle est pas empoisonnée, au moins ?

Glass resta de marbre, la gourde à bout de bras. L'homme hésita, la lui prit, ôta le bouchon, but une gorgée, la reboucha et la rendit à son propriétaire.

— C'est vous, le patron ? demanda-t-il à Layton.

Ce dernier lui tendit la main.

— Henry Layton.

— Bill Callahan, fit l'homme en lui serrant la main.

— Jamais entendu ce nom, déclara Glass.

— Eh ben, maintenant c'est fait.

— Vous pouvez passer la nuit ici et poursuivre votre route avec nous demain, proposa Layton.

— Non, je préfère continuer. Merci pour l'eau, ajouta-t-il en tournant bride.

Bizarre. Un voyageur solitaire refusait rarement l'hospitalité d'une brigade, à la tombée de la nuit.

Nous le regardâmes s'éloigner. Nous avions tous compris qu'il était venu nous surveiller. Le seul moyen de nous débarrasser de lui eût été de le tuer. Moses Branch leva son fusil, mais Smith l'empêcha de tirer. Ce Callahan avait décompté nos ballots, nos armes, évalué nos défenses. Nous ne pouvions qu'espérer qu'il avait jugé notre position imprenable.

Il n'était plus qu'un point dans le lointain lorsqu'il obliqua à l'ouest. Au bout de dix minutes, il repartit vers le sud, en effectuant une large boucle. Il devait se douter que nous ne lâchions pas nos longues-vues et paraissait s'en moquer.

— Vous voyez quelque chose ? cria Layton à la cantonade.

— Personne à l'horizon, répondit Smith, l'œil vissé sur l'oculaire de sa lunette.

— Ça veut pas dire qu'ils sont pas planqués quelque part, grommela Glass.

— En effet.

— Le nuage de poussière était trop épais pour provenir d'un seul cheval, souligna Ferris.

— Ni même de deux ou trois. Ils sont nombreux, conclut Smith.

Pendant ce temps, Glass gardait les yeux fixés au sol, perdu dans ses pensées. Ferris aussi semblait perplexe. Smith les observa, intrigué.

— Qu'est-ce qui se passe ?

— Je connais ce type, murmura Ferris.

— Moi aussi, dit Glass, mais impossible de…

— Ça y est, j'y suis ! le coupa Ferris. C'est le copain de Grignon. Vous vous souvenez de la chasse aux bisons ? Ils étaient deux à s'acharner sur un mâle blessé. L'autre c'était…

— Bouchet, lâcha Glass.

— Il avait les cheveux moins longs, et pas de cicatrices. Pourtant, c'est bien lui.

— Branch, ramène-moi ce salopard de Grignon tout de suite ! cria Smith.

Le mulâtre et Bridger dévalaient déjà la pente en direction du ravin. Quelques instants plus tard, nous entendîmes de grands cris.

Juste à l'entrée du canyon, Pegleg gisait face contre terre, égorgé. Une flaque de sang s'élargissait autour de sa tête. Aux nombreuses traces de mocassins laissées dans la poussière, nous comprîmes que des

Indiens s'étaient cachés là avant notre arrivée. Tous nos chevaux avaient disparu. Tous, sans exception. Plus un seul. Quant à Grignon, volatilisé. Or, c'était lui qui nous avait indiqué l'emplacement de la source, lui qui nous avait guidés jusqu'à elle. Je compris que je venais de perdre un ami, ma fortune, et mon avenir avec Alene car, sans cheval, jamais je ne parviendrais en temps voulu à Fort Burnham.

La nuit tombant, Jed Smith nous plaça chacun en position défensive derrière les ballots. Au nord et à l'est, la lueur de plusieurs feux embrasait le ciel. Des roulements de tambours, des cris perçants, des incantations emplissaient l'obscurité. Je restai là, songeur, fusil pointé vers le firmament. Comme nous avions été près de réussir ! Les paroles d'Alene me revinrent en mémoire : « Un seul homme, bien placé, peut causer des dommages irréparables. » En quelques minutes, ce traître de Grignon avait anéanti tous nos efforts.

À minuit passé, Smith s'approcha de moi.

— Remue-toi, feignant. À moins que tu n'aies pas envie de piocher ?

Il me conduisit dans l'étroit ravin, où Ferris et Layton nous attendaient. Smith et Branch, armés de couteaux, d'une barre de fer et de notre unique pelle, avaient commencé à creuser la tombe de Pegleg. Layton, Ferris et moi prîmes la relève. Nous nous échinâmes des heures durant afin d'obtenir une fosse convenable. Il faisait nuit noire. Tout en grattant rageusement la terre, nous maudissions Grignon et inventions à son intention mille et une tortures : nous allions le scalper, le démembrer, cuire ses intestins, autant d'atrocités qui, au bout du compte, nous firent hurler de rire. Une hilarité convulsive, hystérique, abjecte.

Étrange. Pegleg était mort. Nous étions condamnés. Mon bonheur envolé. Et pourtant, je me souviens d'avoir ri jusqu'à en pleurer.

Bridger et Branch prirent le relais et, au petit jour, nous enterrâmes Pegleg. Je regardai une dernière fois le visage de mon ami qu'éclairait la lumière naissante. Je crois que si j'avais eu Grignon en face de moi à cette minute, je lui aurais fait subir un long et douloureux supplice, surpassant en cruauté les tortures infligées par les Indiens.

De retour au bivouac, nous dissimulâmes à la hâte la moitié de nos ballots dans une cache que nous recouvrîmes de terre. Nous prîmes soin de la tasser et de l'épousseter avec des branchages puis tentâmes d'effacer toute trace de notre passage. Peut-être parviendrions-nous à sauver une partie de notre trésor, si nous survivions.

Quand les premiers rayons du soleil illuminèrent la combe, nous découvrîmes ce que nous allions devoir affronter : une centaine d'Indiens réunis en demi-cercle au-dessus de nous. Certains, très excités, brandissaient leurs lances et faisaient nerveusement piaffer leurs montures, sans toutefois s'approcher du bord.

À environ un demi-mille en contrebas s'élevaient les fumées de nombreux feux, témoignant de la présence d'un grand campement.

Au bout d'une heure, nos assiégeants parurent se calmer. Le demi-cercle s'entrouvrit pour laisser passer un cavalier. Smith ajusta sa longue-vue. Aussitôt, un changement s'opéra sur ses traits. Il passa la lunette à Layton, qui conclut avec une grimace :

— Sebastian Pike. Wyeth, tu as déjà pointé ton arme sur lui, il n'y a pas si longtemps. Tu peux recommencer. Mais sache que, cette fois, il a une tribu derrière lui.

Smith, Layton et moi marchâmes à sa rencontre, sur une centaine de yards. Pike avançait au pas, suivi à distance par cinq autres cavaliers. Je devinai à son attitude qu'il savourait la situation. Il descendit de son cheval et l'attacha au piquet en prenant tout son temps. Les cinq hommes, des trappeurs anglais vêtus de peaux de mouton, firent halte et nous mirent aussitôt en joue avec leurs mousquets, pour nous dissuader de faire feu sur leur capitaine, si l'envie nous en prenait.

— Henry Layton, dit Pike, la main tendue. Quel plaisir de vous revoir.

— Grand bien vous fasse, répliqua Layton, ignorant sa main.

— Nous traversions ce territoire, lequel, entre parenthèses, nous appartiendra bientôt, quand nous avons aperçu un groupe de voyageurs en perdition. Nous vous portons assistance, comme vous l'aviez fait avec nos Indiens.

— Merveilleuse coïncidence, ricana Layton.

— Je me targue d'avoir une certaine influence sur ces tribus. Je peux vous escorter jusqu'à Flathead Post, aux conditions que vous aviez exigées lors de notre petite altercation…

— Deux ballots de fourrures, c'est l'usage.

— Le prix que vous aviez établi, si je ne m'abuse, c'était toutes les peaux récoltées en échange de leur vie sauve. Je prendrai donc la totalité de votre chargement, contre la promesse de vous ramener au fort sains et saufs.

— Plutôt me trancher la gorge !

— Ne vous donnez pas cette peine. Ces Indiens s'en chargeront, Mr Layton.

Puis, s'adressant à Smith :

— Navré, Jedediah. Vous êtes en mauvaise compagnie.

— Détrompez-vous. J'ai appris à l'apprécier, rétorqua Smith. Au printemps, nous avons spontanément aidé trois Snake qui pillaient nos rivières sur votre ordre. Nous les avons sauvés des griffes des Gros-Ventre, en échange de quelques fourrures. Mais vous, Pike, vous nous avez délibérément tendu un piège afin de faire main basse sur notre récolte. Et un brave trappeur l'a payé de sa vie.

— Vous m'en voyez désolé.

— Cela ne le fera pas revenir parmi nous. Il repose désormais au fond du ravin. Il s'appelait Pegleg Cummins et il venait du Mississippi. Il a été égorgé.

— Je n'y suis pour rien.

— C'est le résultat de votre traîtrise.

— Le traître, que je sache, vient de votre brigade. J'ai simplement profité de la situation, comme vous l'avez fait il y a quelque temps.

Le regard perdu au loin, Smith répondit, plein d'amertume :

— Nous avons peut-être pris trop de peaux aux Snake, mais sans préméditation, et il n'était pas question de trahison. Vous voyez la différence ?

— Bien sûr qu'il la voit ! s'exclama Layton avec aigreur. Inutile d'user votre salive, Smith. Tout ce qu'il veut, ce sont nos fourrures.

— Et je les aurai ! s'esclaffa Pike, avant de lancer, d'un ton irrité : Henry Layton, protecteur de la veuve et de l'orphelin ! Vous savez vous faire des amis, hein ? Depuis notre rencontre, j'ai mené mon enquête, vous savez. J'ai entendu parler de vos méfaits sur les quais de Saint Louis. Vous êtes bien mal placé pour m'accuser d'avoir causé la mort de ce Pegleg. Vous n'avez pas laissé que de bons souvenirs, à Saint Louis et ailleurs.

— Mr Layton est très estimé des membres de sa brigade, qui le connaissent mieux que quiconque, intervint Smith.

Layton hocha la tête.

— Merci, Jedediah.

— Je ne dis que la vérité : vous êtes devenu un vrai capitaine et un bon trappeur.

Layton rayonnait de plaisir.

— Encore merci.

— Vous aurez tout le temps de vous congratuler ! lança Pike. Messieurs, lâchez vos armes, ou mes hommes vous abattent sur place.

Au même moment, un cavalier sortit des rangs des Indiens et s'avança vers nous. Pike lui fit signe de s'arrêter, mais il ne tint pas compte de l'injonction. C'était Grignon, vêtu d'une belle veste en peau de mouton, les cheveux coupés, les joues rasées, la moustache huilée. Presque élégant. Du jour au lendemain, son apparence avait changé du tout au tout. Un vrai dandy londonien.

Layton et moi portâmes aussitôt la main à nos pistolets, mais Smith émit un sifflement dissuasif. Nous lui obéîmes, à contrecœur.

— Bonjour, Layton, bonjour, capitaine, dit Grignon d'un ton enjoué.

— Rentrez dans les rangs, grommela Pike.

— Vous devriez me remercier, au lieu de me donner des ordres, Mr Pike. Grâce à moi, votre fortune est faite.

— La vôtre aussi, répliqua sèchement Pike.

Smith lança à Grignon un regard haineux.

— Pegleg est mort la gorge tranchée. C'était un brave compagnon et un ami fidèle. Je n'aurai de cesse de le venger.

Des mots simples, prononcés avec une absolue conviction. Grignon feignit l'indifférence, cependant sa voix tremblait légèrement quand il répondit :

— Pourtant, nous lui avons donné le choix.

— Je me doute du marché que vous lui avez proposé. Il a refusé de trahir ses amis et son pays. Alors vous l'avez tué. Où que tu sois, je te traquerai, Grignon.

— Et si ce n'est pas Smith, ce sera moi, conclut Layton.

Grignon renifla.

— Je vais vous simplifier la vie, à tous les deux. Si vous me cherchez, je serai à Londres, au Manor House. Au revoir.

Là-dessus, il éperonna son cheval et partit au galop. Pike, mécontent, ne pipa mot. Il aurait préféré que cette entrevue n'ait pas eu lieu. De toute évidence, il ne portait pas Grignon dans son cœur.

— Maintenant, c'est vous qui êtes en mauvaise compagnie, Pike, ironisa Smith. Vous allez le regretter.

— Il est possible que je le regrette, en effet. Il n'aurait pas dû vous parler sur ce ton et je le sanctionnerai à la première occasion. Jamais ce sinistre individu ne sera membre à part entière de notre brigade. Cela dit, la perspective d'une saison fructueuse et l'assurance de savoir que les frontières de cette région seront bientôt redéfinies en notre faveur compensent amplement notre déplaisante association. Le jour est proche où je saurai à quel endroit planter le drapeau britannique. Et je réitère ma proposition, Jedediah : lorsque ce territoire appartiendra officiellement à mon gouvernement, c'est avec plaisir que nous vous intégrerons à la HBC. Nous avons besoin d'hommes solides, tels que vous.

— Je vous trouve très optimiste, quant à la redéfinition de nos frontières, Mr Pike.

— J'ai de bonnes raisons d'être confiant. Nous contrôlons toute la zone et rapportons la plus belle récolte de fourrures de l'histoire de ce pays. Si vous le souhaitez, vous pouvez vous joindre à nous dès maintenant, ou dans quelques années. Quoi qu'il en soit, vous serez toujours le bienvenu.

Sans répondre, Smith lui tourna le dos.

— Bien. Puisqu'il en est ainsi, Jed, je vous abandonne à votre destin.

Pike s'éloignait déjà quand Layton l'interpella.

— Pike ! Nous avons fourni des chevaux à vos Indiens, lorsque nous les avons secourus. Si vous êtes aussi fair-play que vous le prétendez, laissez-nous sept montures, afin que nous puissions rentrer chez nous.

— Sept ? Vous connaissant, vous allez nous créer des ennuis. Je vous en octroie quatre. Ainsi quatre des vôtres pourront aller chercher de l'aide et les trois autres resteront à notre merci. J'aurai l'esprit plus tranquille.

— Nous avions un pur-sang noir, précisa Layton. Faites en sorte qu'il soit parmi les quatre. Si nous voulons survivre à cet hiver, nous aurons besoin de lui.

— Cette bête magnifique est déjà au piquet, près de ma tente.

— Sachez que le fils du chef Long Hair nous l'avait prêté pour le voyage. Moses Branch, marié à une femme de sa tribu, devait le lui ramener.

Un pur mensonge, et Pike pouvait en avoir confirmation auprès de Grignon, mais visiblement, il ne tenait pas à le rappeler.

— Nous passerons sans doute les prochains mois parmi les Crow, reprit Layton. Ils nous hébergeront plus volontiers si nous leur rendons leur précieux cheval.

— Je me moque de vos bisbilles avec les Indiens.

— À votre place, je m'inquiéterais de la réaction des Crow lorsqu'ils apprendront que vous le leur avez volé. Le chef Long Hair l'avait transmis en héritage à son fils. Les Crow sauront que, même informé de l'identité de son propriétaire, vous avez décidé de le garder.

Pike réfléchit. Il savait qu'il serait idiot de provoquer la colère d'un chef de tribu. Il alla détacher son cheval et se mit en selle.

— D'accord. Quatre chevaux, dont le noir. Fusils et pistolets vous sont provisoirement confisqués. Vous voyez ce peuplier ?

Il désigna un arbre aux branches dénudées.

— Attendez là-bas. Nous garderons vos armes le temps de charger les peaux. Un geste de votre part, et je lâche les Indiens sur vous.

Sur ces paroles, il s'éloigna au pas.

Smith regarda Layton.

— Bien joué, le coup des chevaux.

— Je crois avoir une idée pour récupérer nos fourrures.

— Avec quatre chevaux ?

— Oui.

— Expliquez-vous.

— Voyons d'abord s'ils découvrent notre cache. Ensuite nous aviserons.

Smith ne chercha pas à en savoir davantage. Nous retournâmes expliquer aux autres qu'ils devaient déposer les armes et aller attendre sous le peuplier. Très vite, les hommes de Pike arrivèrent au bord de la combe, conduisant vingt-cinq mules bâtées qui bientôt furent lestées du fruit de notre saison de labeur. Restait la cache. Ils ne l'avaient pas repérée. Mais Grignon, qui connaissait le nombre exact de nos ballots, leur fit signe de le suivre. Ensemble, ils explorèrent minutieusement les alentours et finirent par la dénicher. Layton enrageait, maudissant Grignon. Smith, abattu, demeurait silencieux. Ces fourrures représentaient toute notre fortune et, pour moi, l'assurance d'une vie heureuse auprès d'Alene. En moins d'une heure, tous nos espoirs furent anéantis.

Ils laissèrent sur place un peu de plomb en barres et le fond d'un baril de poudre. Peu de temps après, Pike revint avec deux trappeurs menant quatre chevaux, dont l'étalon noir que j'avais gagné à la course. En passant devant Layton, il lui lança :

— Une très belle récolte, ma foi. Merci d'avoir pris la peine de travailler pour nous. Ah ! un dernier avertissement : si je vous revois par ici, mes hommes vous chasseront.

À son signal, l'un des cavaliers s'avança, saisit la longe de l'étalon noir et en fouetta le visage de Layton ; celui-ci, par réflexe, porta la main à l'étui de son pistolet, hélas ! vide puisque nous avions rendu nos armes. Puis ils firent demi-tour et, après avoir parcouru une centaine de yards, déplièrent une peau de bison d'où tombèrent nos haches, nos couteaux, nos fusils, nos pistolets et quelques munitions. Nous attendîmes qu'ils ne forment plus qu'une tache mouvante à l'horizon pour les récupérer, et redescendîmes vers la source. La plupart de nos effets personnels étaient éparpillés dans la boue, certains avaient été volés. Pire, ces cochons d'Anglais avaient piétiné la tombe de Pegleg.

En général, quand j'évoque aujourd'hui ce triste épisode, les gens mettent en doute sa véracité. Certains disent que l'honorable et respecté Sebastian Pike, commandant en second de la HBC des Rocheuses, n'aurait pas risqué un conflit international dans le seul but de s'approprier quelques dizaines de balles de fourrures appartenant à une obscure compagnie de trappeurs. Je peux affirmer qu'il l'a fait, et que sa décision n'avait pas été prise à la légère. En effet, les Britanniques craignaient par-dessus tout le retour triomphal d'une brigade rivale à Saint Louis, événement qui aurait aussitôt suscité une ruée vers l'Ouest d'Américains incapables du moindre discernement quand se présentait une occasion, même minime, de s'enrichir. Bien que le gouvernement britannique eût à l'époque nié l'incident, il s'est bien déroulé comme je l'ai narré. Et un homme y avait laissé la vie, le brave Pegleg Cummins.

Nous n'étions donc plus que sept, démunis et isolés, avec seulement quatre chevaux et très peu de munitions. Cependant, Layton, jamais à court d'idées, avait déjà réfléchi au moyen d'utiliser ces chevaux, en particulier l'étalon noir, en vue de récupérer notre trésor. Si incroyable que cela puisse paraître, l'avenir de la moitié ouest de notre pays, la plus belle à mon avis, allait dépendre d'un cheval andalou, de l'habileté au tir de Walter Ferris et du pouvoir de persuasion d'Henry Layton.

Au milieu de la matinée, il se mit à neiger. Layton, Ferris, Branch et moi, galopions à bride abattue à travers les broussailles. L'après-midi, nous atteignîmes la région des « éléphants », comme nous avions surnommé la veille ces gros rocs gris. Nous escaladâmes le versant du rocher situé le plus au sud et épiâmes à tour de rôle à la longue-vue un campement indien que nous avions repéré. Des Blackfoot. Nous décomptâmes une bonne cinquantaine de tipis et de nombreux chevaux parqués dans un corral.

— Bon, trois d'entre nous vont tenter de parlementer, décida Layton. Le quatrième reste à couvert et observe ce qui se passe. Ton pur-sang est le plus rapide, Wyeth. S'ils nous font prisonniers, ou pire, fonce vers le nord-est et trouve une brigade américaine. Tu peux être de retour à la combe d'ici une semaine avec trois chevaux et des renforts pour secourir Smith, Glass et Bridger.

— Et vous abandonner aux mains des Indiens ?

— S'il le faut, oui. Que nous soyons trois ou quatre, ils ont l'avantage du nombre. Si nous mourons, toi seul peux aider les autres.

— Les autres peuvent se débrouiller, objectai-je. Ils ont de l'eau et de la nourriture. Ils seront retrouvés, que je leur ramène des chevaux ou non.

— On n'en sait rien. Si tu ne te montres pas, nous sommes assurés qu'au moins l'un de nous survivra. Tu pourrais encore rejoindre Fort Burnham avant la fin de l'hiver. Alene t'attend...

— Crois-tu que je vais me servir d'elle comme excuse pour vous lâcher dans un moment pareil ? m'exclamai-je.

— Je suis certain que tu ne le ferais pas, Wyeth. Voilà pourquoi j'essaie de te convaincre, sachant que l'idée ne te serait pas venue à l'esprit.

Voyant le clin d'œil qu'il adressait à Ferris, je compris qu'ils s'étaient déjà mis d'accord.

— Il n'y a aucune honte à rester caché, William, renchérit Ferris. L'héritage d'Alene dépasse de loin la valeur de nos fourrures. Elles représentent donc moins pour toi que pour nous. Et le bonheur de cette femme dépend de ta survie. Reste planqué. Nous allons essayer de discuter avec les Indiens. S'ils nous tuent, saute sur ton cheval et va chercher de l'aide.

— Je vous répète que Smith, Glass et Bridger finiront par être secourus. Et si quelqu'un doit rester à distance, c'est toi, Walter. Tu es le meilleur tireur. Je refuse que mon intérêt personnel passe avant le vôtre. Je tiens à participer aux négociations. Un quatrième fusil ne sera pas de trop.

— Alors pense à Alene ! s'insurgea Layton. Si tu meurs, elle ne s'en remettra pas. Tandis que moi... des tas de gens se réjouiraient de ma disparition, à commencer par mon père.

— Vous dites n'importe quoi.

— Pas du tout, c'est la vérité.

— Hors de question de faire l'autruche pendant que vous risquez vos vies.

— L'un de nous doit demeurer en retrait, reprit Ferris. D'ailleurs, à ta place, Layton serait déjà parti au grand galop rejoindre sa dulcinée en nous laissant à notre triste sort, n'est-ce pas, Layton ?

— C'est faux ! se rebiffa ce dernier. Faux et injuste ! Retire tes paroles, Ferris ! J'essaie de sauver la vie de Wyeth et je cherche par tous les moyens à le convaincre. Ne me fais pas dire que je suis un lâche ! Jamais je ne déserterai ! Jamais, tu m'entends ?

— Vous êtes très persuasif.

Layton bomba le torse.

— La persuasion est une chose. Mais tu ne me feras pas dire que je suis un pleutre ! Nous sommes perdus au milieu de nulle part, aux trousses d'un fumier qui nous a dépouillés de nos biens. Je rêve d'une expédition punitive. Le capitaine Smith a placé sa confiance en moi et me fait l'honneur de me considérer comme un vrai trappeur. Croyez-vous que je lui retournerais le compliment en faisant preuve de couardise ? Plutôt mourir ! Je me doutais que Wyeth refuserait. Je lui donnais simplement l'occasion d'agir en homme sensé. Mais je suppose qu'aucun d'entre nous ne serait ici s'il possédait une once de raison. Bravo, Wyeth.

Ferris eut un petit clappement approbateur. La tirade de Layton n'était pas parvenue à me convaincre, au contraire, elle me donnait envie de me jeter à corps perdu dans l'action.

— Bon, les bouffeurs de maïs, vous avez fini de discutailler ? brailla Branch, qui surveillait le campement à la lunette. Leurs éclaireurs ne vont pas tarder à nous repérer. Nous ferions mieux de nous approcher, avant d'y être contraints et forcés.

— Si nous devons chevaucher vers notre mort, que ce soit en beauté ! claironna Layton.

Nous redescendîmes le versant, sautâmes en selle et piquâmes nos montures, galvanisés par l'envolée romantique de Layton.

À cinq cents yards du camp indien, Ferris prit position entre deux gros rochers. Layton, Branch et moi poursuivîmes notre route sur environ deux cents yards et fîmes halte. Des squaws et des enfants accouraient pour guetter notre arrivée. Des chiens bondissaient autour de nous en jappant. Un groupe de cavaliers armés d'arcs et de mousquets se positionna à la sortie du camp. Leurs rangs s'ouvrirent, laissant passer quatre hommes coiffés de bonnets de fourrure et enveloppés de manteaux de bison, qui s'avancèrent en délégation, escortés à distance par quinze autres guerriers. Branch marcha à leur rencontre. S'ensuivit un long palabre d'une dizaine de minutes, en différentes langues, ponctué de signes de mains et de grands gestes désignant l'étalon noir. Puis Branch revint nous expliquer que les Blackfoot acceptaient de nous écouter avant de passer à l'attaque.

— Un point pour nous, conclut Layton.

— Pas de fausse joie. Red Elk a bien l'intention de bouffer votre foie au dîner. Et le tien aussi, Wyeth. Alors gardez une balle pour vous, au cas où. Attention, les voilà.

Parmi les quatre cavaliers, je reconnus leur chef, chevauchant le pur-sang qu'il montait le jour de la course. Il sauta à terre, laissant l'animal libre de brouter à sa guise, sortit une longue pipe et l'alluma. Il tira dessus avec lenteur, la présenta à Layton qui aspira une bouffée et la tendit à Branch, lequel fit de même avant de me la passer. J'imitai mes compagnons et la rendis à Red Elk. Il tapota le fourneau sur un caillou, le bourra à nouveau et la cérémonie se répéta dans un silence absolu.

Le calumet disparut ensuite dans les replis du manteau de Red Elk. Layton fit un pas vers lui.

— Vos éclaireurs vous ont certainement averti : nous avons perdu nos chevaux et nos fourrures. Mais vous ignorez sans doute la raison de notre présence ici. Accordez-nous le temps de vous l'expliquer.

Red Elk désigna alors mon étalon, que j'avais mis au piquet, et prononça quelques mots. Branch s'en fit l'interprète.

— « Le capitaine Pike a pris vos fourrures. Vous venez m'offrir un cheval qui m'appartient déjà, afin que je vous aide à récupérer ce que Pike vous a volé. »

Layton eut un reniflement impatient.

— Le cheval n'est pas l'objet du marchandage, mais un cadeau. Dis-le-lui.

— C'est ce que j'allais faire.

Branch répéta les paroles de Layton à Red Elk, qui parla dans sa langue, d'un ton coléreux.

— Il dit qu'il prendra l'étalon, qu'on le veuille ou non. Offrir quelque chose en échange d'un service, il n'appelle pas ça un cadeau. Il veut vous trancher la gorge, Layton.

— Nous sommes peut-être ses ennemis, mais nous sommes aussi ceux de Pike, rétorqua Layton, qui ajouta à l'adresse de Red Elk : Vous avez aidé Pike dans l'espoir d'obtenir des longs fusils. Arrêtez-moi si je me trompe : il ne vous les a pas donnés ?

Branch traduisit. Red Elk ne répondit pas, cependant son silence était éloquent. Layton pariait donc sur la rancune du chef blackfoot à l'égard des Britanniques qui n'avaient pas tenu parole.

— Vos terres sont envahies d'étrangers. Vous n'avez d'autre choix que de vous battre et de vous allier au vainqueur.

— Ce sera Pike, rétorqua Red Elk.

— Apparemment oui… mais gardons-nous de vendre la peau de l'ours, répliqua Layton. Ses troupes voyagent en grand nombre, telles des hardes d'antilopes froussardes. Nous nous déplaçons en petite meute, à la manière des loups. Nous avons les mêmes méthodes de chasse que vous, nous aussi dormons à la dure, allons où le vent nous guide. Nous sommes des hommes libres, contrairement aux Britanniques. Les dirigeants de leurs compagnies vivent très loin d'ici, au-delà des mers. Des Anglais gros et gras qui n'ont jamais vu ces montagnes. Nous possédons notre propre compagnie. Nous travaillons ensemble, combattons ensemble et partageons les profits, tout comme vous. Alors, soyez à nos côtés pour affronter Pike. Dès que nous aurons récupéré nos possessions, nous vous ferons cadeau de nos longs fusils.

Il lui tendit le sien.

— Tenez, je vous l'offre, en gage de bonne volonté. Vous en aurez dix autres, plus tous ceux que vous pourrez prendre aux Anglais, si vous nous aidez à rentrer en possession de nos fourrures.

Red Elk ne dit rien. Il ressortit son calumet, le bourra, l'alluma, et le rituel recommença. Son expression n'avait pas changé, mais je songeai que, si notre proposition ne l'avait pas intéressé, nous serions déjà passés de vie à trépas.

Lorsque je lui rendis la pipe, Red Elk la vida et conclut :

— Vous m'avez volé mon cheval. Vous avez participé au massacre de mes guerriers par les Crow.

— Nous nous trouvions sur ce champ de bataille par obligation, lui fit remarquer Layton. Nous n'avons pas directement pris part au combat. Et j'ai plaidé en faveur du vieillard et de l'enfant capturés. En vain, hélas !

Red Elk le dévisagea en silence. C'était la vérité, il le savait.

— Nous avons fourni des fusils au chef Long Hair, car il était notre allié contre les Britanniques, reprit

Layton. Nous ferons de même avec vous. Si vous nous tuez ici, vos guerriers n'auront que les quelques armes qui nous restent. Et sachez que nous vendrons chèrement notre peau. Vos pertes seront nombreuses.

Il désigna Ferris, au loin.

— Cet homme, là-bas, a quatre fusils chargés. Il vous tient en joue et vous abattra au moindre geste.

Red Elk écouta la traduction de Branch, puis observa Ferris, point sombre perdu au milieu de l'étendue enneigée, et éclata de rire.

— Lui, là-bas ?

— Oui.

— À cette distance, il manquerait même un cheval ! Nos flèches vous tueront les premiers, ensuite nous le capturerons et prendrons ses armes.

— Vous et vos trois braves serez morts avant.

— Il ne peut pas m'atteindre.

— Lui ? Il peut choisir l'œil que transpercera sa balle !

Les quatre Indiens tinrent un bref conciliabule, regardèrent en direction de Ferris et secouèrent la tête en riant.

Layton s'avança vers l'un des guerriers et, prudemment, prit l'une des flèches de son carquois. Il la brandit bien haut, s'éloigna de quelque pas et la planta dans la terre gelée. La hampe rouge et les trois plumes jaunes se détachaient sur l'herbe rabougrie.

— Wyeth, va dire à Ferris de sectionner cette flèche.

— Vous êtes fou, il n'y arrivera jamais, murmurai-je.

— Ne discute pas, vas-y ! Branch, explique au chef que si la balle coupe cette flèche en deux, il pourra s'allier à nous contre les Anglais et s'emparer de leurs armes. Si Ferris échoue, il décidera de notre sort.

Je voulus protester, mais Layton m'en empêcha. Branch traduisit. Red Elk eut un geste évasif. Layton me fit signe de me dépêcher.

Je sautai en selle et fonçai expliquer à Ferris ce que l'on attendait de lui. Il patientait depuis une demi-heure, l'œil sur le viseur, allongé sous une peau de bison.

— Il veut que je fasse quoi ? répéta-t-il, incrédule.

— Tu vois la flèche rouge avec les plumes jaunes ?

— À cette distance ? Impossible.

— Il leur a déjà dit que tu réussirais. Il tient à leur montrer la portée d'un long fusil. Il a affirmé que tu la couperais en deux.

— Des dizaines de stupidités qu'il a proférées, celle-là bat tous les records, grommela Ferris. Qu'est-ce qu'on devient, si je rate ma cible ?

— Il y aura une jolie boucherie, à mon avis. S'ils nous tuent, n'essaie surtout pas de nous défendre. Suis la piste de Pike, vers le nord. Tu parviendras peut-être à sauver ta peau.

Ferris plissa les yeux afin de mieux voir le minuscule trait rouge fiché dans le sol.

— Il compte vraiment sur moi pour nous sortir de ce guêpier ?

— Oui. Bonne chance, Walter.

— C'est à toi qu'il faut souhaiter bonne chance, si je loupe mon coup, ce qui est probable.

Je retournai annoncer à Layton, Branch, Red Elk et ses trois conseillers que Ferris se préparait à tirer. Toute la tribu s'était rassemblée dans la plaine venteuse, anticipant le massacre à venir. Au loin, Ferris battait des bras et tapait des pieds pour se réchauffer. Puis il s'allongea et ajusta sa ligne de mire. Une minute s'écoula. Seul le sifflement de la bise et l'aboiement des chiens venaient déranger le silence. Soudain nous vîmes un petit nuage de fumée et, peu après, entendîmes le bruit différé d'une détonation traverser l'espace glacé. Je me retournai : la hampe de la flèche était bel et bien sectionnée. L'empennage avait roulé à dix pieds sur l'herbe rase. Red Elk le ramassa, l'examina, et suivit du regard le rond de fumée qui s'évaporait dans le ciel avant de consulter ses conseillers médusés. Au bout d'un moment, l'un d'eux remonta sur son cheval et partit vers le campement. Les autres lui emboîtèrent le pas, emmenant mon pur-sang noir. Red Elk parla longuement à Branch, se remit en selle et s'éloigna.

— Il nous envoie trente de ses hommes, expliqua Branch. Ils garderont tout ce qu'ils peuvent voler aux Anglais, sauf les ballots de peaux. Ils prendront nos longs fusils et nos munitions en échange de leur aide. D'après lui, les trappeurs de Pike ne sont pas des guerriers et les Indiens à sa solde sont des Flathead peureux et stupides qui ne savent pas se battre. Il dit aussi que nous avons eu tort de rendre nos fusils quand nous étions encerclés. Sept hommes armés et décidés auraient pu les mettre en déroute. Toujours d'après lui, nous devrions les avoir rattrapés d'ici demain car, étant donné leur nombre, une centaine de trappeurs et presque autant d'Indiens, ils progresseront lentement. Dans deux jours, nous devrions avoir récupéré nos fourrures. La seule question est de savoir lesquels d'entre nous survivront pour les rapporter à Saint Louis.

Nous rattrapâmes en effet le convoi de Pike le lendemain soir, comme l'avait prédit Red Elk. Au matin du deuxième jour, Layton et moi étions dissimulés derrière des fourrés, sur le versant d'une large vallée enneigée où jaillissait une source, qui cascadait ensuite en torrent. Quatre muletiers de la HBC étaient positionnés près du trou d'eau, à l'écoute d'une fusillade lointaine, l'assaut organisé par Red Elk et ses guerriers contre le gros de la troupe. Une centaine de chevaux et de mules étaient parqués dans un enclos naturel fait d'épais taillis, à un demi-mille de la bataille. Seuls quatre hommes étaient chargés de leur surveillance, car les Britanniques savaient qu'il serait impossible à des voleurs de chevaux de distancer leurs poursuivants, étant donné l'importance du troupeau.

Les coups de feu se rapprochaient. Nous rampâmes tous deux jusqu'à la limite des fourrés. Ferris était caché quelque part, un peu plus haut, avec tous nos fusils. Smith, Branch, Glass et Bridger épaulaient les Blackfoot dans leur mouvement de diversion, mais avaient promis d'être revenus à temps pour nous aider.

Nous épiâmes les gardiens, sachant que nous devions les désarmer, reprendre les bêtes chargées de ballots et filer vers l'est avant que Pike ne soit alerté. Leur chef était un type corpulent au nez en pied de marmite, que j'avais déjà vu à Saint Louis, son second, un vieux montagnard aux cheveux gris, et les deux autres, à voir leurs vêtements, étaient des trappeurs français, l'un blond et barbu, l'autre bien rasé.

Le nez en l'air, ils contemplaient un nuage de fumée provenant d'une nouvelle salve. Soudain, un cavalier émergea des bois. Grignon ! Il s'adressa au gros type, qui lui désigna nos chevaux. Je compris que Grignon s'inquiétait de la bonne garde des ballots.

Au geste indolent du chef muletier, il était clair que, selon lui, les fourrures étaient en sécurité.

Grignon examina le corral, la source, et parcourut la clairière des yeux, s'arrêtant pile sur le taillis derrière lequel Layton et moi étions tapis. Il ne pouvait pas nous voir, j'en étais sûr, pourtant son regard insistant me fit frissonner.

Sans se presser, le barbu prit deux gourdes suspendues à sa fonte de selle et se dirigea vers le point d'eau. Les trois autres continuaient d'observer la fumée qui dérivait à l'ouest, par-delà la cime des arbres. Grignon leur tendit sa flasque de whisky, mais ils ne lui prêtèrent aucune attention.

— Ils savent que c'est une fripouille, murmura Layton.

— Ils savent qu'il a trahi sa brigade.

Le barbu s'agenouilla, emplit les gourdes et les reboucha avec force, du plat de la main. Il en tendit une à son chef, qui batailla pour l'ouvrir. À son tour Grignon alla remplir la sienne. Layton me fit un signe du menton. L'instant était propice à l'assaut. Il tenait son pistolet d'une main, une hache de l'autre. Moi, j'avais deux pistolets.

— Vous regrettez votre Collier, hein ? chuchotai-je

— Si je l'avais encore, je n'aurais pas la satisfaction de scalper ce salopard à la hache !

Nous rampâmes épaule contre épaule entre les buissons qui s'arrêtaient à environ vingt-cinq yards de la source. De loin en loin, on percevait des détonations. Au moment où Grignon s'accroupissait pour enfoncer sa gourde dans l'eau, nous nous avançâmes sans bruit à découvert. L'eau du torrent bouillonnait, la neige scintillait sous les rayons du soleil.

Gros nez, renonçant à déboucher la gourde, la tendit au Français bien rasé, qui l'aida volontiers, ravi de montrer sa poigne. Nous étions à quinze pas, assez près pour distinguer les mèches blanches des cheveux de Grignon. Layton brandit sa hache et chargea. Il n'était qu'à quatre pieds lorsque Grignon, relevant brusquement la tête, l'aperçut. D'une roulade, il esquiva de justesse la lame qui visait sa nuque. Elle lui trancha net une oreille et entama le cuir chevelu. L'acier s'abattit en tintant sur un galet, qui se brisa en deux. Le chef muletier pivota, pistolet pointé sur moi, et nous fîmes feu en même temps, manquant chacun notre cible. Le barbu, hébété, n'avait pas lâché sa gourde. Une explosion la lui fit sauter des mains ; deux jets de sang giclèrent de ses doigts arrachés. Ferris, de son poste, avait tiré avec son long fusil. L'autre Français était tombé et cherchait à attraper son arme, que Layton envoya promener d'un coup de pied.

— Je suis un *bushway*, comme toi ! cria l'homme en courant se réfugier dans les taillis.

Layton l'épargna. Sa seule préoccupation était de ne pas perdre de vue Grignon, qui s'était enfui vers les collines. Le chef muletier avait jeté son pistolet et empoigné son fusil quand je fis feu de la main gauche. Il chuta sur le côté, tout au bord de la source. Je m'approchai, prêt à lui sauter dessus, et me rendis compte, stupéfait, qu'il ne respirait plus. Je l'avais tué.

Nous étions seuls. Un homme était mort, les trois autres avaient disparu. Des tâcherons qui ne percevaient aucun pourcentage sur les bénéfices de la brigade n'allaient pas se faire trouer la peau pour des ballots de fourrures. J'examinai le cadavre : entrée par la bouche, la balle était ressortie par l'arrière du crâne. Ses cheveux bruns flottaient à la surface de l'eau. Un filet de sang coulait sur son front et gouttait de son nez, rougissant l'onde claire. Aujourd'hui, alors que la plupart de mes souvenirs s'effacent, ces gouttes de sang se mêlant à l'eau me hantent encore.

Nous perçûmes un mouvement en bas de la pente. Grignon avait traversé le torrent et se laissait glisser sur une plaque de neige. J'empoignai le fusil du mort, mis le fuyard en joue et tirai. Il s'affaissa, se releva et s'enfonça en trébuchant dans les taillis. Je l'avais manqué. Il nous échappait.

— Les chevaux ! cria Layton. Occupe-toi des chevaux !

Je courus à l'enclos où se bousculaient une centaine de mules et de chevaux harnachés. Certains portaient de l'équipement, mais une soixantaine d'entre eux étaient chargés de balles de fourrures. Pas seulement les nôtres, celles des Britanniques aussi. Alors que je me dirigeais vers le chef du troupeau et que je commençais à isoler les bêtes transportant les ballots, je constatai que Layton n'était pas derrière moi. Il avait sauté sur la monture d'un des Français et s'était lancé aux trousses de Grignon, hache brandie.

— Les peaux ! hurlai-je, bien inutilement, car il ne m'entendait plus.

Je repérai la mule de tête, la pris par la bride et allai l'attacher à un arbre. Je fis de même avec le cheval de tête. J'avais ainsi encordé une quinzaine de bêtes, quand un souffle d'air passa à côté de mon oreille. Je levai les yeux et aperçus trois hommes de l'arrière-garde de Pike : ils m'avaient localisé, et dévalaient le coteau en direction de la source. Soudain, sans raison apparente, ils bifurquèrent vers le nord. Je ne tardai pas à comprendre la cause de ce revirement :

Branch, Glass, Bridger et Smith, accompagnés de huit Blackfoot, arrivaient au triple galop.

Smith sauta à terre et remarqua aussitôt, avec un sourire carnassier, que nos ballots et ceux des Britanniques se trouvaient bien sur le dos des chevaux. Il avait craint qu'ils n'aient été déchargés par les muletiers pendant la bataille.

— Où est passé notre dandy de Saint Louis ?

— Il cavale après Grignon.

— Pike le remercierait d'avoir descendu ce traître. Les fourrures auront fini par avoir sa peau !

Il s'approcha du premier train de mules qui, encouragé par ses cris, s'ébranla en direction de la colline. Branch conduisait le second, Glass le troisième. Ferris nous couvrait toujours, dissimulé dans les bois. Les Indiens s'occupèrent des chevaux restants. En quelques minutes, toutes les bêtes lestées de leur précieux fardeau furent séparées des autres et guidées le long du versant. Nous atteignîmes le couvert d'un bosquet d'arbres. Inquiet de ne pas voir Layton revenir, je m'apprêtais à faire demi-tour quand il surgit près de moi. Sa tunique de daim était couverte de sang et son biceps gauche profondément entaillé.

— Où étiez-vous passé, bon sang ? gronda Smith.

— Désolé ! Le plaisir avant le travail !

Il désigna, pendu à la boucle de sa chaîne de montre, un trophée sanguinolent, des cheveux roux accrochés à quelques lambeaux de chair.

Une heure plus tard, Ferris nous avait rejoints et nous pénétrâmes dans une étroite faille rocheuse située à l'est de la source. C'était l'unique passage à des milles à la ronde permettant de franchir la montagne. Dès que les dernières bêtes furent engagées, les Blackfoot en bourrèrent l'entrée de branchages et de charbon de bois qu'ils recouvrirent de braises entretenues dans de petits braseros. En quelques minutes, un feu immense bloquait le passage.

Nous gagnâmes ensuite les berges d'une rivière peu profonde où nous attendaient, chargés de grosses balles emplies de petit bois et de cailloux, une soixantaine de grands poneys indiens, reliés entre eux, par groupes de quatre, à l'aide d'une corde fixée au bât de chacun, de façon à ressembler, de loin, aux chevaux de la HBC. Ferris, Glass, Branch et moi, aidés par des éclaireurs de Red Elk, guidâmes nos bêtes vers le cours d'eau que nous suivîmes en amont, sur sa rive droite. Pendant ce temps, les poneys destinés à faire diversion quittaient la rivière et descendaient la vallée, menés par Smith, Bridger et quelques Blackfoot. L'instant était décisif. De notre côté, nous devions remonter la rivière sur environ cinq cents yards et ensuite pousser nos bêtes vers les hauteurs broussailleuses, à l'exact opposé du train de poneys, lequel prendrait la route de Fort Ashley. Si le subterfuge fonctionnait et que notre colonne parvenait à passer sur l'autre versant, hors de vue des Britanniques avant qu'ils ne s'engagent dans la faille, Pike et ses hommes ne comprendraient leur erreur que le lendemain et ne pourraient plus nous rattraper. D'après nos calculs, il nous fallait une heure pour atteindre le sommet. Or, nous n'avions guère qu'un quart d'heure d'avance sur eux.

Les dernières bêtes du convoi avaient quitté le lit de la rivière et s'enfonçaient dans les sous-bois quand l'avant-garde de la brigade britannique stoppa devant le brasier qui lui interdisait l'entrée de la faille. À travers les frondaisons, je les voyais qui tentaient de forcer le passage, bataillant contre les flammes. Par deux fois, je m'arrêtai pour les observer à la longue-vue : enveloppés de peaux de bison mouillées, ils crochetaient les branches à l'aide de piquets recourbés et les écartaient du feu, épaulés par des Flathead qui lançaient sur les bûches embrasées des flèches munies de cordelettes afin de les faire rouler hors de la fournaise.

Nous pressions nos bêtes du plus vite que nous pouvions. Layton lambinait loin derrière nous, au pas, sans chercher à nous aider. Je m'aperçus qu'il vacillait sur sa selle. J'en informai Ferris et partis au galop. En arrivant à sa hauteur, je constatai que la balle qui l'avait touché au bras droit avait aussi perforé la poitrine. À chaque inspiration, une mousse rosâtre sortait de la blessure. Son visage avait pris une teinte cireuse et il transpirait d'abondance. Sa couverture de selle était imbibée de sang.

— Passe-moi ton mousquet, dit-il d'une voix rauque. Je ne peux pas vous aider avec les chevaux, par contre je peux retarder l'avancée de ces bâtards.

Je l'examinai un long moment avant de répondre. Entre-temps, Ferris nous avait rejoints. Une seconde lui suffit pour évaluer la gravité de la situation.

— Vous allez mourir si l'hémorragie n'est pas stoppée, déclara-t-il. Suivez-moi à couvert et je m'occuperai de vous. Wyeth prendra la tête du convoi.

Layton voulut protester, mais Ferris lui coupa la parole :

— Sans soins, vous serez mort d'ici une heure.

— Alors, laissez-moi mourir en brave.

Layton voulut s'emparer du fusil de Ferris, posé en travers de son pommeau. Il était si faible qu'il bascula sur le côté, tomba de cheval et resta là, pantelant dans la poussière, incapable de se relever.

— Aidez-moi à remonter en selle ! Sur mon cheval, je peux sauver toute la brigade.

Il voulut se redresser en s'agrippant à son étrivière et rechuta lourdement.

— Aidez-moi, nom de Dieu !

Ferris me fit signe de ne pas intervenir, mais la vue d'un homme rampant au sol m'était insupportable. Je sautai à terre et l'aidai à mettre le pied à l'étrier. Au passage, il se saisit de mon mousquet.

— Rendez-moi mon arme, voleur !

— Tu crois m'impressionner, Wyeth ? Je veux retarder ces maudits Anglais !

— Bon sang, c'est nous que vous retardez ! s'écria Ferris, à bout de nerfs. Descendez de ce cheval. Je tenterai de vous sauver la vie. Dans votre état, vous ne nous êtes d'aucune utilité.

— On parie ? releva Layton avec grand sérieux. Vous comprenez la situation aussi bien que moi. Je peux les retenir un bon moment.

En contrebas, les Britanniques, qui avaient fini par vaincre les flammes, s'apprêtaient à s'engouffrer dans la faille. Ferris les observa longuement, puis son regard s'attarda sur Layton, qui tenait à peine en selle.

— OK. On y retourne tous les deux. Si d'ici une heure nous sommes encore vivants, vous m'autoriserez à vous soigner ?

— Volontiers.

Ferris désigna les collines.

— L'un de nous doit mener le convoi. Ne discute pas, Wyeth. Tu as eu ta part d'héroïsme. Laisse-nous-en un peu.

Avant de faire demi-tour, Layton prit ma main.

— Si je ne survis pas, dis à Alene que je suis mort en brave.

— Vous lui raconterez vous-même vos aventures, Layton.

— Sois heureux, mon ami ! cria-t-il en piquant son cheval vers le bas de la pente.

Ferris leva son fusil en guise d'adieu.

— Ne nous attends pas, William ! Nous te retrouverons !

En les voyant s'éloigner, je sentis mes entrailles se serrer, pourtant le moment de s'attendrir était malvenu. Je les regardai s'approcher de la faille enfumée puis repartis en tête du convoi, qui s'éparpillait et ne progressait pas assez vite. À plusieurs reprises, je sortis ma longue-vue : Layton avait pris position dans l'anfractuosité d'un surplomb rocheux et canardait les Britanniques, les obligeant à se disperser. De son côté, Ferris, protégé par ces tirs, traînait une grosse branche qu'il fit basculer sur les braises, en prenant soin de la coincer entre les rochers. Une minute plus tard, de hautes flammes s'envolaient vers le ciel. Cette branche en feu était difficilement déplaçable. Chaque fois que les Anglais cherchaient à la crocheter, Layton les en empêchait en tirant au mousquet juste devant l'ouverture du goulet. Gros œil incandescent sur la roche grise, ce feu ardent pourrait les retenir un certain temps.

Je conduisis les bêtes jusqu'à ce qu'elles aient franchi le sommet et entamé la descente de l'autre versant. Une dernière fois, je fis halte pour scruter à la lunette l'entrée du défilé : Pike avait posté des hommes armés derrière des rochers, non loin des flammes, et Layton, retranché dans sa cachette, tirait sur ceux qui tentaient d'éteindre le brasier. Adossé à la roche, il rechargeait son mousquet. En voyant ses lèvres bouger, je crus qu'il parlait tout seul, mais je compris bientôt qu'il chantait. Je distinguais à peine sa voix, couverte par les cris et les détonations, toutefois je reconnus l'air d'opéra qu'il avait entonné au bord du lac. Cet homme intrépide, exaspérant et, j'ose le dire, admirable retenait des dizaines d'hommes armés avec son seul mousquet, en chantant de l'opéra ! J'abaissai ma lunette avec la sensation de l'abandonner et galopai vers le convoi.

Nous n'étions plus que trois désormais, Branch, Glass et moi, accompagnés d'une dizaine de Blackfoot, pour guider nos soixante bêtes. Nous chevauchâmes toute la nuit et toute la matinée suivante, redoutant de voir surgir Pike et sa troupe. Rien ne se produisit. En début d'après-midi, nous en conclûmes que notre ruse avait peut-être fonctionné. Nous nous accordâmes quelques heures de repos puis cheminâmes de nouveau toute la nuit. Au petit matin, la silhouette d'un cavalier venant du nord se détacha sur l'horizon. Une demi-heure plus tard, Ferris, car c'était lui, nous avait rejoints. Sans prendre la peine de descendre de son cheval, il nous annonça, en s'appuyant sur l'encolure :

— Nos ennemis ont été retardés quatre heures durant par Henry Layton. Dans la nuit, il a succombé à ses blessures.

Des exclamations consternées jaillirent mais, à notre grande surprise, Ferris, exténué, aboya :

— En avant, et plus vite que ça ! Sinon, son sacrifice n'aura servi à rien.

À partir de ce jour, en l'absence du capitaine Smith, Walter Ferris devint notre chef de brigade.

Après sept jours de marche forcée, nous franchîmes une crête des Big Horns et suivîmes un sentier qui sinuait jusqu'à un campement situé au fond d'une vallée giboyeuse, où se côtoyaient Crow, Arapaho, trappeurs français et jeunes sang-mêlé. Un endroit idéal pour passer l'hiver. Les premiers soirs, nous dormîmes fusils à portée de main, de crainte d'être attaqués par les hommes de Pike, mais ils ne se manifestèrent pas. Et puis survinrent les grandes tempêtes de neige qui, de toute manière, les auraient empêchés de progresser, s'ils avaient été sur nos traces.

Nous séjournâmes toute la mauvaise saison dans ce lieu accueillant. Ferris emplissait ses carnets de croquis d'enfants et d'Indiens, des études qui fourniraient la base de son fameux tableau *Le Campement d'hiver*, exposé aujourd'hui à Washington. De mon côté, je complétais les notes que j'avais prises tout au long de l'année et qui formeraient la trame de cette chronique. Et, comme nous pleurions tous la mort de Layton, nous honorâmes sa mémoire en exaltant son acte de bravoure, qui serait claironné à l'envi à travers les rues de Saint Louis, durant une décennie. Dans ces récits, les démons intérieurs d'Henry Layton étaient occultés, son arrogance pardonnée. Son dernier et glorieux exploit éclipsait tout le reste. Il avait été orgueilleux, impétueux, fantasque, et longtemps chanceux. Quand sa bonne étoile l'avait quitté, il s'était sacrifié pour nous, ce qui en surprit plus d'un, mais pas ceux qui le connaissaient vraiment. Lui que le moindre désagrément du quotidien contrariait s'était montré, au moment d'agir, le plus courageux d'entre nous. De tous ses faits et gestes, héroïques ou mesquins, seuls demeurent aujourd'hui les plus nobles. Il souhaitait vaincre ses démons et je crois pouvoir affirmer qu'il y a réussi. Son amour de la vie et son ultime sacrifice resteront à jamais dans nos mémoires. Par-delà la mort, du moins pour nos amis, subsiste ce qu'il y a de meilleur en nous.

Quatre mois plus tard, par un bel après-midi de fin avril, Smith et Bridger, qui avaient suivi Red Elk et le train de poneys destinés à faire diversion, arrivèrent au campement, accompagnés d'une dizaine de tâcherons. Ils nous expliquèrent que les Britanniques les avaient pourchassés jusqu'aux palissades de Fort Ashley. Pike ne s'était replié qu'à la vue de quatre-vingts longs fusils pointés sur lui, sans jamais comprendre qu'il avait été victime d'un leurre. Red Elk et ses hommes avaient hiverné au fort et, après un mois de repos, Smith et Bridger étaient repartis vers les Big Horns. En dépit du mauvais temps, ils avaient réussi à nous retrouver, trop heureux de savoir notre récolte intacte, bien que très attristés d'apprendre la mort de Layton.

Le blizzard fit rage durant plusieurs jours, empêchant tout déplacement. Ce ne fut qu'à la fin du mois d'avril 1829 que nous pûmes quitter la vallée. Avec le dégel, les prairies détrempées et les rivières en crue ralentissaient notre progression. Heureusement pour nous, si les Britanniques avaient passé l'hiver de l'autre côté des montagnes, ce qui était fort probable, l'épaisse couche de neige gelée leur interdirait de franchir les cols si tôt dans la saison.

Des trappeurs en route vers l'Ouest nous ovationnaient sur notre passage, dès lors qu'ils comprenaient qu'ils avaient affaire à la célèbre Compagnie des fourrures de Market Street. Français, Britanniques, Espagnols, Américains, tous avaient convoité notre trésor mais, en voyant ces mêmes Américains nous applaudir avec une fougue surprenante, nous finîmes par comprendre que la rumeur de notre épopée s'était propagée, chaque jour enjolivée, depuis le passage de Smith à Fort Ashley. Le récit de nos aventures avait atteint des États où notre combat contre Pike et ses hommes était paru à la une des journaux, dépeint d'une plume romantique et lyrique fort éloignée de la réalité, qui aurait satisfait la soif de louanges quasi inextinguible de Layton. Washington, informé de notre accrochage avec les Britanniques, l'avait récupéré à des fins politiques, tant et si bien que notre expédition fut considérée comme un acte patriotique. Les brigades américaines que nous croisions nous acclamaient en héros. Le sacrifice de Layton fut comparé à celui du roi Léonidas au défilé des Thermopyles. Bref, tout le monde se réjouissait, sauf moi, car j'avais promis à Alene d'être de retour au milieu de l'hiver, et nous ne pouvions espérer regagner Fort Burnham qu'à la fin du printemps. Elle m'avait bien fait comprendre que, sans nouvelles de ma part, elle retournerait à Saint Louis. Tristesse et anxiété s'installèrent dans mon cœur. J'interrogeais tous les trappeurs que nous rencontrions : étaient-ils passés par Fort Burnham ? Avaient-ils vu, ou entendu parler d'Alene Bailey ? Ils secouaient la tête, désolés. J'en déduisis qu'elle avait mis sa menace à exécution. La malchance voulait que, juste au moment où j'étais prêt à me fixer, la possibilité m'en fût retirée.

La veille de notre arrivée à Fort Ashley, nous eûmes la surprise de voir apparaître Red Elk et quelques-uns de ses guerriers. J'ignore comment ils avaient eu vent de notre itinéraire, toujours est-il que, ce soir-là, Red Elk se présenta à notre bivouac et exigea son dû. Sans discuter, nous lui offrîmes, comme convenu, dix longs fusils et un baril de poudre. Nous allumâmes ensuite un feu de joie et tous ensemble, trappeurs et Indiens réunis, nous célébrâmes notre succès en partageant un gallon de bon whisky que Smith – oui, Jed Smith, ce pieux méthodiste – avait caché là pour l'occasion.

Quel bonheur de voir ce grand feu danser et crépiter joyeusement, d'entendre les tambours résonner dans la nuit ! Le whisky passait de main en main et bientôt nous nous mêlâmes à la danse frénétique des Indiens, tapant des pieds, bondissant, ululant comme de vrais sauvages. Même notre très sérieux capitaine se joignit à nous et se livra à des acrobaties dont je ne l'aurais jamais cru capable. C'était la dernière nuit de la brigade, la dernière nuit de la Compagnie des fourrures de Market Street ; nous étions heureux d'être vivants, tristes d'avoir perdu deux amis, et impatients de vendre notre récolte à Saint Louis.

Le lendemain matin, alors que je pansais mon cheval, Red Elk vint me trouver, accompagné de Moses Branch, qui lui servait d'interprète. Il me raconta que, des années plus tôt, encore jeune chef de tribu, il avait rêvé qu'un Blanc l'aiderait à sauver son village. Lorsqu'il m'avait vu pour la première fois, étendu sur l'herbe, blessé par le tir maladroit de Bridger après la chasse au bison, il avait su que j'étais ce sauveur. Voilà pourquoi il m'avait lancé ce curieux regard, au sortir de mon évanouissement. Voilà pourquoi, pendant la course, il ne m'avait pas estourbi avec sa massue. Il ajouta que ce n'était pas uniquement le magnifique tir de Ferris qui l'avait convaincu de s'allier à nous contre les Anglais, mais ma présence, car il était persuadé que le salut des siens dépendrait de moi. Tout en parlant, il conserva son expression habituelle, maussade et renfrognée et, aujourd'hui encore, je ne sais trop qu'en penser. Je ne crois pas aux prémonitions, cependant je crois au destin, et je sais que Red Elk m'avait remarqué bien avant que nos deux sorts fussent liés. Je ressentais une étrange affinité avec lui, sans pouvoir l'expliquer, et cette attirance demeure à mes yeux très mystérieuse.

Quelques minutes plus tard, il sauta sur son cheval, brandit le long fusil qui longtemps lui permettrait de défendre son peuple et, sans un mot d'adieu, s'éloigna, suivi de Moses Branch, lequel en tant que mulâtre, n'était pas autorisé à s'établir chez les colons.

Le lendemain après-midi, notre convoi approchait les environs de Fort Ashley. La dernière colline franchie, nous poussâmes tous en chœur un cri d'allégresse en voyant des hommes hisser des ballots de peaux sur un quillard, signe que la rivière était libre de glaces. Ceux qui le souhaitaient pourraient donc gagner Saint Louis en un mois. Soudain, j'aperçus une frêle silhouette vêtue de blanc sur le pont du bateau. Mon cœur se mit à battre la chamade. Même à un quart de mille, je savais que c'était Alene. Elle scrutait l'ouest, la main en visière devant les yeux. Au lieu de rentrer à Saint Louis, elle était venue à Fort Ashley, au cas où j'y reviendrais. Je n'osai songer aux épreuves qu'elle avait dû endurer pour arriver jusque-là.

Il m'est difficile de décrire ce que je ressentis à cette minute. Un immense soulagement, mêlé d'un grand vide. J'étais si troublé qu'au lieu de galoper dans sa direction je partis en sens inverse sur plusieurs centaines de yards, le cœur battant, les mains tremblantes. Que l'on ne s'y trompe pas. Je n'éprouvais aucun regret, juste la surprise d'avoir survécu, d'avoir tenu mon pari, alliée à une sensation diffuse, indicible, proche de la panique qui s'empare d'une mule au moment où le harnais se pose sur son cou ou, peut-être, de l'angoisse de la mort frôlée sur le champ de bataille une fois le combat terminé. J'avais si longtemps été convaincu que ma nature vagabonde et instable me mènerait droit à l'échec et à la solitude, comme l'avait prédit mon père, que je ne parvenais pas complètement à accepter mon succès, ni ma chance. Car non seulement Alene ne m'avait pas quitté, mais elle était venue à ma rencontre. Mon cœur s'élança vers le sien, son abnégation fusionnant avec mon renoncement. Je me rendais compte que ma vie d'aventure et d'errance prenait fin. Il me faudrait des années pour comprendre le caractère irréversible de ce dénouement.

À la mi-mai, nous étions de retour à Saint Louis et, à la mi-juillet, nous étions mariés. On parla encore longtemps, en ville, de la Compagnie des fourrures de Market Street, puis, peu à peu, la brigade se dispersa : Jed Smith retourna à la Compagnie des Rocheuses, et mourut au printemps 1831 au cours d'une attaque de Comanches, alors qu'il tentait d'ouvrir une route commerciale vers Santa Fe. Moses Branch vécut parmi les Indiens ; à la fin de sa vie, il vint s'installer à la lisière de Saint Louis accompagné de son épouse crow. Il servit d'ambassadeur à diverses tribus et défendit leur cause avec acharnement. Bridger, devenu éclaireur au service du gouvernement, acheta des terres et épousa des femmes indiennes qui lui donnèrent une nombreuse progéniture. Glass poursuivit sa vie de trappeur et fut abattu trois ans plus tard par des Arikara au bord de la Yellowstone. Ferris, comme il l'avait promis, ne resta à Saint Louis que le temps de produire quelques magnifiques toiles, avant de retourner explorer les Rocheuses. Il revenait de temps à autre, au début chargé de peaux, ensuite de tableaux, désormais exposés dans les galeries des plus grandes villes de ce pays. Quand je le vois aujourd'hui, vieux et courbé, et pourtant toujours pareil à lui-même, courageux, ouvert, insouciant, mon cœur se serre, car Ferris incarne l'intrépidité, la grandeur d'âme et la camaraderie qui avaient régné parmi nous au cours de ces trois belles années passées à sillonner les montagnes. Son tableau *La Rédemption* représente Henry Layton défendant l'entrée du canyon en flammes, brandissant son mousquet et défiant à lui seul toute une brigade britannique. Alene admire cette œuvre et m'a souvent fait remarquer que, contre toute attente, Layton avait dû beaucoup changer, pour offrir ainsi le sacrifice de sa vie.

Quant à moi, fort de l'argent des peaux, de ma célébrité et de l'héritage enfin perçu par Alene, je paradai orgueilleusement dans les rues de Saint Louis pendant des semaines. Ma suffisance fit dire un jour à ma femme qu'elle aurait aussi bien pu épouser Henry Layton.

Plusieurs mois après notre mariage, nous rendîmes visite à ma mère et mes frères, en Pennsylvanie. Leurs lettres semblant grandement surestimer mes exploits, je jugeai opportun de leur rendre visite, tant que j'avais encore quelque prestige à leurs yeux. Le voyage en bateau à aube sur le Mississippi et l'Ohio dura trois jours, suivis d'un quatrième en carriole, que j'échangeai à cinq milles de la ferme contre une élégante calèche. Engoncé dans une chemise à col montant et coiffé d'un haut-de-forme, je me tenais au côté d'Alene, raide comme un piquet, arborant une expression sévère. Je devinais sa désapprobation :

elle me jugeait imbu de ma personne, s'imaginait que j'allais les traiter de haut et les écraser de ma réussite. Je me rassurai en me disant qu'elle ne les connaissait pas, qu'elle ignorait combien j'avais souffert pendant mon enfance. Mon rêve de revenir au pays, riche et couvert de gloire, s'était réalisé.

Toutefois, à la sortie du dernier virage, quand la vieille ferme nous apparut à distance, flanquée de ses deux gros chênes, avec sa petite mare aux canards et son potager bien ordonné, je me sentis tout à coup moins bravache. Colonel, notre vieux chien, s'élança vers nous en bondissant. Mes frères sortirent sur le pas de la porte, tout excités d'accueillir le célèbre William Wyeth. Ils avaient pris de l'âge et de l'embonpoint, mais mon bonheur de les revoir fut tel que toute ma morgue m'abandonna. Mon exubérance juvénile reprit le dessus, je sautai de la calèche et courus vers eux, si vite que j'en perdis mon chapeau. Je les étreignis de toutes mes forces puis soulevai ma mère dans mes bras. Nous étions tous heureux de nous retrouver et je compris alors que c'était moi, et non pas eux, qui avais érigé ces barrières dont je venais enfin de me débarrasser. J'étais si content d'être chez moi !

Nous restâmes un mois en famille. De retour à Saint Louis, nous fîmes l'acquisition d'une parcelle de terrain où nous construisîmes notre maison. Depuis lors, nous menons une vie industrieuse et confortable, qui n'intéresserait pas le lecteur. Nous avons deux fils. Le travail comble nos journées. Je ne rêve plus de contrées sauvages, même si je me remémore avec satisfaction mes aventures et si je regrette mes amis. Je me souviens des sombres forêts de mélèzes, des rivières blanches, des cimes enneigées. Et si je n'ai pas oublié les moments tragiques, les plus tristes sont moins prégnants que la beauté des paysages et l'amitié de mes compagnons. Ainsi va la vie. La récompense d'une jeunesse intrépide, c'est le contentement et la sagesse d'une vieillesse heureuse. La flamme inextinguible de nos jeunes années nous permet de glorifier le passé avec une joie sans mélange. Loin d'assombrir le présent, elle l'agrémente de beaux souvenirs et balaie les mauvais. Henry Layton, qui mourut en héros, apprécierait ce constat, lui qui n'eut pas le temps de guérir de sa vanité.

Car le temps nous guérit des épreuves et, de loin, ces montagnes sont si jolies.

REMERCIEMENTS

Ce livre est une œuvre de fiction. Le lecteur au fait de cette période de l'histoire des États-Unis y retrouvera maints éléments familiers, ainsi que d'autres, modifiés pour les besoins de l'intrigue. Les dates et lieux de certains événements ont été déplacés, aussi suivons-nous le général Ashley, Jedediah Smith et Jim Bridger en des régions qu'ils n'ont pas explorées. J'espère néanmoins que le caractère de ces personnages et l'esprit du temps sonneront juste. Même si j'ai tenté de coller au plus près à la vérité historique, cet ouvrage doit être considéré avant tout comme une fiction.

Si je devais établir une liste exhaustive de mes sources, elle couvrirait plusieurs pages. Les principales publications dont je me suis inspiré sont *The Falcon* de John Tanner, *Life in the Rocky Mountains* de W.A. Ferris, et *The Oregon Trail* de Francis Parkman[1]. Je me suis référé à de nombreuses reprises à ces

1. *La Piste de l'Oregon : À travers la Prairie et les Rocheuses (1846-1847)*, traduction et présentation de Jean Lambert, Petite Bibliothèque Payot, 1993. Les deux autres livres n'ont pas été traduits en français.

trois livres afin de mieux saisir l'esprit de ces aventuriers et de satisfaire ma curiosité pour les civilisations indiennes et la découverte de l'Ouest américain. Les lecteurs attentifs de ces trois excellents ouvrages comprendront que je leur dois beaucoup. Les journaux de nombreux trappeurs m'ont également inspiré quant aux détails de leur vie quotidienne.

Comme toujours, grâce à l'aide de nombreuses personnes j'ai pu améliorer mon récit. J'aimerais tout particulièrement remercier Tom Garrigus, Allison Glock, Chris Hebert, Michael Knight, Theresa Profant, Allen Weir, John Zomchick et, bien entendu, ma famille (mes parents, Mike, Ian et Erin). Toute ma reconnaissance à Jim Hardee, du Museum of the Mountain Man, dont l'érudition m'a permis de corriger quelques erreurs, ainsi qu'à mon agent, David McCormick, pour avoir cru en ce livre, et à Deborah Garrison, mon éditrice, pour ses excellents conseils, et son soutien jusqu'à sa publication.

MIXTE
Papier issu de
sources responsables
FSC® C003309

10/18, une marque d'Univers Poche,
est un éditeur qui s'engage pour
la préservation de son environnement
et qui utilise du papier fabriqué à partir
de bois provenant de forêts gérées
de manière responsable.

Imprimé en France par CPI

N° d'impression : 144175
X07102/01